1

«Ehi Giud, non ci pensi proprio ad andarci piano, vero?»

«È lei che ha cominciato».

Mi girai per darle un'occhiataccia. Era tutta la sera che continuava a ordinare lo stesso rum a un ritmo da alcoliadi, e io, non so perché, avevo deciso che mi avesse sfidata a chi delle due reggesse meglio l'alcol. Ci avevo dato sotto a mia volta con la grappa più scadente a disposizione, visto che anche quella, per me, era un lusso.

Era una presenza incongrua nel bar di Fil. Eravamo tutti dei miserabili là dentro, un paio dei soliti ubriaconi, il mio vicino di casa, da me amorevolmente soprannominato l'Abominevole, e poi c'ero io. Se era venuta lì per farmi vedere che si può bere come un buco di scolo anche con gran classe, be' l'avrei stracciata.

Tornai a guardare Filippo, che reggeva la bottiglia a mezz'aria, indeciso sul da farsi.

«E dài Fil... l'ultimo».

«È l'ultimo per forza, dopo chiudo».

Si decise a versare, mi presi il bicchiere e girai sul seggiolino su cui ero seduta, appoggiai i gomiti al bancone e presi a fissare la ragazza che beveva forte. Lo sentivo che ero ridotta uno straccio, lei invece appariva composta. Eravamo lì da ore e stavamo bevendo come degli alpini in marcia verso il coma etilico, eppure quella non dava segni di cedimento.

Fissava il nulla davanti a sé e stringeva il bicchiere a cui faceva compiere lo stesso percorso tavolo-bocca senza mai abbandonare la presa.

Fil accese e spense le luci un paio di volte, inequivocabile segnale che il bar era in chiusura. I pochi clienti si avviarono con la stanchezza tipica della sbronza triste. Feci un cenno di saluto all'Abominevole che varcò la soglia ignorandomi.

La ragazza che beveva forte si alzò, stretta in un tubino nero, corto, i capelli lunghi, rosso miele, oscillarono mentre si alzava sondando l'equilibrio sui tacchi alti. Non appena si sentì sicura di sé, si diresse a testa bassa verso la cassa. Sfilò dalla borsetta una banconota da cento e la posò sul bancone.

«I miei e i suoi». Mi sorrise.

Si girò e prese a camminare verso l'uscita.

Guardai Fil che aveva già fatto sparire i soldi, senza nessun'intenzione di sganciare il resto. Mi alzai anch'io, ma senza dare prova di grande controllo. Il mio corpo si stava male adattando alla posizione eretta. Lo sapevo che le cose non sarebbero migliorate, allora mi avviai verso la porta. Mi spruzzai il Vicks Sinex nelle narici, per liberarle. Avevo preso le sigarette dalla tasca dei jeans, me ne infilai una in bocca, e uscii dal bar.

La ragazza che beveva forte era ancora lì fuori.

«Grazie, ma perché hai pagato tu?»

«Ne hai bevuto uno in più».

Ero felice di non essermela immaginata la gara. C'era stata, e una volta tanto avevo vinto qualcosa. Si appoggiò al muro sorridendomi. Ora lo potevo vedere chiaramente, anche lei era ubriaca.

«Mi dai una sigaretta?».

Gliene porsi una. Mi dovevo sbrigare ad andarmene.

«Allora alla prossima». Mi congedai mentre iniziavo a sentire la strada sotto di me oscillare.

Sapevo benissimo cosa voleva dire. Stavo per rimettere tutto ciò che avevo così eroicamente scolato. Allora iniziai ad avviarmi verso casa ma, porcaccia miseria, lei si era staccata dal muro e camminava nella mia stessa direzione. Decisi che non avrei capitolato così miseramente di fronte alla mia avversaria e per quanto ondeggiassi quanto una nave in mezzo alla tempesta, presi a camminare velocemente, sempre più velocemente, fino a guadagnare un certo distacco dalla ragazza che beveva forte e seminarla.

Via Po era deserta. Tutta la città pareva deserta. Alzai la testa in cerca della luna. Niente luna quella sera, solo poche stelle sbiadite. Era tardi, e il caldo aggiungeva allo stordimento alcolico anche una promessa di mal di testa da record. I lampioni del ponte che porta alla Gran Madre erano per metà in black-out. Riuscii a raggiungere la parte illuminata, ma ormai ero al limite. Provai a sporgermi dal cornicione del ponte per vedere se riuscivo a liberarmi. Guardai il Po viaggiare sotto di me, veloce e scuro. Il rumore mi riempiva le orecchie. Non so da dove, si era alzato un vento rigenerante.

Avevo passato le ventiquattro ore più merdose di tutta la mia vita, e diciamocelo, la mia vita aveva fatto piuttosto schifo fin dall'inizio.

Ero sicura di voler continuare così?

Non che le sbronze risolvessero un granché, ma in genere

erano piuttosto efficaci per non pensare. Non quella sera. Non si scappava da quello che mi stava succedendo, ma io magari un modo lo trovavo, una scappatoia per risparmiarmi almeno quest'ultima via crucis... Di una cosa ero certa, non mi meritavo quello che mi stava succedendo. Forse non meritavo neanche molto di meglio, ma si sa, che certe cose non è che ti capitino per un motivo.

Feci pressione sulle braccia e appoggiai il piede sul cornicione, mentre il vento diventava sempre più forte e io non mi sentivo più così ubriaca. Ero in piedi, sotto di me il Po. Un passo e avrei chiuso, un piccolo movimento delle spalle in avanti e il fiume mi avrebbe ingoiata. Se ero fortunata, sarei svenuta nell'impatto con l'acqua, sennò pazienza, sarebbe comunque stato breve. Chiusi gli occhi e respirai cercando nella mia testa un bel ricordo. Poco ma sicuro: sarei morta pensando a qualcosa di bello.

Mentre prendevo l'ultima boccata d'aria sentii un urlo. Mi girai istintivamente. Nella penombra, la ragazza che beveva forte correva verso di me.

Ci misi un po' prima di realizzare che non stava correndo per salvarmi. Stava scappando. Era ancora avvolta nel buio ma potevo vedere che indossava una sola scarpa, le ginocchia sbucciate, il rimmel colato, i capelli sconvolti e urlava qualcosa che non capivo. Mi urlava contro aprendo la bocca e richiudendola, ma il vento portava via il suono. Aveva un braccio teso verso di me.

E che cazzo, mi sarei buttata un'altra volta.

Scesi dal cornicione, la ragazza che beveva forte ormai era quasi arrivata nella linea di luce, a pochi passi da me, ma cadde all'improvviso. Le andai incontro senza capire che cosa stesse succedendo. Mi chinai su di lei, che era caduta di faccia, ma una mano mi agguantò la nuca costringendomi a rialzarmi, per poi scaraventarmi contro il cornicione del ponte. Il parapetto di pietra mi piegò, sentii l'aria bloccarsi in gola. Mi arrivò una botta in testa. Feci in tempo a sentirne il rumore, poi...

Buio.

2

Buio.

Anche se avevo gli occhi sgranati, non vedevo altro che buio. Mi ero risvegliata da poco. Stavo piangendo. Era salito all'improvviso, da sotto il seno sinistro, un dolore di quelli che non accennano a diminuire. Già sapevo che più avrei preso coscienza più sarebbe aumentato. Comunque non era il dolore a preoccuparmi. Ero legata, mani e piedi, seduta su una sedia o qualcosa di simile. Ma la cosa che mi terrorizzò all'istante fu il fatto di avere la bocca tappata con del nastro isolante. La paura mi salì alla testa. Immediatamente smisi di lacrimare, più piangevo più mi si tappava il naso, meno respiravo. Avevo un problema ai turbinati e sapevo cosa mi sarebbe successo. Se il nastro adesivo rimaneva a tapparmi la bocca, i turbinati si sarebbero ingrossati lentamente, l'aria sarebbe passata prima con difficoltà, poi avrei arrancato fili d'ossigeno, per ritrovarmi infine a soffocare. Ero pronta a morire poco prima ma, certo, una fine di merda come quella era uno dei miei incubi peggiori. Mossi il sedere sulla sedia e lo sentii, il tubetto del Vicks era nella tasca destra dei jeans, fedele come sempre, ma, immobilizzata com'ero, raggiungerlo era impossibile. Mi sporsi un po' in avanti per scoprire di essere legata anche all'altezza del busto. Sentii la fronte bagnarsi di sudore freddo.

Dovevo calmarmi. Era necessario. Il buio mi vorticava intorno e non avevo un appiglio di luce per stabilizzare i postumi della sbronza peggiore della mia vita. Chiusi gli occhi iniziando a respirare piano. Se non altro l'adrenalina mi aveva sbloccato le vie respiratorie dandomi una chance, ma a ogni respiro sentivo un *crik-crok* dalla parte sinistra della cassa toracica.

Non capivo.

Riaprii gli occhi tentando di guardarmi intorno. Solo buio e puzza, puzza di legno marcio, muffa, terra e qualcos'altro. Così sarei impazzita. Dovevo tenere la mente impegnata, pensare a qualcosa.

Provai a tornare indietro, alle ultime cose che erano successe. Stavo per buttarmi nel Po. La ragazza che beveva forte mi correva incontro ridotta piuttosto male. Era inciampata. L'avevo soccorsa. Non ricordavo altro.

Da fuori si sentivano i versi di uccelli notturni e il vento che faceva rumore fra le foglie degli alberi. Non c'era il sottofondo della città, dovevo essere in un posto isolato, forse sui colli. Era ancora notte, quindi non poteva essere passato troppo tempo. Ero uscita dal bar di Fil intorno alle due e quaranta. Da lì al ponte dovevano essersi fatte le tre. Diciamo che ero rimasta priva di sensi dal momento del rapimento e che, chiunque mi avesse presa, aveva avuto modo di portarmi fino a lì e legarmi con una certa cura. Dai miei calcoli dovevano essere più o meno le quattro e trenta. L'alba non era lontana. Con il sole sarebbe arrivata anche la luce, o almeno questo era quanto mi auguravo, perché così, nel buio più pesto, non farsi sopraffare dal terrore era impossibile.

Se mi avevano presa in quel modo c'era una ragione.

Qualcuno voleva qualcosa e di certo non era mosso da buone intenzioni. Ma quel qualcuno, presto o tardi, sarebbe venuto a riscuotere ciò per cui mi aveva catturata. Dovevo stare all'erta.

Decisi di sondare quanto fossero stretti i lacci intorno ai polsi, ma non si rivelò un'idea felice. Appena tentai un movimento, il dolore al torace mandò una scossa a tutto il corpo, facendomi mugolare attraverso il nastro adesivo.

«Uhm». Rispose qualcuno da non troppo lontano.

Mi paralizzai.

Non ero sola.

Il battito cardiaco scattò in accelerazione. Sentii altri rumori provenire sempre dallo stesso punto. La voce continuava a lamentarsi, soffocata. Era qualcuno nelle mie stesse condizioni. Si stava dimenando senza successo. Continuò per un po', poi si bloccò all'improvviso e tornò il silenzio.

Puzza di carne andata a male, ecco cos'era l'altro odore, e non era rassicurante. Nemmeno un po'.

Il sole aveva preso a sorgere piano. Non c'erano finestre. Una luce gelatinosa riusciva a filtrare tra le assi di legno di quella che aveva tutta l'aria di una rimessa male arrangiata. Non si vedeva comunque un cazzo, però iniziavo a leggere alcuni dettagli. Per esempio non c'era il pavimento. Sotto i miei piedi c'era solo terra. A mano a mano che gli occhi si abituavano a quella che era poco più di una penombra, iniziai a intuire la sagoma dell'altra persona legata di fronte a me. Era la ragazza che beveva forte, accasciata su una sedia, con la testa proiettata in avanti. I morbidi capelli rossi cadevano a cascata a coprirle la faccia. Le mani annodate dietro la schiena. Le caviglie legate alle gambe della sedia, che era stata a sua volta assicurata a una delle assi portanti della catapecchia con una grossa corda che le girava intorno al torace. Era priva di sensi.

Ci avevano catturate come due bestie e trattate con altrettanto riguardo, ma non potevo permettermi di perdere il controllo, così provai a guardarmi intorno per tentare di capire in che genere di casino mi trovavo e come poterne uscire. Non riuscivo a calcolare le dimensioni di quel posto e non riuscivo a vedere nulla dietro la ragazza che beveva forte. Anche se, a mano a mano che il sole si alzava, la luce nella baracca aumentava, le ombre ingoiavano comunque tutti gli angoli. Capivo solo che eravamo legate nello stesso modo e che a ostacolare lei c'erano solo le corde, non il dolore, quindi avrebbe avuto meno difficoltà di me nel muoversi. Stavo brancolando con gli occhi nel buio della baracca, quando sentii un rumore. Qualcosa di fragile era caduto andandosi a rompere. C'era qualcuno nella stanza accanto. Il rumore fece rinvenire di botto la ragazza che beveva forte. Alzò la testa di scatto, piantandomi gli occhi addosso, poi si guardò intorno rendendosi di nuovo conto della situazione in cui eravamo. Prese a dimenarsi con una foga disperata. Ora ne ero sicura, lei poteva fare molti più movimenti di me. Ma era in preda al panico, e impazziva su quella sediolina di legno senza ottenere nulla. Iniziai a mugolare per attirare la sua attenzione e ci riuscii. Mi guardò con gli occhi sgranati. Ansimava da dietro il nastro adesivo. Le rivolsi uno sguardo che per me voleva dire chiaramente "calmati", ma lei non lo interpretò così. Cacciò un urlo attutito dal nastro adesivo che lo rese poco più di un mugolio. La situazione in cui eravamo l'aveva resa selvaggia e questo non andava bene. La paura fa commettere errori. Infatti, quello che stava nella stanza accanto l'aveva sentita e aveva preso a bussare sulla parete. Tre colpi potenti risuonarono nella desolazione della baracca. Ci bloccammo d'istinto.

La osservai recuperare. Ora controllava il respiro e aveva preso anche lei a guardarsi intorno. Il trucco sfatto e i capelli sconvolti la facevano assomigliare a una rock star la mattina dopo una nottata di follie, e per un attimo mi trovai a fissarla senza pensare a nulla. Poi intuii dai movimenti delle sue spalle che stava cercando di sfilare le mani dalle corde che la legavano. Andò avanti per un bel pezzo, fino a quando le fu possibile, perché dietro di lei cigolò una porta e la ragazza che beveva forte si bloccò. Le narici le si aprivano e chiudevano a fiutare l'aria. Sentii la colonna vertebrale irrigidirsi all'istante, e i nervi cedere alla paura. Provai a guardare dietro di lei ma non vidi altro che il nero più scuro. Sentii rumoreggiare alle sue spalle, e in quel momento le vidi assumere un'espressione strana. Credo che in quell'istante avesse preso una decisione. I lineamenti del volto le si rilassarono. Il respiro tornò regolare. La paura l'abbandonò del tutto. Fissò un punto indefinito dietro di me. Da quello che vidi, per come lo interpretai, il suo sguardo aveva qualcosa di ostinato e deciso.

Una cesoia fece riverberare la luce ai suoi piedi, tagliando di netto le corde che le legavano le caviglie. Intuii dallo scatto indietro della sua testa che era stata afferrata per i capelli e spinta ad alzarsi. Non fece un verso. Girò intorno alla sedia e scomparve nel buio.

3

Dalla stanza accanto provenivano rumori che non riuscivo ad associare a dei gesti. Suoni sordi, poi sferraglianti. Non ero in grado di immaginare quello che stava succedendo a pochi metri da me. Il sole si stava alzando e con lui il caldo che prometteva di acuire gli odori che appesantivano l'aria polverosa della catapecchia. Di lì a poco, sarebbe diventata una fornace.

Iniziavo a respirare male. L'effetto dello spray stava scemando. Dal rumore che facevo potevo capire che i turbinati avevano iniziato a gonfiarsi. Ma non dovevo pensarci.

Mi venne da sorridere. Certo che tutta la merda che mi era capitata nella vita non si sarebbe potuta smaltire nemmeno in cent'anni. Neanche se la caricavi su dei satelliti da mandare in orbita nello spazio.

Dalla stanza accanto un rumore elettrico prese a ronzare senza sosta. Avevo sete. Ero terrorizzata. Rimpiansi di non averla fatta finita come volevo io, ma evidentemente qualcuno aveva deciso che sarebbe stato troppo comodo. E allora eccomi qui, su una sedia del cazzo ad aspettare il mio turno. Il mio turno per cosa poi? Cosa stava succedendo alla ragazza che beveva forte?

A ondate, la paura mi afferrava alla gola, come la mano di uno strangolatore anonimo.

Dovevo ricordarmi che perdere il controllo non avrebbe fatto che aumentare il mio già evidente svantaggio in quella situazione, ma non era facile tenere il cervello a bada. Potevo solo distrarmi e pensare ad altro. Per quale ragione eravamo lì dentro? Cosa avevamo in comune? Lei era più bella e di molto. Aveva un aspetto curato e una femminilità sofisticata che, diciamolo, a me mancava del tutto. In comune avevamo il fatto di essere piccoline, anche lei più o meno si aggirava intorno al metro e sessantacinque. Avevamo un fisico sottile e la pelle chiara, anche se lei aveva i capelli rossi e gli occhi scuri, mentre io avevo i capelli cortissimi e biondi e gli occhi chiari. Però anche io ero una ragazza piuttosto carina nel mio genere. Forse avevano semplicemente visto due ragazze da sole in una città deserta. Può darsi che ci avessero prese per divertirsi. Magari un gruppo di ragazzi o uno soltanto. All'improvviso mi sentii calma. Se era per del sesso che ero lì, non mi trovavo in una situazione così terribile. Certo, la prospettiva di essere violentata non era piacevole, ma per come si erano messe le cose, per i pensieri che mi avevano attraversato la testa fino a quel momento, quell'ipotesi ebbe l'effetto di un sedativo. Sapevo stringere i denti, ce la potevo fare. Il rumore elettrico si arrestò. Girai istintivamente la testa mettendomi in ascolto.

Il primo urlo fu secco, contenuto, come se le fosse uscito di forza mentre lei aveva provato a trattenerlo. Capii che le era stato tolto il nastro adesivo. Questo mi fece tirare un ulteriore respiro di sollievo, l'avrebbero levato anche a me. Un altro urlo. Più forte. Sempre strozzato. Immaginai che stesse facendo resistenza, che magari cercasse di colpire il suo assalitore. Io non avrei commesso quell'errore. Non me ne fregava un cazzo. Chiunque ci fosse di là, avrei fatto quello che mi si richiedeva, anche sorridendo se necessario. Le urla iniziarono a intensificarsi. Duravano tanto, troppo. E m'impedirono di pensare ad altro. Mi trovai con le spalle strette e il mento al petto. Stavo tremando mentre lei gridava dalla gola. Non avevo mai sentito nessuno urlare in quel modo, e di urla, in vita mia, ne avevo sentite eccome.

Ci fu una pausa. Non la sentivo piangere e nemmeno parlare. Soltanto rumori di oggetti spostati, passi pesanti sul legno marcio. Silenzio. Il sole aveva compiuto la sua ascesa e doveva essere arrivato proprio sul tetto. Grosse gocce di sudore mi scivolavano sulle tempie. Ero fradicia e la lingua, da dietro il nastro isolante, si stava seccando come uno straccio al sole. I respiri erano sempre più lunghi per garantirmi aria a sufficienza, e ogni volta che i polmoni si gonfiavano il torace scricchiolava. Il dolore era forte e costante. Non so quanto tempo passò, ma a un certo punto la porta immersa nel buio cigolò e la ragazza che beveva forte venne gettata di nuovo nella stanza insieme a me. La porta si richiuse, mentre lei rotolava per terra come un sacco, aveva la testa totalmente rasata, e dei segni circolari e rossi intorno al cranio. Mugolò rigirandosi sulla schiena.

Per com'era ridotta una cosa era certa: non eravamo lì per essere ripassate da un gruppo di ragazzini.

4

La giornata stava finendo e la luce non filtrava più come prima, ma anche in quella penombra stantia potevo vedere che la sua faccia non aveva un bel colorito. Era rimasta supina. L'occhio che riuscivo a vedere da quell'angolazione era gonfio e viola. Il labbro inferiore era spaccato da un taglio profondo che non aveva ancora smesso di sanguinare. Il collo, segnato da cerchi regolari e rossi come quelli sul cranio, era messo in bell'evidenza dal nuovo taglio di capelli. Le avevano tolto il vestito e lasciato addosso solo le mutande. Sulla curva del seno troneggiava un taglio a uncino rigonfio, quello però era stato ricucito, in malo modo, con del filo nero e grosso. Mi ricordò i rattoppi sulle bambole di pezza. Alle caviglie, i segni delle corde rientravano nella carne arrossata. Ansimava guardando il soffitto, non le era stato rimesso il nastro adesivo. Ma era legata in un altro modo, ora le braccia erano al petto, sei o sette giri di corda spessa la assicuravano in quella posizione girandole tutt'intorno come un bustino. Le gambe erano libere. Solo una caviglia era annodata alla corda che si allungava in direzione del buio da cui era sparita qualche ora prima, e non si vedeva dove finisse. Restò a recuperare fiato per un bel pezzo. Io continuai a guardarla. Ora i capelli non le ingentilivano più i lineamenti. Aveva una mandibola forte e un naso leggermente aquilino. Le labbra seguivano un disegno deciso e il fatto che fossero così grandi le rendeva praticamente perfette, perché, anche così tumefatta, la sua era una bellezza rara.

L'aria dentro la baracca era satura e stantia. Il caldo cuoceva le particelle d'ossigeno e la terra secca rincarava la dose. La ragazza che beveva forte fece per muoversi lamentandosi dal dolore. A questo punto neanche lei poteva muoversi molto bene e si girò su un fianco, guardandomi. In quel momento capii perché non aveva più il nastro isolante. Non avrebbe potuto parlare comunque. La mandibola era chiaramente fratturata. Spostata sulla destra di parecchi centimetri, gonfiava l'altra metà del volto. Anche ridotta com'era, non perdeva la sua determinazione. Lo capii dal suo sguardo: lei di arrendersi non ne voleva proprio sapere. Provò a rannicchiarsi. Da come si muoveva credo che lo stomaco fosse uno dei punti in cui era stata più colpita. Le ginocchia molto lentamente raggiunsero il petto, poi le puntò sulla terra, e fece lo stesso con la testa. Recuperò fiato. Le era costato dolore e fatica, e lanciando un urlo simile a un gesso rotto spinto su una lavagna, fece perno e riuscì a mettersi in ginocchio. Si lasciò scivolare a sedere e si appoggiò con la schiena alla sedia dove era legata prima. Era totalmente bagnata dal sudore e la terra le si era appiccicata su parte del corpo e della faccia. Le energie che aveva erano finite, ma il trattamento che le era stato riservato non l'aveva piegata. La ragazza che beveva forte voleva vivere eccome.

La baracca stava per tornare nel buio più totale.

Le mie condizioni non erano migliori delle sue, respiravo male, l'aria, nelle narici, passava solo a fili. Allungavo il più possibile i respiri ma non sarei durata a lungo. Sentivo il corpo cadermi in avanti e la testa ciondolare. Il male al fianco non mi permetteva di addormentarmi. A ogni movimento avvertivo come dei taglierini muoversi dentro di me. Ero esausta e alla fine persi i sensi.

Dolore. Avevo ancora gli occhi chiusi, pesanti di stanchezza, ma il dolore salì a raffiche da sotto il seno fino alla testa e alla fine rinvenni dal buco nero in cui ero scivolata. Respiravo bene. Avevo le narici libere e respiravo alla grande. Risi come ridono i matti. Senza motivo, visto che ero ancora legata e prigioniera chissà dove e chissà perché e avevo comunque la bocca bella tappata. Ma mi sentivo così felice del fatto che potevo di nuovo respirare che ci volle un po' perché mi passasse. L'euforia svanì definitivamente quando, nel buio in cui era ripiombata la baracca, mi resi conto che nessuno si sarebbe accorto della mia assenza, che sarebbero passate settimane prima che il padrone di casa capisse che non stavo inviando l'assegno e che quindi si decidesse a reclamarlo. E la mia lista del *chi mi potrebbe venire a cercare per salvarmi da questo letamaio* finiva lì.

"Non ci pensare Giud, non ci pensare", continuai a ripetermi, come se parlassi a una bambina spaventata. "Non ci pensare Giud".

Aprii e chiusi le mani, cercando di aiutare il sangue a circolare. Provai a muovere anche le caviglie. Le corde erano ben assicurate, e non avevo molta forza. Non sarei mai riuscita ad allentarle. Nel buio, in quella stanza, la ragazza che beveva forte stava tentando di fare qualcosa. Sentivo un rumore costante. Sperai che qualunque cosa fosse, le riuscisse. Sperai anche che almeno lei avesse qualcuno a casa che si accorgesse della sua assenza, denunciandola, e dando il via alle ricerche.

Aprire e chiudere le mani, questo potevo fare e questo facevo.

Doveva essere notte fonda quando la porta si aprì di nuovo con il suo rumore lamentoso. La ragazza che beveva forte interruppe quello che stava facendo perché per un momento non si sentì più nulla. Poi, rumore di passi in avvicinamento, e di acqua che si agitava dentro qualcosa di metallico. I passi si facevano sempre più vicini e, quando capii che avevano superato la ragazza che beveva forte, iniziai a urlare contro il nastro adesivo senza troppa dignità. Sentii le sue dita sulla pelle. Mi pietrificai. Avevo gli occhi così aperti che potevano anche schizzarmi fuori dalle orbite, ma comunque non vedevo nulla, solo il buio in cui si specchiava la mia paura in tutta la sua miseria.

Aveva i polpastrelli grossi e ruvidi. Toccò a tentoni la mia faccia fino a quando non trovò il nastro adesivo. Armeggiò per un po' nel tentativo di scollarne un angolo, poi me lo strappò di netto. Risucchiai aria come se fossi stata sott'acqua per un'ora, e mi accorsi che la gola era secca come la terra che avevo sotto i piedi. Stavo per parlare quando un mestolo mi colpì sui denti e dell'acqua mi scivolò in gola. Prima mi sembrò di annegare poi provai a bere. Ripeté l'azione un altro paio di volte. Mi passò uno straccio che sapeva di marcio sulla faccia per asciugarmi e con un nuovo pezzo di nastro isolante mi tappò la bocca. E così si allontanò strusciando i piedi per terra con passi pesanti e richiudendosi la porta alle spalle.

Dopo un po' la ragazza che beveva forte mugolò. Mugolai di rimando. Ero ancora lì, non mi aveva presa, che non si preoccupasse. In realtà dissi: «Uhm», ma il resto era implicito.

Durante la notte continuai a perdere e riprendere i sensi e a ogni risveglio il dolore mi sembrava sempre più forte.

Alla fine i raggi del sole iniziarono ad aprirsi dei varchi nel buio. La ragazza che beveva forte era addormentata, seduta per terra con la testa appoggiata sulla sedia. Aveva la fronte aggrottata e le labbra piegate, in un'espressione di disprezzo. Mi chiesi se quello che a lei era toccato il giorno prima sarebbe stato il mio immediato futuro.

"Non pensarci Giud, non pensarci", rispose la voce dentro la mia testa.

Sbatté le lunghe ciglia un paio di volte per svegliarsi e tornare all'inferno. La faccia le si aggrottò ulteriormente. Dalle labbra riarse pendevano scaglie di pelle secca. Provò ad aprirle e chiuderle per riattivare la salivazione, ma dal lamento che fece capii che non era stata una buona idea. La frattura le doveva fare piuttosto male. Non mi guardò nemmeno e ricominciò a segare la corda contro l'angolo della sedia. Si muoveva su e giù con un certo vigore. Poi si fermò. Si doveva essere ricordata di me perché si girò a guardarmi. Per un attimo parve smarrita. Cercò qualcosa intorno a sé e prese a stringere le ginocchia. Il mento le tremò come il broncio di una bimba disperata. La faccia le diventò rossa. Alla fine guardò in alto e le lacrime iniziarono a scendere. La terra secca sulle sue gambe venne rigata da uno e poi da più rivoli, per arrivare a formare una piccola pozza alle sue ginocchia che la terra assorbì avida. Si stava pisciando addosso e se ne vergognava.

"No, amica", pensai. "Questo non lo devi fare".

Mugolai fino a quando la ragazza che beveva forte non tornò a guardarmi, sorrisi e iniziai anch'io. Sentii l'urina calda bagnarmi i pantaloni e poi scivolarmi tra le cosce fino a gocciolare per terra.

Potevamo anche essere all'inferno, erano in grado di massacrarci e toglierci qualsiasi dignità, potevamo addirittura non uscirne, ma non ci saremmo mai e poi mai dovute vergognare per quello che ci stava succedendo. La guardai. Era stupita e aveva smesso di piangere. Le labbra le si piegarono all'insù in un sorriso deformato e dolce.

Ora eravamo sorelle.

5

La mattinata era passata. La ragazza che beveva forte continuava ininterrottamente nel tentativo di segare le corde contro la sedia, come i criceti provano a scalfire il vetro delle loro gabbiette. Il risultato che ottenevano era lo stesso, restavano dov'erano e punto.

Lo stomaco iniziava a farsi sentire. Da quanto tempo non mangiavo? La giornata in cui ero stata rapita non avevo toccato cibo... solo alcol scadente. Ricominciai ad aprire e chiudere le mani, poi solo la sinistra, come avevo fatto la sera precedente al rapimento. E mi trovai a ripensare a ciò che mi aveva spinta, poche ore prima, sul cornicione del ponte in direzione dell'altro mondo.

Era stata una serata senza grandi pretese e per una volta non avevo nemmeno bevuto. Guardavo un film micidiale che mi ero presa al volo in edicola, parlava di un alieno che puzzava e ruttava, che incontrava due uomini che ruttavano e puzzavano... voglio dire, nulla di avvincente. Comunque, stavo cercando di mangiare un tramezzino, ma non ci riuscivo, perché mi era salita una certa nausea che a mano a mano era diventata più forte. Durante tutto il film non avevo fatto altro che fare avanti e indietro dal cesso, cercando di dare sfogo a quell'istinto per poter stare meglio, senza riuscirci. Inginocchiata davanti alla tazza del cesso avevo iniziato a sentire brividi di freddo, nonostante i trentotto gradi in cui ristagnava il mio monolocale. La nottata sembrava interminabile. Oltre alla nausea, da cui non riuscivo a liberarmi, si era aggiunta una sensazione di torpore al braccio sinistro. Continuavo ad aprire e chiudere la mano, proprio come facevo ora, ma senza avvertire nessun miglioramento. Mi mordicchiavo i polpastrelli delle dita ma non sentivo nulla. Poi, compiendo uno dei viaggi della speranza verso il bagno, mi ero accorta che non gestivo più molto bene nemmeno la gamba sinistra e, sullo stesso lato, anche la faccia formicolava in modo strano. La stanza si muoveva come se camminassi in una sfera, seguendo i miei movimenti. Presi a sbattere a destra e a manca. Sentivo gli oggetti spostarsi o spostarmi, a seconda se colpivo il tavolino o lo stipite della porta, ma le botte che prendevo non le avvertivo minimamente. Anche la gamba destra iniziava a perdere sensibilità, costringendomi a camminare come uno zombie in un film di serie B. Sembrava che lentamente stessi abbandonando il mio corpo. Lo avvertivo estraneo e lontano. Se provavo a fare dei movimenti, il cervello mandava gli impulsi agli arti, ma loro rispondevano lenti e scoordinati, e io non li sentivo quasi più. Avrei voluto poter chiamare qualcuno. Quello era uno dei momenti in cui rimpiangevo la mia totale incapacità nei rapporti interpersonali. Avrei pagato pur di avere lì uno straccio di persona che mi abbracciasse e vedere se almeno quello ero ancora capace di sentirlo. Ebbi paura di stare sul punto di morire. Stavo così male che pensai di chiamare un'ambulanza, ma alla fine riuscii a vomitare. Il mio pranzo era praticamente intatto. La sensazione di spossatezza si era leggermente attenuata, ma il mio corpo lo sentivo a stento. Alla fine mi addormentai.

Grazie a un'infanzia non proprio all'insegna della salute, e a una vita adulta piuttosto dedita all'esagerazione con l'alcol, avevo buoni metri di paragone per intuire che il normale iter della nausea era tutt'altro. La mattina dopo, quindi, mi vestii bene, cioè con dei jeans e una maglietta puliti, e mi avviai verso l'ospedale più vicino.

Al pronto soccorso, il medico mi aveva ricevuta in corridoio. Gli avevo spiegato com'era andata la mia serata, seguendolo mentre consegnava cartelle cliniche a infermiere lontane anni luce dagli stereotipi sexy. Mi guardò con un sospiro e mi disse che per lui non erano sintomi gastrointestinali e che mi avrebbe mandata dalla neurologa, la dottoressa Righetto. Era libera e potevo andarci subito. Sorrise e aggiunse che era uno dei vantaggi di sentirsi male in pieno agosto. In effetti l'ospedale era mezzo vuoto e la struttura fatiscente aiutava a farlo sembrare abbandonato.

Scesi nel vialetto e iniziai a cercare le indicazioni. E lì avvertii il primo momento di desolazione. Neurologia. Che brutto reparto dove essere spediti. Seguendo le scritte sui cartelli colorati arrivai di fronte al palazzo che mi attendeva. Guardai la struttura. L'ultima volta che avevano rinfrescato l'intonaco poteva essere più o meno nell'Ottocento, e il colore grigio lo rendeva sicuramente allegro. Ora stavo molto meglio, mi rassicurai. Il braccio e la gamba li sentivo ancora strani, ma rispetto alla sera precedente non c'era paragone. Entravo da donna sana e ne sarei uscita ancora più serena. Con questa convinzione, varcai la soglia del reparto di neurologia.

Vidi barelle e sedie a rotelle abbandonate lungo un corridoio. Se il pronto soccorso mi era sembrato vuoto allora quel posto era a dir poco deserto. E mi faceva paura. Secondo me in alcuni luoghi lo senti il dolore che ci si consuma, o forse era solo suggestione. Comunque sia, me la stavo facendo addosso quando un'infermiera mi sbucò alle spalle squittendo un «Posso esserle utile?», che mi fece prendere un colpo. Le sorrisi imbarazzata e le chiesi della dottoressa Righetto.

«Secondo piano a destra».

E uscì dalla porta assolata. Dentro il reparto invece, c'era una cupa luce al neon che teneva ben lontani i raggi caldi di agosto.

Salii le due rampe di scale e bussai alla porta della neurologa. Nessuna risposta. Stavo per ritentare quando aprì. Mi servì qualche secondo per realizzare che era la dottoressa e non la donna delle pulizie. Aveva i capelli crespi e brizzolati raccolti in malo modo da una coda bassa. Era in divisa verde, sulla sessantina. Tutta la sciattezza e l'incuria del suo insieme non mi avrebbe fatto mai nemmeno sospettare che avesse studiato medicina e si fosse presa una specializzazione fra le più complesse. Però così diceva la targhetta sulla porta e quindi così doveva essere.

Mi sorrise e mi fece accomodare. Lei dietro la sua scrivania, io su una sedia di pelle piuttosto mortifera per il caldo di quel mese.

Raccontai anche alla dottoressa come mi ero sentita la sera prima. Il suo volto non aveva perso il sorriso, anche se, a mano a mano che parlavo, avevo potuto ammirare le sopracciglia aggrottarsi sulla sua fronte. Però sorrideva, e io di rimando.

«Si alzi e cammini avanti e indietro un paio di volte».

Obbedii. Anche lei si era messa in piedi e mi osservava. Mi fermai, eravamo faccia a faccia.

«Ora chiuda gli occhi».

Lo feci e iniziò a darmi dei colpetti alle spalle, prima a destra poi a sinistra, sondando il mio equilibrio.

«Li può riaprire. E si accomodi, prego».

Così feci e ci trovammo di nuovo sedute l'una di fronte all'altra.

«A posto. L'esame neurologico è buono. Lei ora sta bene».

A quelle parole sospirai, piuttosto alleggerita.

«Quanti anni ha?»

«Trenta, da poco».

Le labbra sottili le rientrarono nella bocca, mentre annuiva come a dire "lo sapevo". Allora capii che non aveva ancora finito con me.

«Da quello che mi ha raccontato... Non la voglio spaventare, avere paura non le servirà a niente...».

Sentii gracchiare dei corvi e li guardai volare e posarsi su un ramo alto dalla finestra aperta dietro le spalle della dottoressa. Avevano una preda e si erano radunati in un gruppetto.

«Però si può essere giustamente preoccupati. Da quello che mi ha raccontato, lei ha avuto i primi sintomi di una malattia che probabilmente avrà già sentito nominare. Conosce la sclerosi multipla?».

Dopo "sclerosi multipla" dalle mie orecchie era partito un fischio. Sentivo bene anche il resto, ma il suono predominante era quella sorta di stridio che faceva la spola da orecchio a orecchio. Aprii e chiusi istintivamente la mano sinistra per vedere come stava. Intanto annuivo. Anche se l'unica cosa che sapevo della sclerosi multipla era il fatto che si organizzavano raccolte fondi in televisione, ero abbastanza certa che fosse una malattia brutta. Cercai di concentrarmi per provare a capire, ma in quel momento ero stata atterrata da un peso enorme che mi rendeva difficile persino parlare. La dottoressa non mi staccava gli occhi di dosso. Ebbi la netta sensazione che stesse studiando le mie reazioni con una sorta di gusto pornografico, alla ricerca della mia paura. Provai un senso di fastidio, ma allo stesso tempo la disperazione che avanzava a grandi passi dentro di me mi spingeva ad aggrapparmi a quello che aveva da dire.

«La sclerosi multipla è in sostanza una malattia che colpisce il sistema nervoso. Si propaga per piccole infezioni, così arrivano le crisi, che ogni volta sono diverse perché le infezioni non si manifestano sempre nelle stesse aree del cervello. Ieri lei ha avuto una di quelle che vengono chiamate "crisi d'esordio", ed è stato un inizio piuttosto potente. Di questo ci dobbiamo preoccupare. Quando viene preso di mira il sistema motorio, può voler dire che la malattia si manifesterà in maniera pesante. Ma come ho già detto non dobbiamo avere paura, non serve a nulla, cara».

E posò la mano sulla mia che tenevo abbandonata sulla scrivania. Continuava a guardarmi bene in faccia. Lo capivo che stava spingendo sull'acceleratore di un carro armato che mi aveva lanciato contro con tutta la sua potenza, e lo faceva per osservare il momento in cui avrei capitolato. Non dovette aspettare molto perché gli occhi mi si erano riempiti di lacrime e non riuscivo bene a orientarmi nel suo discorso.

«C'è una cura? Cosa devo fare per guarire?»

«No, non si guarisce dalla sclerosi multipla», rispose quasi divertita dalla puerilità della mia domanda, «ma ci sono cure che possono ridurre le crisi, in molti casi. In altri la malattia è più severa. Possiamo provare a ridurre gli attacchi ma, in ogni caso, non si possono prevedere, e avvenendo nelle aree sensibili del cervello, gli attacchi possono risultare invalidanti in forma lieve o grave... Visti però i suoi sintomi all'inizio della malattia, io credo che per noi sarebbe meglio fare al più presto una risonanza magnetica, così da accertare se ha avuto davvero un attacco di sclerosi multipla o magari invece potrebbe aver avuto un attacco ischemico transitorio. Anche in quel caso sarebbe meglio controllare subito, perché spesso l'ischemia è il campanello d'allarme dell'ictus».

Ero entrata lì con un formicolio e quella donna mi aveva diagnosticato o una terribile malattia degenerativa o, come ipotesi migliore, un imminente ictus. Mi aveva piegata e, mentre lo aveva fatto, con lo sguardo aveva registrato la paura annidarsi e germogliare dentro di me. Ero ancora stordita. Passavo dalla faccia della dottoressa ai corvi dietro di lei, che continuavano a gracchiare eccitati, mentre si dividevano quella che aveva tutta l'aria di essere la carcassa di un piccione. La testa del volatile pendeva inerte.

«Però c'è un problema. Lei ora sta bene, è un codice verde, e non le farebbero mai una risonanza magnetica qui in ospedale, quindi, o aspettiamo in una lista d'attesa che potrebbe durare mesi, o ci leviamo il dente. La potrei mandare in una clinica che conosco bene, che dice?»

«Sì, per favore. Mi dia il nome della clinica. Non voglio aspettare mesi per sapere cosa mi sta succedendo».

Mi ero alzata ma non mi sentivo un granché. Mi passò il biglietto della clinica e mi sorrise con qualcosa di cattivo nello sguardo. Le porsi la mano. Me la strinse senza lasciarla.

«Ha figli, signorina Innocenti?»

«No».

«Meglio così, meglio così».

E mi diede due pacchette sulla spalla lasciandomi finalmente la mano. Mentre uscivo dalla stanza mormorò sospirando: «Così giovane... così giovane».

E sentendomi un po' come un cristo con la sua croce sulla spalla mi avviai verso casa.

Chiamai la clinica per scoprire che la risonanza sarebbe venuta a costare ottocento euro, e io quella cifra non ce l'avevo.

Una volta tornata al mio monolocale mi feci una bella ricerchina su internet sulla sclerosi multipla. Nonostante i toni rassicuranti, usati ad arte nelle relazioni dei medici, ne usciva fuori una malattia che poteva durare dai venticinque ai trent'anni, con attacchi a sorpresa che avrebbero potuto lasciare regalini come paralisi parziali e forme di invalidità anche gravemente, se non totalmente, invalidanti. Su quelle non trovai molto. Si soffermavano con entusiasmo sul fatto che la malattia non era mortale. Solo in caso di sclerosi multipla maligna si registravano decessi, e iniziava proprio attaccando il sistema motorio, come era successo a me. I pazienti potevano resistere intorno ai cinque anni agli attacchi che sarebbero seguiti, facendoti perdere ora questa, ora quella capacità cognitiva, mnemonica, articolare e via dicendo.

Con quello spirito mi ero andata a tappare nel bar di Fil, mi ero sbronzata a dovere e alla fine avevo deciso per il suicidio.

Il primo strattone mi riportò nell'altra bella situazione in cui mi trovavo. La corda legata alla caviglia della ragazza che beveva forte era stata tirata con una certa potenza. L'aveva fatta cadere faccia a terra, e ora la stava trascinando verso il buio. Vidi di nuovo quel suo sguardo. Era decisa a tenere duro. Mi vergognai di come io, invece, ero stata pronta ad arrendermi, e la guardai impotente, mentre scompariva oltre le ombre in direzione del nulla.

6

Avrei pensato alla prima volta che avevo mangiato il gelato. Quello sì che era un ricordo coi fiocchi.

Fu una delle primavere più colorate scese in terra. I fiori di ciliegio e mandorlo scoppiavano sui rami come popcorn, grossi e profumati. I prati erano verdi e tappezzati di margherite. Il cielo era di un celeste incredibile, mentre le nuvole scintillavano come neve al sole. Io e Benedetta avevamo risparmiato per settimane tutto quello che potevamo racimolare. Sapevamo che saremmo scese in città per la processione. Durante il viaggio in pullman avevo tenuto i soldini chiusi nel pugno dentro la tasca. Che non mi scivolasse nemmeno uno spicciolo del mio tesoro, perché con meno di mille lire non sarei riuscita a comprare un bel niente. Benedetta, accanto a me, faceva lo stesso. E ogni tanto ci scambiavamo gli sguardi tipici di chi la sa lunga e, senza dirci nulla, ci sfuggivano risate nervose e felici allo stesso tempo. Una complicità totale. Avevamo un buon piano e lo avremmo portato a termine con eleganza.

Vicine alla gelateria ci staccammo dal flusso degli altri bambini per nasconderci dietro i secchi dell'immondizia. Aspettammo che si allontanassero quel tanto che ci serviva per non essere viste, e scattammo in direzione della gelateria.

Appiccicate al vetro, davanti tanti gusti quanti ne potevi immaginare, ci trovammo indecise e incantate. Con mille lire ci uscivano due palline a testa, ed era una scelta difficile. Il gelataio era divertito dalla nostra concentrazione nel passare gli sguardi da una vaschetta all'altra. Non avevamo idea di che sapore avessero tutti quei gusti.

«Se siete così indecise, bambine, ve ne faccio assaggiare un paio di cucchiaini a testa, così magari vi si schiariscono le idee».

Lo guardai. Aveva due grossi baffi brizzolati, era magrolino, e i capelli sembravano esserglisi rizzati in testa manco avesse preso la scossa.

«Io assaggio quello verde e quello lì».

Nocciola e pistacchio, e furono la mia scelta. Mi mise due palline abbondanti su di un cono croccante. Invece Benedetta aveva optato per una coppetta cioccolato e frutti di bosco. Pagammo, salutammo e ci andammo a sedere sui gradini del negozio.

Io quel gelato me lo gustai alla grande. Ogni leccata era un'esplosione di felicità. Avevo gli occhi chiusi e le papille gustative ipereccitate. Quando lo finimmo, ci guardammo. Benedetta era più piccola di me di un paio d'anni, al tempo ne doveva avere più o meno sei. Si era sporcata tutta la faccia di cioccolato e sorrideva beata. Non l'avevo mai vista così felice, e nemmeno io mi ero mai sentita in quel modo. Le pulii la faccia a una fontanella e ci sedemmo sul marciapiede ad aspettare il ritorno della processione per infilarci nella fila. Mi diede la mano appiccicosa.

«Ti voglio bene, Giuditta».

E mi appoggiò la testa sulla spalla.

Quello era il mio ricordo migliore.

Quando sarebbe toccata a me, se non ce l'avessi fatta, allora avrei tirato fuori quel ricordo. Era con il profumo dei capelli di Benedetta e con la pancia piena di gelato che me ne sarei andata.

Dall'altra stanza le urla si erano prima impennate in picchi raccapriccianti, per poi diventare sempre più deboli e stanche. La ragazza che beveva forte doveva essere al limite. Se continuava così non ci sarebbe voluto ancora molto perché arrivasse il mio turno.

Il pomeriggio stava passando e il caldo finalmente aveva preso a scemare. Una mosca continuava a posarmisi addosso e a ronzarmi nelle orecchie senza un minimo di comprensione, facendo aumentare un mal di testa già abbastanza pesante dovuto alla fame e alla carenza d'ossigeno. Infatti il naso aveva ricominciato a chiudersi. Una narice già produceva un fischio sinistro ad ogni respiro.

La porta fece il suo odioso rumore e quello che restava della ragazza che beveva forte venne gettato sulla terra arida e dura.

Non era più nemmeno legata. Non serviva ormai. Era totalmente fradicia del suo stesso sangue. Aveva grossi tagli mal rattoppati per tutte le gambe. Sul busto e sulle braccia i lividi ricoprivano quasi totalmente la pelle, e la faccia era pesta come quella di un pugile che aveva visto il suo incontro più rovinoso. Respirava forte ed emetteva un suono simile a un ringhio. La spalla le era uscita facendola assomigliare a un burattino di legno caduto male. Mi guardò e svenne.

La osservai ancora un istante prima di avere un forte conato che mi partì all'improvviso dalla bocca dello stomaco. Il dolore al fianco piroettò per tutto il corpo fino a raggiungere il cervello e spegnere l'interruttore. Svenni anch'io.

Mi svegliai come mi ero svegliata tante altre volte nella mia vita durante le crisi di apnea notturna. Aprii la bocca che si era seccata fino alla gola e ingollai aria. Ero sdraiata e stavo ansimando. Mi ci volle un po' per realizzare che avevo la bocca libera dal nastro adesivo. Provai a muovermi, e scoprii prima le braccia poi le gambe, affrancate dalle corde. Non ero più sulla sedia e non ero più legata. La nottata era finita da un po' a giudicare dalla luce che filtrava nella baracca. Fui presa da una sorta di esaltazione che si smorzò appena incontrai con lo sguardo la ragazza che beveva forte. Aveva gli occhi pesti, aperti a fessure, e muoveva la bocca come i pesci che stanno da troppo tempo fuori dall'acqua. Provai ad alzarmi, ma le braccia e le gambe mi facevano un male porco e, come se non bastasse, il fianco non mi permetteva di contare sulla spinta degli addominali. Allora presi a strisciare sui gomiti fino a quando non le fui vicina.

«Ora ce ne andiamo».

Fece un verso, poi abbozzò quello che voleva essere un sorriso. E capii benissimo cosa intendeva.

«Sei messa male, è vero, ma ce la possiamo fare. Vedrai, ti aiuto io».

Il cranio rasato si mosse sul terreno e fece cenno di no. Boccheggiava sempre più lentamente. Provai ad alzarmi e spingendo sulle braccia riuscii a mettermi a sedere.

«Ti tiro su io, andiamo».

Volevo salvarla. Volevo portarla via. Volevo che vivesse perché lo meritava più di me, perché lo voleva più di me.

Ma la ragazza che beveva forte sbarrò le palpebre guardando il vuoto e una lacrima le traboccò dall'occhio violaceo. Mi afferrò i capelli con una forza meccanica e mi tirò a sé cercando con le labbra il mio orecchio.

«Via Exilles 12. Emma. Promettilo. Emma».

Poi la mano cadde sulla terra e dai suoi occhi non uscirono più lacrime.

7

Quando provai ad alzarmi il dolore al fianco fece capire chi comandava. Mi aveva costretta a serrare così forte la mandibola che probabilmente mi si erano scheggiati un paio di molari. Sentivo le vene sulle tempie gonfiarsi come a voler esplodere, ma in un modo o nell'altro mi ritrovai in piedi. Guardai per l'ultima volta la ragazza che beveva forte, accasciata e deformata da chissà quali torture. Dovevo andarmene e alla svelta. Le voltai le spalle e iniziai a camminare, scoprendo ben presto che non riuscivo a far altro che muovere i piedi di pochi centimetri. Qualunque cosa mi fosse successa al fianco mi stava costringendo a un bell'assaggio di senilità. Ero ricurva sull'addome, dovevo tenere le ginocchia leggermente piegate e potevo fare solo piccoli passi. Così com'ero conciata, se avessi incontrato il nostro aguzzino non avrei potuto far altro che capitolare. Cercai una via d'uscita a tentoni nella baracca. Non mi ci volle molto per capire che l'unica porta nella stanza era quella che conduceva al mattatoio dove era stata massacrata la mia compagna. Feci un lungo respiro e, piano, piano, mi avviai in quella direzione. Più il buio m'ingoiava, più sentivo la gola chiudersi. Posando la mano sulla maniglia mi venne un brutto presentimento. E se mi avesse slegata perché anch'io, come la ragazza che beveva forte, ero arrivata al mio capolinea? Se ci fosse stato lui, o loro, nella stanza accanto? Riflettei un attimo, zero alternative. Aprii la porta, il cigolio risuonò nel silenzio. Quella stanza era ancora più buia dell'altra. Entrai con le braccia protese in avanti che vagavano nel vuoto. L'odore del sangue fresco mi fece sentire disperata e mi bloccai per un istante, poi ripresi ad avanzare con gli occhi stretti come a dover ricevere un colpo da un momento all'altro. Con la punta delle dita avevo toccato qualcosa di metallico, una superficie liscia e bagnata. Le ritrassi subito e decisi che per procedere dovevo trovare una parete e percorrere il perimetro della stanza. Con le mani che mi tremavano come non avrei voluto, finalmente toccai il muro di roccia ed era più bagnato della bocca di una belva. Respiravo forte, dentro le narici il sapore di terra mischiata al sangue scendeva fino alla gola. Finalmente trovai un'altra porta. L'aprii piano, con cautela. La luce bianca del giorno m'investì colpendomi alle palpebre e facendomi male, poi arrivò l'aria pulita del bosco. Mi fece sentire meglio. Mi guardai intorno, solo alberi. Alle mie spalle la porta sbatté all'improvviso.

"È finita", pensai.

Mi voltai lentamente per scoprire che era stato il vento a richiuderla in malo modo e mi trovai faccia a faccia con la baracca dove eravamo state rinchiuse: era l'appendice di una casupola in pietra con gli scuri di legno chiusi da pesanti travi.

Afferrai il Vicks dalla tasca sinistra dei jeans e me ne spruzzai tanto da farmi bruciare le narici, poi scelsi la mia direzione a caso e mi addentrai nel bosco. Andando sempre dritta da qualche parte sarei pur sbucata. Avevo lo stomaco vuoto ed ero debole come mai in vita mia. Mi sentivo la febbre alta e la nausea mi faceva barcollare, ma non mi sarei fermata. Ne ero uscita, ora dovevo giocarmi le mie carte per evitare di tornare in quel buco maledetto. Camminai per un tempo che mi sembrò infinito, le forze erano davvero poche. La prima volta che sentii la testa vacillare feci in tempo ad appoggiarmi a un tronco e fissare una radice, regolarizzare il respiro ed evitare di svenire. Continuai la mia fuga al rallentatore senza altre soste. A ogni rumore la paura mi stordiva, sentivo che il cuore e il fiatone stavano facendo a gara a chi andava più veloce. Così non andava bene. Se non mi avesse uccisa l'assalitore o un ictus improvviso, un infarto sarebbe arrivato di lì a poco. Dovevo calmarmi, distrarmi, pensare a qualcosa e recuperare lucidità.

Ero stata slegata e lasciata libera di scappare. Forse, chiunque ci avesse catturate voleva la ragazza che beveva forte e io ci ero finita in mezzo perché mi trovavo nel famoso posto sbagliato al momento sbagliato. In effetti non mi era stato torto un capello, non avevo visto nessuno in faccia e quella che aveva ricevuto la ragazza che beveva forte aveva tutta l'aria di essere una lezione esemplare: chi sbaglia paga e il prezzo è questo. Se era così, si doveva essere immischiata in qualcosa di grosso e cattivo. O magari era stata torturata per dare qualche informazione di cui non potevo conoscere la natura. Sapevo solo che dovevo trovare questa Emma in via Exilles 12. E a quel punto, che avrei fatto? Forse le dovevo riferire quanto era accaduto in modo che si potesse regolare di conseguenza – magari consigliarle di scappare in un altro sistema solare – perché, se si trovava nel mirino in cui poco prima era finita la sua amica, le alternative non erano molte. Di sicuro mi sarei dovuta sbrigare il più possibile prima che un'altra ragazza si ritrovasse in un luna-park del terrore.

Continuai a fare ipotesi e a procedere in quel modo per ore, fino a quando una chiazza nera iniziò ad allargarsi nel mio campo visivo e caddi a terra svenuta. Non so dopo quanto rinvenni. Il bosco si stava dipingendo di rosa e gli uccelli si scambiavano cinguettii frastornanti. Provai ad alzarmi ma non ci riuscivo in nessun modo. Valutai le mie opzioni. Potevo aspettare lì che chiunque mi avesse presa la prima volta mi ritrovasse e facesse di me ciò che voleva, ed ero talmente stanca che per un attimo fui tentata di addormentarmi e fregarmene. Ma l'immagine della ragazza che beveva forte e di come era stata conciata mi assalì all'istante e bastò a risvegliarmi subito. Mi tornò in mente la promessa che le avevo fatto e arrendermi non fu più una possibilità. Dovevo trovare Emma. Provai ancora ad alzarmi ma non potevo, non potevo e basta. Allora iniziai a muovermi sui gomiti. Ero comunque nel bel mezzo del fottuto niente e avevo tante possibilità di salvarmi in quelle condizioni quante ce ne erano di trovare tartufi alzando la tavoletta del cesso, ma avevo deciso di non demordere e così continuai a strisciare pietosamente. Il dolore era sempre tremendo e le forze decisero di abbandonarmi di nuovo per scaraventarmi ancora nell'abisso del buio.

Ero in movimento, trascinata per una caviglia, sdraiata sul dorso. Non riuscivo ad aprire gli occhi. Con le mani cercavo qualcosa a cui aggrapparmi, ma le dita senza forza strusciavano sulla terra e sulle radici. Mi sforzai al massimo per aprire le palpebre, scoprendo che non dovevo essere svenuta per molto. I raggi passavano fra i rami alti, il cielo si era colorato di violetto. Il sole stava calando, allungando le ombre degli alberi.

Ero stata catturata.

Sentii la paura risvegliarsi come una bestia che credevo morta e invece dormiva soltanto. Un uomo piuttosto grosso avanzava dandomi le spalle. Mi teneva per la caviglia, portandomi come se fossi un sacco. Aveva i capelli bianchi e l'articolazione del gomito del braccio destro storta verso l'esterno. Cercai di ribellarmi e mugolai. Quello si girò senza smettere di camminare. Dalla quinta del suo volto, per buona parte coperto dalla spalla, vidi due occhi azzurri e sottili studiarmi per un attimo.

«Andiamo ragazzina, andiamo».

Aveva una voce nasale e profonda. Cercai di resistere ma gli occhi mi scivolarono all'indietro e gli alberi che vedevo capovolti tremarono per poi svanire.

Una radice bella appuntita mi fece sobbalzare la testa riportandomi alla realtà. L'uomo era ancora lì che mi trascinava lungo una salita ripida come uno scivolo. Sapevo che non volevo tornare nella baracca, non volevo essere torturata, non volevo soffrire, e quel piccolo assaggio di fuga per un istante mi aveva veramente fatto credere di avere una possibilità, ma in quel momento, trascinata in quel modo, mi rendevo conto che non avevo una chance che fosse una di cavarmela. L'uomo si fermò, mollando la caviglia e facendo cadere la gamba a peso morto. Si piegò con le mani sulle ginocchia a recuperare fiato. Poteva essere un'occasione ma, non appena cercai di darmi una spinta con gli addominali, il dolore divampò in un urlo. L'uomo si girò. Ora lo potevo vedere bene: volto quadrato, naso sottile e leggermente irregolare, la mandibola un po' spostata sulla destra. Aveva la fronte imperlata di sudore e la maglietta celeste acceso era zuppa. Era affannato e la sua faccia virava verso il color lilla per lo sforzo.

«Dovrà scoppiarti il cuore», mormorai mentre per l'ennesima volta le forze mi abbandonavano.

8

Aprii e chiusi gli occhi un paio di volte prima di fare mente locale sugli ultimi accadimenti. Mi portai istintivamente le mani alla bocca. Niente nastro adesivo e niente corde. Ero sdraiata sul retro di un pick-up in movimento. I lampioni si alternavano sporadici e la notte era entrata in scena. Volevo alzarmi a sedere e afferrai con le mani le sponde del camioncino, facendo pressione con le braccia e con la testa. Ci riuscii. Ero in città. Mi voltai di scatto. Dallo specchietto retrovisore vidi gli occhi azzurri dell'uomo che mi aveva trascinata per il bosco. Mi dovevo tenere pronta. Al primo semaforo rosso sarei dovuta scendere e scappare il più lontano possibile. Così, quando arrivò la mia occasione, strisciai con i piedi e scavalcai dal retro. Il pick-up ripartì, ma dopo pochi metri si accostò arrestandosi a bordo strada. Io avevo iniziato una corsetta ridicola. L'uomo scese dal posto di guida e mi raggiunse. Mi sorrideva, e il suo era un sorriso dolce, leggermente inclinato verso destra. Camminava adagio mentre a me pareva di correre i cento metri.

«Dove te ne vai?»

«Stammi lontano».

«Ma scusa, avresti preferito che ti lasciassi nel bosco?».

Mi fermai. Avevo già il fiatone. Lo guardai meglio. Non sembrava un torturatore sadico. Riprese a parlare.

«Ti eri persa?».

Decisi che lui non c'entrava nulla. Gli afferrai il braccio e cercai nella testa le parole per raccontargli quello che mi era successo, ma dalla bocca invece uscì una specie di ululato basso e mi ritrovai a piangere come una mocciosa. Piangevo e scuotevo la testa in un no, non le trovavo le parole per raccontarglielo. L'uomo si fece serio e mi diede un paio di pacche sulla spalla. Aspettò un po' che il mio pianto diminuisse, ma non riuscivo a fermarmi.

«Su, su, ora è finita. Ti porto all'ospedale. Si occupano loro di tutto, vedrai. Fra non molto sarai nuova di zecca».

All'improvviso smisi di piangere, non potevo andare all'ospedale. Emma. Dovevo avvertire Emma.

«No, no, niente ospedale. Portami in via Exilles 12. Per favore, è una faccenda seria».

L'uomo mi esaminò per un attimo.

«Lo vedo. Ok ragazzina, però ora che ti sei svegliata posso metterti davanti. Ti senti bene? Hai qualcosa di rotto?»

«Non riesco a muovermi bene. Ho preso una brutta botta».

Così dicendo mi alzai la maglietta, per poter finalmente dare un'occhiata al fianco e scoprire che avevo la pancia gonfia come quella di una donna al sesto mese di gravidanza e, sotto il seno, un bozzo piuttosto evidente.

«Vediamo, fammi dare un'occhiata».

«Sei un medico?»

«Neanche un po' ragazzina, ma credimi: per contusioni e fratture potrei anche avere la laurea *ad honorem*».

Mi toccò prima la pancia poi i fianchi, facendo affondare le dita e tastando in profondità.

«Senti dolore?»

«No».

Più che altro iniziavo a sentirmi imbarazzata. Quando però salì verso il seno in direzione del bozzo, allora non sentii altro che il dolore bruciante degli ultimi giorni riacutizzarsi e mordermi alla testa. Urlai.

«Ho capito, ho capito. Ti sei rotta un paio di costole, a occhio e croce. E mi spingo anche oltre. Secondo me sono fratture composte, ma con le costole non si sa mai. Hai la pancia bella gonfia, e se l'osso non è rimasto in asse può aver colpito qualche organo, dando il via a un'emorragia. Da quanto tempo sei in queste condizioni?»

«Tre, forse quattro giorni, credo».

«Milza e reni credo siano ok, però fossi in te, visto com'è gonfio lo stomaco, una bella ecografia la farei immediatamente».

Ci pensai: ospedale, attesa, esame, attesa, risultati. E nel frattempo Emma che viene stordita, portata nella baracca, immobilizzata. E per lei sarebbe scattato il *la* della marcia funebre. Io potevo aspettare. Dovevo solo aggiungere emorragia interna alla lunga lista delle cose che mi avrebbero potuto uccidere. Lo guardai dritto negli occhi, e usai il tono più deciso che riuscii a trovare.

«Io devo andare in via Exilles 12 e tu mi ci devi accompagnare. Sono rimasta in piedi fino a questo momento, ci resterò anche per la prossima ora».

L'uomo sospirò.

«Non mi sembravi proprio in piedi quando ti ho trovata, ma a quanto pare hai le tue ragioni e spero che siano buone. Ti accompagno in via Exilles, ma non mi morire in macchina, ok?»

«Ok, grazie», dissi appoggiandomi a lui. «Grazie di tutto».

Mi sistemò al lato del passeggero e aprì il cruscotto, dal quale estrasse un «Tuttocittà» arrotolato che sembrava cadere a pezzi. Andò all'indice. Pregai che via Exilles esistesse e che fosse a Torino. Esisteva ed era poco oltre piazza Statuto, verso le montagne. La macchina si mise in moto. L'adrenalina era scesa di un bel po'. Cercai nelle tasche dei jeans il Vicks. Lo trovai e tirai fuori anche il pacchetto di sigarette. Mi sparai due generose spruzzate per narice, m'infilai una sigaretta in bocca e feci scattare l'accendisigari sul cruscotto.

«Ti faccio fumare nella mia macchina solo perché sembri piuttosto su di giri, ma sappi che non mi fa piacere».

Gli diedi un'occhiata, doveva avere più o meno una sessantina d'anni. Aveva la fronte aggrottata e nonostante qualche chilo di troppo mi sembrò un bell'uomo. Spinsi la sigaretta contro il cerchio arroventato, la prima boccata mi sembrò ossigeno.

«Lo apprezzo, come ti chiami?»

«Mi chiamo Giovanni, puoi chiamarmi Giò, a me fa più piacere. E tu ce l'hai un nome?»

«Giuditta, e Giud, con il nome che mi ritrovo, è l'unico modo in cui puoi chiamarmi».

La bocca gli si storse in un sorriso che scoprì il canino destro.

«Me lo dici che cosa ti è successo, Giud?»

«A quanto pare non ci riesco, dammi ancora un attimo, quando avrò chiuso questa faccenda forse sarà più facile».

E continuammo a viaggiare in silenzio per le strade praticamente deserte.

Quando ci trovammo in via Exilles 12, avvertii di nuovo la paura aprire le dighe e rilasciare adrenalina.

«Vieni con me, ti prego».

«Cosa dobbiamo fare qui?»

«Non lo so, devo trovare questa Emma solo che... Ho paura».

L'uomo mi studiò e alla fine decise che mi avrebbe accompagnata perché scese dalla macchina e mi aiutò a fare altrettanto. Il palazzo era di quattro piani. Solo una volta di fronte al citofono capii che non avevo la minima idea di quale pulsante premere. Giò lo aveva capito perché citofonò a caso. Rispose una donna.

«C'è una pizza per Emma».

«Oh signore, e citofonate a lei allora». Così dicendo ci aprì il portone.

Entrammo, il palazzo non aveva l'ascensore e le scale erano una bella sfida per me. Lo guardai.

«E ora?»

«Ora consegniamo questa pizza».

Salimmo al primo piano e suonammo alla porta.

«Chi è?»

«Pizza per Emma. Non ci ha dato il cognome è qui?»

«Oh che cavolo, all'ultimo piano».

Perfetto. Salimmo le rampe di scale. Giò mi aiutava ma ero comunque molto lenta. Alla fine, comunque, arrivammo. La porta di legno dell'appartamento era socchiusa. Dall'interno filtrava luce. L'aprii per scoprire una cucina messa in subbuglio con pentole e cibo ovunque e puzza di roba andata a male. La testa mi cadde all'ingiù. Ero arrivata troppo tardi. Giò iniziò a camminare dietro di me con le ginocchia piegate, pronto a uno scatto. Anche lui aveva capito che, qualunque cosa stesse succedendo, la situazione poteva prendere una piega spiacevole. Continuai la mia avanzata lungo un corridoio dove erano sparsi vestiti e scarpe, il salotto era illuminato solo da un televisore acceso e tenuto sul *mute*. Sul divano vidi una sagoma. Mi ci volle un po' per capire, ma appena realizzai il respiro mi si bloccò in gola. Scomposto sul divano, il corpo di una bambina. Era a pancia in giù, con le gambe divaricate e un braccino abbandonato fino a terra.

9

Inspirai aria senza più riuscire a buttarla fuori, e uscii subito dalla stanza trascinandomi lungo il corridoio da dove ero venuta, riprendendo lentamente a respirare. Mi ritrovai in cucina di fronte al lavandino. Aprii l'acqua e mi sciacquai la faccia un paio di volte. Bevvi qualche sorso nel tentativo di riprendermi. Quando mi girai vidi attaccate al frigorifero da magneti a forma di animaletti le foto della ragazza che beveva forte, non ancora massacrata. Era con una bimba. Dovevano essere recenti perché la piccola nelle immagini aveva più o meno le dimensioni del corpicino sul divano. Sorridevano, si baciavano, facevano facce buffe. Fu solo allora che mi resi conto di quanto era giovane la ragazza che beveva forte. Nelle foto era struccata e sembrava poco più di una bambina, non doveva avere ancora vent'anni.

Avevo la testa fra le mani quando Giò mi raggiunse in cucina. Teneva il piccolo corpo in braccio a principessa. La bambina era del tutto abbandonata.

«Che fai?»

«Non lo so, ho pensato di prenderla, non siamo qui per questo?»

«Ma non vedi che è...».

E mi accorsi che non riuscivo nemmeno a dirlo. Doveva

essere lei Emma, e io ero arrivata tardi. Tanto per cambiare, avevo fallito. Questo pensavo quando la piccoletta prese a russare come un obeso.

La felicità mi attraversò per arrivare al cervello e rilassarmi i muscoli. Era viva. Qualcosa ero riuscita a salvare. Poi un campanello d'allarme prese il posto della gioia. Eravamo ancora dentro quella casa e la bambina, così come noi, non era ancora in salvo.

«Dobbiamo andarcene da qui e alla svelta».

Giò non fece domande, si strinse la bambina al petto e uscimmo, ma io ero davvero troppo lenta.

«Portala alla macchina. Io ci metterò tutto il tempo che mi serve».

Giò non mi rispose. In qualche modo doveva aver fiutato la mia paura e accelerò decisamente il passo fino a correre giù per le scale. Io intanto affrontavo un gradino alla volta, pregando che non arrivasse nessuno. La ragazza che beveva forte mi aveva spedita a recuperare la bambina. Forse lo aveva fatto perché era rimasta sola a lungo e qualcuno doveva pur occuparsene, oppure temeva che chiunque ci avesse prese, come prossimo nome sulla lista avesse quello di Emma. Qualunque fosse il motivo mi ritrovavo una bambina fra le mani e non avevo idea di cosa avrei dovuto fare. Intanto ero libera e avevo recuperato Emma. Queste erano due vittorie. Avrei affrontato il resto con più lucidità, perché per come ero ridotta non me ne rimaneva parecchia.

Finalmente arrivai anch'io alla macchina. Giò mi aprì. Salii accanto alla bambina, che dormiva ancora. Giò avviò il motore e si allontanò da via Exilles a una certa velocità. La guardai. Era piccola, con i capelli castani. Le ciglia scure le disegnavano due occhi lunghi. Aveva la bocca socchiusa, il labbro superiore un po' sporgente sembrava un beccuccio. Poi mi voltai. Dal vetro del finestrino, le luci della città si alternavano alle ombre delle notte.

«Vi porto all'ospedale».

Ero confusa. Provai a ragionare. Non avevo documenti, né miei né della piccola, ed ero conciata in un modo che avrebbe spinto il personale di guardia a chiamare la polizia. Non potevo permetterlo.

«No, niente ospedale. Lei sta bene, io ho solo un paio di costole rotte, l'hai detto anche tu... ce l'hai una casa Giò?».

Giò mi lanciò un'occhiata.

«E tu non ce l'hai?»

«Certo, solo che, per come sono conciata, una mano con la bambina mi farebbe comodo».

«Ok, ragazzina, ma noi due dobbiamo fare un bel discorsetto».

Tornai a guardare fuori dal finestrino fino a quando non mi addormentai anch'io.

Fu il rumore del freno a mano a risvegliarmi. Aprendo gli occhi il panico mi colpì in faccia come fosse un bastone. Eravamo in mezzo al bosco. Giò stava prendendo la bambina in braccio. Sentii i nervi scattare ma non sarei riuscita a difendere me stessa, figuriamoci a recuperare la piccola e scappare. Non potevo essere stata così stupida da avergli consegnato Emma.

«Dove siamo?»

«Mi hai detto tu di portarvi a casa mia. Io abito qui».

Con la testa m'indicò una casa prefabbricata in legno, a due piani. Non aveva nulla a che vedere con la baracca in cui ero stata segregata negli ultimi giorni. Mi tranquillizzai all'istante. Scesi dalla macchina. Il vento aveva preso a soffiare con una certa potenza, mi aiutò a riprendermi, anche se oramai ero ben oltre le energie di riserva delle mie batterie. Vidi Giò entrare nel prefabbricato e una luce calda accendersi all'interno.

Quando fui dentro, lui era già salito al piano di sopra con la bambina e io mi lasciai cadere sul divano del salotto e con lo sguardo diedi un'occhiata in giro. La casetta era carina, ordinatissima, ed emanava l'odore tipico delle saune. Ai muri erano appesi tanti certificati ben incorniciati. Su un'altra parete una libreria era riempita per intero da coppe di ogni dimensione.

Giò scese le scale, per scomparire di nuovo dietro un'altra porta. Poco dopo uscì con un panino, una bottiglia di rum e due bicchierini. Mi si sedette accanto.

«Vacci piano con questo. Hai l'aria di una che ha saltato un paio di pasti».

E mi porse il piatto. Salamino piccante e formaggio, il pasto più buono della mia vita. Alla fine presi il mio bicchierino di rum, lo feci cozzare contro il suo ancora posato sul tavolino basso di fronte a noi, e lo buttai giù alla goccia. Appena il rum raggiunse lo stomaco, tutta la stanchezza che avevo mi si rovesciò addosso e mi lasciai andare contro il divano in un sonno pesante quanto un grizzly.

Furono le urla della bambina a svegliarmi, gridava a squarciagola.

«Aiuto, aiuto, aiutatemi».

Sbarrai gli occhi. La luce del mattino entrava dalle finestre, e io non ero nemmeno in grado di alzarmi da quel dannato divano.

10

Sentii i passi della bambina susseguirsi veloci lungo le scale. Non smetteva di urlare e invocare aiuto. Dietro di lei, più lenti e pesanti, i passi di Giò che la inseguiva. La piccoletta mi si piazzò davanti, mi guardò per un istante, strinse i pugnetti e si piegò sulle ginocchia per cacciare un urlo ancora più forte. E prese a correre di fronte al divano da destra a sinistra, con i capelli sconvolti e la faccia viola dallo sforzo che faceva per urlare con quella potenza. Era poco più alta di un metro e da quell'angolazione vedevo chiaramente che le mancava un incisivo superiore. Giò era arrivato anche lui davanti a me, mi guardava sbigottito.

«Ma questa bambina non ti conosce nemmeno?».

Mi strinsi nelle spalle.

«Aiutami ad alzarmi. Non ci riesco».

Mi si avvicinò e si piegò su di me. Odorava di caffè e me ne venne una gran voglia. Mi fece scivolare il braccio dietro le scapole e con la mano mi afferrò la testa, tirandomi su in un unico movimento come se tenesse un neonato. La bambina si era fermata a guardare la scena, aveva il fiatone e il colorito violaceo stava a mano a mano scemando. Teneva la mandibola digrignata in avanti in una sorta di ringhio da bulldog che metteva in bell'evidenza i dentini da latte. Una chiara e temibile minaccia. Sospirai, non avevo la minima idea di come mi sarei dovuta comportare in quella situazione e ancora meno sapevo come rapportarmi a una bambina.

«Senti, se ho sbagliato ti chiedo scusa da subito, ma se invece sei tu Emma, allora dovremmo fare amicizia, perché tua sorella mi ha chiesto di occuparmi di te per un po'. Allora, tu ti chiami Emma?».

La bambina era sempre accigliata ma aveva rilassato la mandibola. Lo presi come un buon segno.

«Sì, io mi chiamo Emma, ma non ce l'ho una sorella».

«Non ti dice nulla una bella ragazza alta, con due occhi grandi come i tuoi e dei lunghissimi capelli rossi?».

Il volto di Emma s'illuminò e le salì un sorriso innamorato.

«Quella è la mia mamma».

Sentii una fitta al cuore. Ancora non sapeva niente e forse sarebbe toccato a me dirglielo. Ma di certo non era quello il momento.

«Io che ho detto? Tua madre. Mi ha chiesto la cortesia di stare con te per qualche tempo».

Emma ci pensò su per un istante. Era chiaro che qualcosa non le tornava, ma io sapevo di avere un vantaggio: i bambini si bevono tutto.

«Ma perché mamma non è tornata a casa in questi giorni?».

La mia voce non doveva tremare. Era piccola, mica stupida. Allora rimandai giù il magone che mi era salito.

«Già, brava che me l'hai ricordato. Mi ha chiesto di dirti che si scusa tanto, ma lei contava sul fatto che sei in gamba e che te la saresti cavata».

Mi dovetti girare perché, per quanto riuscissi a tenere a

bada il tono della voce, sentivo le lacrime salirmi agli occhi.

«Lei ci ha provato a tornare a casa in questi giorni, credimi, però non c'è riuscita e per questo ha chiesto a me di occuparmi di tutto per un po'. Ed è ora che cominci con il mio nuovo compito. Che ne dici di una colazione intanto?».

Tornai a guardarla. Emma stava facendo sì con la testa. Tirai un sospiro di sollievo. Non ero sicura che se la fosse bevuta. Di certo aveva smesso di urlare ed era collaborativa, ma quando alzai lo sguardo e vidi come mi stava fissando Giò, capii che con le spiegazioni non avevo finito neanche per sogno.

In cucina ci eravamo arrangiati con quello che c'era. Un paio d'uova all'occhio di bue e acqua per Emma, un litro di caffè per me. Mangiammo in silenzio, ognuno di fronte alle proprie domande che, ne ero certa, erano parecchie per tutti. Giò continuava a non mollarmi un attimo con lo sguardo, e i suoi occhi accigliati e cristallini mi stavano comunicando che, qualunque storia gli volessi rifilare, sarebbe stato meglio per me che fosse stata buona.

«Emma senti, se troviamo una penna e della carta, tu li sai fare dei disegni?»

«Sono bravissima», affermò con una certa stizza nel tono.

«Ci avrei giurato. Giò, ci pensi tu?».

Giò si appoggiò con i pugni sul tavolo e si alzò, da un cassetto della cucina estrasse un blocco e una biro.

«Emma, ti va di andare di sopra a fare qualche disegno per noi?»

«Penso che ne farò uno per mamma».

E prese il plico con la biro, affrettandosi a salire le scale.

«Ora mi dici chi sei tu, chi è la bambina e per quale ragione non dovrei chiamare la polizia? Perché, te lo dico ragazzina, questo ha tutta l'aria di essere un sequestro. Cos'è, ti stai vendicando di qualcosa? Non in casa mia».

«Ti racconto tutto, non t'incazzare. Però mi ci vorrà un altro caffè».

Giò si alzò e con quello che interpretai come l'ultimo frammento di pazienza che aveva in corpo, prese a smontare la caffettiera nel lavabo, dandomi le spalle. Frugai nella tasca dei pantaloni, tirai fuori il pacchetto sbrindellato. Mi rimaneva un'ultima sigaretta. Per quella storia mi sembrò il giusto accompagnamento.

«Quella non pensare nemmeno di accendertela».

Mi sfilai la sigaretta di bocca. Ero a casa sua e non mi dispiaceva affatto avere compagnia.

Quando il caffè borbottò e Giò mi riempì la tazza, sentii un'angoscia pesante crescermi dentro.

Non so se è vero che parlare delle proprie disavventure aiuti a liberarsi. In quell'occasione le parole uscirono senza che io le pensassi. Dentro la mia testa si susseguivano le immagini degli ultimi giorni. Sentivo lo stesso dolore cocente e rabbioso proprio per come era nato, e ora che avevo conosciuto Emma, riuscivo a capire la determinazione della ragazza che beveva forte. Aveva qualcuno da cui tornare ed era stata proprio sua figlia a darle quella forza ostinata e straordinaria, ma non era bastata, non poteva bastare. Questo rendeva ancora più doloroso tutto quello che le era successo. Avevo raccontato ogni cosa, dalla diagnosi al bar di Fil, dal tentativo di suicidio al sequestro, e l'angoscia in effetti se ne era andata, almeno in parte, però la tristezza in me era fermentata senza lasciare spazio ad altro. Alzai lo sguardo dal tavolo, che avevo fissato per tutto il tempo girandomi e rigirandomi la sigaretta fra le dita. Le lacrime calde mi bagnavano le guance.

Giò era serio, prese fiato per dire qualcosa, ma si bloccò. Dopo un po' si alzò e andò a frugare in uno scaffale alto. Mi si avvicinò alle spalle e mi poggiò una mano dietro il collo, con l'altra fece scivolare sulla superficie liscia del tavolo un posacenere con dentro un accendino.

11

«Per prima cosa dovresti andare in un ospedale a farti controllare il cervello. Se è vero che rischi un ictus lo si può evitare, e comunque, anche fosse sclerosi multipla, il suicidio non mi sembra tanto meglio».

Rimasi a testa bassa. Tutto sommato non aveva torto.

«Mi farei anche dare una controllatina a quelle costole, e se ti riesce, chiedi degli antidolorifici. In questo Paese non li prescrivono facilmente, ma ti ci vogliono, fidati».

Alzai gli occhi per andare a incontrare i suoi. Aveva un'aria decisa e, in quel momento, mi sarei fidata di lui anche se mi avesse detto che fare un giro sulle montagne russe senza cinture era un'ottima idea. Rimaneva il problema dei soldi. Sarei dovuta andare in una clinica per gli esami, quanto meno per la risonanza, ed ero a corto di quattrini.

La vergogna mi assalì la faccia che sentii arrossire. Bruciava. Riabbassai lo sguardo per tornare alle intarsiature nel legno del tavolo. Avevo molte cose da fare e poche risorse per agire.

«Senti Giò, prima di tutto ti voglio ringraziare... per averci portate a casa tua e tutto il resto. Quello che dici è sacrosanto e ti prometto che farò tutto, ma sono troppo confusa. Mi sento molto stanca e, se posso approfittarne, ti chiedo di concedermi ancora qualche ora qui da te. Ho bisogno di dormire e riorganizzare le idee, poi me ne andrò con Emma».

Spensi la sigaretta che era arrivata al filtro. La puzza di bruciato mi riempì le narici.

«Come vuoi ragazzina, ti accompagno di sopra così potrai stenderti sul letto e porto la bambina a fare un po' di spesa, che ne dici?».

Annuii, e, forzando le mani sul tavolo, riuscii ad alzarmi. Avevo il corpo rigido come una stecca da biliardo. Emma era in camera da letto, seduta alla scrivania che si affacciava su una finestra aperta. Si era tolta i vestiti per rimanere in mutande e aveva sparso fogli ovunque. Ciondolava i piedi che non arrivavano a toccare per terra.

«Emma, tu e Giò andate a fare un giro fuori».

La bambina si girò. Aveva due occhi neri come non se ne vedono in giro, erano così scuri che non si distingueva la pupilla dall'iride. Il nasino piccolo all'insù e la boccuccia socchiusa, un accenno di borse sotto gli occhi, e, ora che la guardavo bene, era fuori di dubbio che avesse bisogno di un bagno. Si alzò dal tavolo dando un'ultima occhiata ai suoi disegni, poi s'infilò i pantacollant e la magliettina gialla, e prese senza troppi complimenti la grande mano di Giò che mi sembrò un tantino imbarazzato.

Quando furono fuori dalla stanza mi avviai verso la finestra per chiudere gli scuri, ma al solo pensiero di rimanere al buio mi sentii smarrita. Meglio lasciarli aperti. Appena toccai il cuscino con la testa, il sonno mi portò lontano.

Ero in bilico sul parapetto del ponte. La ragazza che beveva forte correva verso di me con il trucco colato, e urlava. Io non riuscivo a sentire altro che il rumore del fiume che s'ingrossava a vista d'occhio, straripando e minacciando di travolgere tutto. Volevo scendere per andarle incontro, perché sapevo che stava per succedere qualcosa di brutto, ma non ci riuscivo. Ero paralizzata. Un'ombra scura alle sue spalle, una sagoma enorme la stava raggiungendo a gran velocità. Il Po sotto di me era quasi arrivato al ponte. Tentavo di leggere dalla sua bocca rossa quello che diceva. Ma alle sue spalle il braccio dell'ombra si era alzato. L'aveva colpita con violenza alla testa e lei era caduta prima che io riuscissi a capire quello che mi stava urlando. Persi l'equilibrio e iniziai a cadere, ma nel mezzo del fiume si era aperto un vortice e io precipitavo da un'altezza chilometrica. Arrancavo con le mani nel vuoto mentre il rumore dell'acqua si faceva violento e metallico come quello di un tritarifiuti. Sentivo la bocca dello stomaco rientrarmi a dismisura mentre precipitavo vertiginosamente. Al momento dell'impatto, come sempre succede, mi svegliai sbarrando gli occhi.

Fuori era buio. Per quanto avevo dormito? La camera era illuminata dalla luna che rischiariva la notte. Avevo bagnato le lenzuola di sudore. Ansimavo. Erano andate così le cose? La ragazza che beveva forte era stata colpita. Per questo era caduta? Mi chiesi se l'ombra del sogno l'avessi percepita anche nella realtà quella notte, e magari, distratta dal contesto, non l'avessi registrata se non nel mio inconscio.

Zero risposte.

«Giò?», urlai.

Sentii i passi di Giò salire le scale. Comparve sulla porta appoggiandosi allo stipite con il braccio.

«Be', avevi bisogno di dormire a quanto pare. Per un attimo ho temuto che fossi in coma».

«Mi aiuti?».

Si avvicinò al letto, e si chinò su di me. Sostenendomi per la schiena mi adagiò a sedere come se non avessi consistenza. Non ero molto abituata al contatto fisico, ed essere così vicina a lui mi metteva in imbarazzo, ma in un certo modo mi piaceva anche.

«Ti va di mangiare qualcosa?»

«Sì. Tanto».

Scendemmo giù in salotto e mi sedetti sul divano. Giò andò in cucina e tornò dopo poco con un piatto di spaghetti alle polpette. Si accomodò su una poltrona di fronte a me e prese a guardarmi mangiare come si guarda un cagnolino affamato a cui lanci un tozzo di pane.

«Emma dov'è?»

«A dormire. Sono le undici passate. Non scherzavo, credevo fossi in coma».

Mi guardai in giro e vidi tutte le coppe e i certificati che il giorno prima non avevo ben focalizzato. Erano attestati e premi, Giò aveva a che fare con le arti marziali.

«Sei un karateka?»

«No, un jutsuka».

«E te la cavi?».

Sorrise, e da come lo fece capii che era qualcosina di più di uno che se la cava.

«Come sono gli spaghetti?»

«Buoni. Anche freddi, buoni».

«Mi fa piacere, Emma ha insistito perché mangiassimo il piatto di Lilli e il Vagabondo».

«Cosa c'è Giò? Perché mi guardi così?»

«Perché vedi, Giuditta, ora, dopo tutto quello che mi hai raccontato, non posso che trarre la conclusione che sei una ragazza piuttosto tenace, e questo mi piace, dico davvero, però non posso nemmeno fare finta di non notare che ti stai rifiutando in tutti i modi di coinvolgere la polizia, e questo è strano. Che dici? Mi devi raccontare ancora qualcosa?».

12

Speravo di no, ma lo sapevo che prima o poi sarebbe venuta a galla la mia storia. Da quando avevo capito come la gente cambiava atteggiamento nei miei confronti dopo averla raccontata, avevo semplicemente smesso di farlo. Giò mi piaceva e la paura che tirando fuori il rospo lui cambiasse era tanta. Poteva sforzarsi quanto voleva di non darlo a vedere, ma ormai attivavo una specie di radar, lo capivo da un qualunque micromovimento del volto quello che s'insinuava negli altri, così come capivo che era un processo irreversibile. Mi vedevano per quello che ero stata e avevo lottato per non essere più.

«Ce l'hai qualcosa da bere?».

Giò si alzò e andò in cucina mentre io fissavo la poltrona davanti a me che, alleggerita dal suo peso, si gonfiava lentamente. Mi alzai anch'io e, con la lentezza che ormai mi contraddistingueva, mi avviai verso la porta del prefabbricato e l'aprii. Il vento piegava gli alberi, facendo muovere i rami come onde nel mare in tempesta. Era un vento caldo che non mi faceva stare bene. Mi appoggiai alla ringhiera della veranda per sedermi sul primo dei tre gradini. Giò arrivò con un bicchiere di rum scuro e denso quanto la resina. Lo presi in mano e feci fare dei giri di hula-hoop al liquido dentro il vetro. Mi passò anche un pacchetto nuovo di zecca di Fortuna, le mie sigarette, e un accendino dai colori vivaci.

«Ho visto che le avevi finite».

«Grazie».

«Prego».

Mi si sedette accanto e quando capii che era venuto il momento di parlare, all'improvviso mi arrivò addosso tutto il dolore che nel tempo avevo tentato di smaltire, a quanto pareva, invano. Bevvi il primo sorso. Ringraziai la provvidenza che quell'uomo sapesse cos'era un alcolico decente e ringraziai la fortuna di avere ancora una bocca per berlo.

«Non ci possiamo andare dalla polizia, e questo mi pesa, ma se denunciamo quello che è successo dovremmo parlare di Emma, e se non c'è nessuno che se ne può occupare finirà in un istituto».

«Cosa vuol dire? Dobbiamo pensare a proteggerla e bisogna che qualcuno indaghi su quello che è successo».

«Lo so che non puoi capire. Vedi, se Emma finisce in un istituto io avrò tradito la promessa che ho fatto a sua madre, perché non sarà né salva, né felice. Io lo so, sono cresciuta in orfanotrofio».

Mi tenevo pronta, mi ero girata a fissarlo. Niente, non aveva mosso un muscolo.

"Bravo Giò, così mi piaci".

«Non mi piace parlarne, ma credimi, è meglio che non succeda a un solo bambino in più di trovarsi in un istituto. Ci sono praticamente nata in orfanotrofio, e ci sono rimasta fino a diciotto anni».

Tornai a guardare il bosco che si muoveva nella voce cupa del vento.

«Quelli che stavano peggio erano proprio i bambini che

per un periodo avevano vissuto con i genitori e per qualche motivo li avevano persi. Ho passato nottate intere a sentirli invocare *mamma* nel buio della camerata. Quelli che passi in orfanotrofio sono anni disperati, pieni di punizione a peccati che non hai mai commesso. Io la vedo così. Ti mettevano là dentro, dietro mura di cinta alte quanto quelle dei riformatori, a pagare perché qualcuno non si era preso la briga di crescerti e di lavorare per mantenerti. Se faccio una cosa del genere a Emma, puoi star certo che passerò il resto della mia vita a sputarmi in faccia. Perciò lo capisco che non lo trovi ragionevole, e buona parte di me ti dà ragione al cento per cento, ma vince l'altra parte, quella che non me la farà mai e poi mai portare in un istituto. Sarebbe più facile, e non è nemmeno una mia responsabilità, me ne rendo conto, ma piuttosto mi taglierei le mani. Ti dico tutto questo perché averti incontrato è una fortuna che mi piacerebbe non svanisse. Se non te la senti di rimanerci accanto lo capisco, e ti rispetto, però non ci denunciare. In qualche modo me la caverò. Me la cavo sempre».

Provai ad accennare un sorriso, ma era talmente forzato che rinunciai subito. Sperai di essere stata convincente e cercai di capire se anche in lui fosse scattato quel patetico sentimento di pietà che generalmente affiorava negli altri quando dichiaravo di essere un'orfana. Odiavo che all'improvviso tutto fosse chiaro agli occhi sempliciotti di chicchessia: *Povera ragazza, quanto avrà sofferto*. Magari era vero, la mia vita era stata poco allegra, ma non mi piaceva che terzi si arrogassero il diritto di compatirmi.

Potevo essere qualcos'altro. Dai miei diciotto anni, avrei potuto essere qualcosa di più di una povera stronza orfana. Nei momenti difficili, quando la solitudine mi si mangiava, continuavo a ripetermi che avrei potuto diventare qualunque cosa. Per anni, all'istituto, quella era stata la mia ancora di salvezza nel tentativo di non perdermi. Non ero diventata un granché in effetti, ma di sicuro non avrei mai abbandonato una bambina.

Giò era diverso dagli altri, e mi fu chiaro come il sole in quel momento. Il suo sguardo non era né comprensivo né sdolcinato. I suoi occhi azzurri erano andati oltre la mia storia e stavano già pensando alla prossima mossa.

«Lo capisco quello che dici, e capisco il valore che hai dato alla promessa che hai fatto. A te è andata così e mi dispiace, ma non hai pensato che magari la bambina ha un padre? O dei nonni?».

No, non ci avevo nemmeno pensato. Forse perché la ragazza che beveva forte contava su di me per accorrere da Emma, o forse perché non ero particolarmente intelligente. Mi sentii in imbarazzo.

«Quindi, dobbiamo fare due cose ora. La prima è capire chi era la madre di Emma, così da scoprire eventuali parenti a cui affidarla per poter denunciare alla polizia il tuo sequestro e l'omicidio. Intanto, se le tue ipotesi sono giuste, la donna doveva essere finita in qualche brutto giro, e la cosa migliore per difendere la bambina è capire da dove arriva il pericolo per poterlo anticipare. Oltre a questo mi servi sana e scattante, perché non esiste che mi lasci in questo pantano con un individuo di neanche un metro. Quindi, almeno questo lo faremo a modo mio. Domani farai le analisi che ti occorrono, poi torneremo nella casa da dove abbiamo prelevato Emma e vediamo se troviamo qualche indizio sulla sua famiglia».

«Ecco, abbiamo un altro problema logistico. La risonanza

non me la farebbero in ospedale, e in clinica vogliono ottocento euro che non ho».

«E non hai nemmeno un lavoro?»

«Be', se lo vuoi chiamare così, sono una centralinista a ore e quando mi va, per quattro euro ogni sessanta minuti».

«Va bene, domani proverai a chiamare il tuo datore di lavoro e sentiamo se gli va di darti un anticipo».

Gli sorrisi e mi sentii bene.

«Allora sei dei nostri?»

«Almeno uno che faccia l'adulto ci vuole».

«Mi aiuti ad alzarmi?».

Mi passò la mano sotto il braccio e mi prese come sempre, con grande forza e delicatezza. Gli strinsi le braccia intorno al collo e rimasi così, in piedi, ad abbracciarlo e a sentire il suo imbarazzo. Provai ad avvicinare la bocca al suo orecchio, ma a mala pena arrivavo alla spalla.

«Grazie».

13

Emma dormiva con la stessa infinita grazia di un alcolizzato in piena sbornia. Era sdraiata a pancia in su e per quanto fosse piccola, occupava tutto il letto matrimoniale della stanza principale del prefabbricato. Aveva le braccia e le gambe aperte, si era messa di traverso, aveva scaraventato il cuscino sul comò e russava a pieni polmoni. Lo zuccherino era lurido. Prima di svegliarla dal suo dolce sonno iniziai a riempire la vasca da bagno.

Poi tornai in camera e mi avvicinai alla piccola, e con la voce più materna possibile, provai a svegliarla.

«Buongiorno Emma. Andiamo a fare il bagnetto?».

Un braccio le scattò in aria, mi colpì la tempia rigirandomi la faccia. Senza svegliarsi si era piazzata su un fianco dandomi le spalle, piccola bastardella.

«Emma, alzati! È tardi. Ti devo lavare».

Stavolta il tono era tutt'altro che materno, ma ottenni il mio risultato. La bambina si voltò con gli occhi gonfi di sonno e si stropicciò il naso. Mi guardava con una certa diffidenza.

«Ma tu me lo sai fare il bagno?»

«Certo».

Non che ne fossi poi così convinta. Comunque scese dal letto e mi diede la mano. Così andammo in bagno. La spogliai e la feci entrare nella vasca, e lei iniziò subito a muovere le mani come ondine sulla superficie dell'acqua e a canticchiare qualcosa su dei pesciolini pazzerelli. Per quanto era piccola non avrei mai detto che potesse portarsi addosso tutto quello sporco. Aveva i capelli incrostati di qualcosa che interpretai come marmellata e per districarli mi ci volle un tempo considerevole. Ero quasi tentata di tagliarglieli, ma alla fine riuscii a farne venir fuori una bambina piuttosto pulita.

«Oh no, ho dimenticato di là il telo... vediamo se ce lo porta Giò».

Feci per girarmi e chiamarlo ma mi afferrò il braccio di scatto. Mi voltai a guardarla. Si stava coprendo il petto.

«No, non lo far venire, è un maschio».

«Ma sentila... Ok, però tu ti metti in piedi e ti attacchi forte, forte, al bordo della vasca. È importante. Se cadi è finita. E continua a cantare la canzone dei pesci, così ti sento, ok?».

Emma iniziò a intonare le prime note e io uscii a cercare un asciugamano, e quando rientrai in bagno mi venne da ridere per quanto ero stata stupida. La bambina era in piedi con le gambette piegate e si reggeva a tutta forza sul bordo della vasca mentre con voce tremante di paura cantava: «Pazzerelli e colorati, colorati e pazzerelli».

Era terrorizzata. Forse avevo esagerato. La avvolsi e la aiutai a uscire dalla vasca. Ma tornando in camera e dando un'occhiata ai suoi vestiti, capii che erano lerci pure quelli. Impossibile rimetterli. Allora le infilai una maglietta di Giò che le arrivava alle caviglie. Se non altro era pulita, poi con lo spago da cucina le confezionai una bella cinta. Le diedi un'occhiata. Dal colletto della maglia le usciva una spalla e sembrava più povera della piccola fiammiferaia, ma poteva andare.

«Colazione? Ci stai?».

Emma annuì e scendemmo le scale. Si reggeva la maglietta come fosse un vestito da gran gala. Il fatto che fosse lunga bastava e avanzava a farla diventare un abito da principessa. Giò scoppiò a ridere quando la vide entrare in cucina e se la prese in braccio.

«Che dici di pane e marmellata?»

«Sì, sì, sì, sì».

Decisamente un successo. Io mi presi una tazzina di caffè.

«Allora, oggi passo dal mio capo e chiedo l'anticipo. Se tutto va bene, fisso l'appuntamento per la risonanza. Ho anche pensato che potrei andare in via Exilles a prendere un paio di cambi per lei. Magari trovo qualche indizio per quella faccenda».

«Ma a Emma hai chiesto qualcosa?».

Scossi la testa. Proprio non ero arguta. Mi sedetti accanto a lei.

«Che mi devi chiedere?»

«Emma, per caso tu hai mai visto il tuo papà oltre che la tua mamma?».

Emma iniziò a ciondolare i piedi e a guardare il panino pieno di marmellata di fragole che, in buona parte, era già finita sulla sua faccia.

«No. Io sto con mamma. Mica tutti hanno il papà».

«Certo. Questo è vero, ma senti, ogni tanto mamma ti porta da qualcuno? Magari quando va al lavoro... dai nonni?».

Emma staccò un bel pezzo di panino e se lo mise in bocca. Per metà il boccone era fuori e il resto lo ciancicava rumorosamente.

«Io vado al lavoro con mamma, poi resto in camerino a dormire».

«E a scuola ci vai?», intervenne Giò.

La bambina fece una risatina coprendosi la bocca con la mano.

«Ma no, sciocchino, sono troppo piccola per la scuola. L'anno prossimo ci vado».

«Allora mamma ti porta all'asilo?»

«L'asilo è di mattina. Noi la mattina dormiamo».

«Quanti anni hai, Emma?».

Aprì tutta la mano guardandosi il palmo, studiando il numero delle dita, poi, poco convinta, la girò verso di me.

«Cinque è così?».

Annuii. Non ci aveva aiutato molto.

«Senti Giò, possiamo stare da te fino ai risultati degli esami?».

Guardai Emma, sperando che Giò intuisse che se avessi avuto un ictus o un attacco di sclerosi multipla non era il caso che lei assistesse.

«Certo signorine, state pure».

Quell'uomo mi sembrò la mia personalissima schedina vincente al superenalotto.

«E non è che mi presti la macchina?».

Provare non costava nulla.

«Perché? Davvero credi di poter guidare in queste condizioni? Voglio proprio vederti sterzare. Ti accompagniamo noi, vero Emma?».

Guardò Giò sorridendo come una gattina, piccola ruffiana.

Gli sorrisi anch'io, con molta meno femminilità.

In macchina Emma non faceva altro che parlare e canticchiare. A causa dell'incisivo mancante, la sua esse ricordava a grandi linee quella di Paperino. Giò sembrava divertito, mentre io sentivo nascere qualcosa di sereno e bello, un calore che non avevo ancora messo a fuoco. Mi piaceva ma mi faceva anche paura. Stavamo andando a prendere i soldi per la risonanza. Avrebbero scannerizzato il mio cervello in cerca di cose spaventose e, se fino a qualche giorno prima non avevo molto da perdere, ora sentivo che la mia presenza serviva, in qualche modo, a qualcuno. Meglio non pensarci... non ancora.

La macchina si fermò di fronte al palazzone dai vetri a specchio della compagnia per cui lavoravo. Giò ed Emma mi avrebbero aspettata al bar di fronte.

L'aria condizionata mi sgravò dal peso del caldo e dallo stordimento che mi provocava il vento, che non aveva mai smesso di soffiare. L'aria era soffocante e appiccicaticcia. Quando premetti il pulsante dell'ascensore, mi resi conto che non avevo ordinato le idee per mettere insieme uno straccio di discorso che potesse convincere Riccardo a sborsare ottocento euro a una delle sue dipendenti più assenteiste, svogliate e maleducate. Quando entrai nel salone in cui in genere lavoravo, tirai uno sbuffo che mi era salito dritto dal cuore. Eppure ero riuscita anche a laurearmi. Lettere moderne. Non con dei voti esaltanti è vero, ma comunque era una laurea. Come avevo fatto a finire in quella specie di alveare a ricevere chiamate piene di insulti, disprezzo e vigliaccheria nell'anonimato? Mi guardai intorno. Le testoline ornate di cuffiette si alzavano per tornare veloci, una volta capito che ero io, ai monitor dei PC. Nessuno felice di vedermi. Li capivo. Anche loro mi stavano sulle palle. Vabbè. Attraversai il corridoio che si formava fra le due file di banchetti per arrivare nell'ufficio di Riccardo messo su con il cartongesso. Bussai e senza aspettare una risposta entrai.

Riccardo aveva già tirato su l'indice, facendomi cenno di aspettare. Era al telefono. Indossava uno di quegli auricolari che stanno a significare: le mie mani hanno cose più importanti da fare che reggere il telefono. In realtà la destra la teneva in aria, e la sinistra, nella tasca, mi dava l'idea di essere partita con nonchalance nella missione di raddrizzare ciò che aveva nelle mutande. L'indice che indicava il soffitto capitolò verso la sedia di fronte alla sua scrivania in vetro. Mi accomodai, mentre Riccardo parlava senza sosta con il tono di chi ne sa più di chiunque altro. Era un venticinquenne pretenziosetto, con i capelli neri ingellati senza pietà all'insù, in un modo che li faceva assomigliare a un piccolo prato di erba sintetica. Evidentemente era stato messo lì per una sorta di rodaggio, in attesa di futuri più rosei. L'aveva comunque presa sul serio. Monitorava le chiamate, e ogni tanto si lanciava in pomposi discorsi d'incoraggiamento, facendoci passare per dei veri e propri pilastri della società, quando invece eravamo una serie di individui a cui rodeva parecchio che nessuno avesse fissato un minimo sindacale dignitoso alle nostre ore in quella stanza verniciata male. Finalmente attaccò, premendo il pulsante sull'auricolare, dilungandosi nel gesto per massaggiarsi l'interno dell'orecchio.

«Innocenti, che fine hai fatto? È una decina di giorni che non ci onori della tua presenza, sei diventata ricca? Da come ti vedo direi di no...».

Rise alla sua battuta, e io mi sforzai di fare altrettanto, ma il bluff non mi riuscì perché a Riccardo si smorzò il sorriso. Trovò la sua poltroncina e ci si sedette bello irrigidito.

«Allora che vuoi, fissiamo un turno?»

«Sì, no... In realtà sono qui perché ho avuto dei problemi di salute».

Appena sentì queste parole mi offrì tutta la sua attenzione. Con una certa teatralità si mosse in avanti appoggiando i gomiti sul tavolo e, arricciando la bocca come a mandare un bacio, forzò il volto nell'espressione più concentrata che riuscì a ottenere. Io mi interruppi un attimo perché più che altro sembrava uno sulla tazza del cesso, ma poi ripresi.

«Be', insomma, ho avuto dei problemi e mi servirebbe un anticipo per pagarmi degli esami clinici. È importante».

«Giud, mi dispiace davvero per la tua situazione, ma perché non vai in un ospedale?»

«Per gli esami che mi occorrono ci sono liste d'attesa lunghissime. Io ho bisogno di sapere il prima possibile la mia diagnosi».

«Lo capisco, lo capisco. Mi dispiace. Però l'azienda non prevede anticipi. Voi lavorate a ore, lo sai no? E non puoi garantire di saldare il tuo debito».

«Ti do la mia parola».

«A me basta la tua parola», si toccò il petto, poi con l'indice indicò il soffitto e gli fece fare un paio di giri, «ma all'azienda non può bastare».

«Va bene, mettiamolo per iscritto. Riccardo, ne ho bisogno».

«Sì, però non è la prassi. Dài Innocenti, ti stai imparanoiando. Vedrai che non hai niente. Se eri grave ci pensavano in ospedale. Su, su, sta' su».

Aveva spostato lo sguardo da me al monitor. Il vetro alle sue spalle rifletteva la sua pagina Facebook. Indossava una cravatta giallo canarino, tanto larga da sembrare un bavaglino.

Mi morsi il labbro inferiore. Quello stronzetto non mi avrebbe dato nemmeno una banconota da dieci. Odiavo chiedere, ancora di più a un ragazzino sensibile quanto le gambe di un paraplegico.

«Ma vaffanculo».

Quando gli arrivò il mio insulto a destarlo dalle novità virtuali, io ero già in piedi pronta a schizzare via di lì.

Quando uscii il vento si era calmato. Forse era meglio così, in fondo l'incertezza non era male. Potevo non pensarci, comunque era sicuramente meglio della diagnosi catastrofica che andavo cercando. Così entrai nel bar e, appena gli occhi di Giò incontrarono i miei, capii che non ci sarebbe stato bisogno di spiegargli la mia ultima umiliazione. Dall'espressione che fece mi si doveva leggere in faccia a caratteri cubitali.

«Senti Giud, perché non ti siedi qui con noi?».

Piuttosto sconfortata trascinai una sedia dal tavolo vicino e la misi fra Emma e Giò.

«Se sei interessata a lavorare, forse ho qualcosa che fa per te, e ci potrei anche far uscire l'anticipo che ti serve».

Lo guardai scettica. Sorrideva con il solito canino in esposizione.

«Di che si tratterebbe?»

«A giorni mi arriverà un altro prefabbricato. Lo metterò nella porzione di terreno dietro casa mia. Ho ottenuto un certo gruzzoletto dalla liquidazione del mio lavoro precedente e ho intenzione di investirlo per mettere su un dojo. Avevo pensato di lavorarci da solo ma, ora che ci rifletto, in due possiamo fare anche prima».

«Mi piacerebbe tantissimo».

«Però ragazzina, ti avverto, non è proprio il lavoro sedentario della telefonista. C'è da rimboccarsi le maniche e sudare. Ti potrei dare mille e due per il primo mese, se ci dai sotto».

«Ci sto».

Sfoggiando tutti e trentadue i denti gli porsi la mano. Lo sapevo che era un gesto carino nei miei confronti, che mi stava dando un'occasione, e visto che fino a quel momento non ne avevo avute molte, quella non me la sarei lasciata sfuggire. Mi afferrò la mano con una stretta salda e mi scosse il braccio. Poi mi porse il suo telefonino. In realtà non era proprio *ino*. Aveva estratto dalla tasca un modello del '15-'18 grosso come un mattone, con ancora l'antennina estraibile.

«Chiama quella clinica. Senti se per oggi pomeriggio hanno un buco, e leviamoci il pensiero».

Cazzo, ora non potevo più scappare. Cercai una scusa ma non mi venne in mente nulla di buono, così afferrai il cellulare e tirai fuori dalla tasca dei jeans il biglietto che mi aveva dato la Righetto. Al terzo squillo la voce raschiata della receptionist mi rispose. Venne fuori che sì, un posto ce lo avevano, ero fortunata, potevo andare alla clinica del Sacro Cuore alle quindici.

«Mi ricevono fra mezz'ora».

«Allora andiamo».

Diedi uno sguardo a Emma. Era una fortuna che fosse

così piccola, prendeva le cose come venivano e, almeno per il momento, questo rendeva tutto più semplice. Mi stava fissando con due occhi enormi e nel frattempo soffiava nella cannuccia facendo ribollire il succo di frutta ai mirtilli che, mescolato alla saliva, aveva raggiunto un aspetto palustre.

14

La clinica era bellissima. Un cortile esterno ben curato con una serie di fontane bianche. Il getto dell'acqua si scontrava con i raggi del sole dando vita a piccoli pezzi d'arcobaleno.

Emma scattò subito a guardare da vicino e senza pensarci ricominciò a canticchiare la canzone dei pesci pazzi. Io invece sentivo che si stava per staccare una meteora che, dal cielo azzurro, sarebbe arrivata a colpirmi in testa polverizzandomi. Guardai in alto. Nessuna meteora in arrivo. Ma l'ansia continuava a crescere dal petto formando un palloncino che saliva fino a gonfiarmisi in gola. Guardai Giò. Mi posò la mano sulla spalla.

Dentro, la clinica sembrava un albergo di lusso, grazie ai mobili in legno e alle poltrone déco. La receptionist dalla voce raschiata era una ragazza che al momento flirtava con un giovane medico piuttosto carino.

«Salve, mi manda la dottoressa Righetto. Ho un appuntamento per una risonanza magnetica».

Prima di controllare il registro lanciò al dottorino un ultimo sorriso malizioso, poi lo fece diventare cordiale e lo rivolse a me.

«Scenda a destra, è al piano interrato».

Io e il mio piccolo corteo ci avviammo verso le scale. Nella sala d'attesa un enorme schermo al plasma trasmetteva un canale di notizie e un uomo con una calvizie inclemente parlava del preoccupante cambio di clima e delle sue conseguenze catastrofiche. Dietro di lui, sul grafico, nubi circolari si addensavano minacciando la penisola. Provava a indicarle con una bacchetta scura, ma essendo troppo basso non ci arrivava bene e perse ogni sorta di credibilità. Non ci volle molto perché un ragazzo uscisse dalle porte scorrevoli opache di fronte a noi, e interrompendo il nostro silenzio mi chiamasse. Mi alzai e attraversai la porta meccanica, prima che si richiudesse alle mie spalle gettai uno sguardo a Emma e Giò. Lei guardava il televisore, lui si fece sorprendere con un'espressione preoccupata. Provò a sostituirla con un sorriso ma la porta si richiuse prima.

Il ragazzo era il tecnico della risonanza, sulla trentina, piuttosto alto e senza dubbio ben messo. Era molto carino anche il giovane anestesista che era lì per iniettarmi il liquido di contrasto. Non era corretto. Avevano assunto dei maschi bellissimi e io mi sentivo troppo in soggezione per mostrarmi spaventata. Ridevano e scherzavano provando a coinvolgermi. Non ottennero altro che un sorriso forzato mentre mi infilavano l'ago da flebo e mi mandavano in vena il liquido denso. Il tecnico mi accompagnò dentro la stanza con il tubo della risonanza. Era poco illuminata e meno curata delle altre aree che avevo visto fino a quel momento nella clinica. Forse era la presenza del macchinario, ma a differenza degli altri locali, quella stanza non mi sembrava diversa da nessun altro ambiente ospedaliero.

«Dài sdraiati. Hai oggetti di metallo o placche?»

«No, solo questo. Posso tenerlo?».

Aprii il palmo della mano in cui tenevo stretto il braccialetto con i fiori di plastica che mi aveva regalato Benedetta prima di andarsene. Il ragazzo sorrise. Aveva provato a distrarmi fino a quel momento, ma l'espressione del suo volto lo stava tradendo. Lo sapeva lui e lo sapevo io che non c'era nulla di simpatico in quel momento.

«Certo, tienilo pure».

Ero seduta sul lettino che usciva come una lingua rigida dal buco della risonanza. Il ragazzo spinse un pulsante che lo fece salire di una decina di centimetri. Appena finii di stendermi, lui mi piazzò un paio di cuffie sulle orecchie e posizionò una gabbietta che mi rinchiuse la testa dal collo in su.

«Lì sopra c'è uno specchietto. Se ti viene la claustrofobia, guardandolo avrai la sensazione di essere fuori dalla macchina. Se ti senti male o non resisti, premi questo», e mi passò una pompetta. «Io arrivo subito».

Così dicendo fece pressione su un altro pulsante che mi spedì dentro il tubo fino alla vita. Quando rimasi sola provai a guardare nello specchietto. Vedevo le mie ginocchia tremare come durante un terremoto. La risonanza iniziò a fare rumori forti e improvvisi. Sembrava che qualcosa di meccanico e pesante mi ruotasse intorno. Quando si bloccava partivano suoni simili a clacson e sirene di ambulanze, poi il clangore rotante riprendeva a scatti. Pochi momenti di silenzio e ricominciava tutto a un volume fortissimo. Lì dentro la paura per quello che avevo in testa venne sostituita dalla paranoia che il lettino potesse improvvisamente attivarsi e cominciare a salire. Pensavo che non sarei riuscita a scappare perché ero immobilizzata per la testa, e mi stavo convincendo sempre di più che sarei morta spiaccicata lentamente. Poi chiusi gli occhi e cercai nella mia testa una canzone. Trovai *El bandolero stanco.* Dentro di me, la voce calda e malinconica di Vecchioni. La melodia mi portò lontano, in un luogo salvo.

Sarà forse il vento che non l'accarezza più,
sarà il suo cappello che da un po' non gli sta su,
sarà quella ruga di ridente nostalgia,
o la confusione tra la vita e la poesia:
non assalta treni perché non ne passan mai;
non rapina banche, perché i soldi sono i suoi;
vive di tramonti e di calcolati oblii
e di commoventi, ripetuti lunghi addii,
struggenti addii...

Quest'ultimo pezzo confinava, nel mio cervello, con un ricordo ben preciso. Strinsi il bracciale di Benedetta nella mano, contro la mia pancia.

Mi apparve il suo volto il giorno in cui le suore l'avevano preparata con il vestito delle feste importanti. Tutte intorno a lei a pettinarla e controllare che ogni particolare fosse in ordine. Le avevano detto che la mamma e il papà erano venuti a prenderla. Aveva otto anni ed era felice. Chiunque lo sarebbe stato all'idea di uscire da lì. Le suore spesso ci dicevano che i nostri genitori ci avevano lasciate perché eravamo cattive e che se avessimo voluto rivederli avremmo fatto meglio a obbedire ed essere buone. Io non avevo mai creduto troppo a quella storiella. È vero, a volte qualcuno se ne andava con una coppia, ma non ero molto sicura che fosse perché era stato più buono. Quando fu Benedetta a lasciare l'istituto, il colpo arrivò preciso e violento, piegandomi a terra. Ero felice per lei, che se lo meritava un futuro migliore di quello, e le ero rimasta vicina fino a che avevo potuto, mentre aspettavamo che la portassero via. Non aveva nemmeno una valigia, i nostri effetti personali si limitavano allo spazzolino da denti e la divisa.

«Tieni Giuditta, questo è per te».

E mi diede il braccialetto che ora stringevo fra le dita. Se lo era accaparrato da uno dei pacchi di giochi usati che ci arrivavano di tanto in tanto. Il suo preferito.

«Perché me lo dai?»

«Così non ti scordi di me».

Eravamo sedute una accanto all'altra sulle panche nell'anticamera della mensa. Mi voltai a guardarla. Era spaventata.

«Come faccio a dimenticarmi di te? Stiamo sempre insieme. Farai delle cose bellissime fuori di qui, vedrai. Pensa a quanti dolci ti compreranno».

Sorrise poco convinta, guardava le scarpe lucide che le avevano infilato.

«Giuditta, ma secondo te perché portano via solo me e te no?»

«Forse tu sei stata più brava con i compiti».

«Sì, ma è perché tu mi aiuti. Io non sono più buona di te».

Chinò il capo fino a che i ricci non le coprirono il volto.

«Non ti preoccupare, io sono grande ormai».

Avevo dieci anni.

«Prima o poi verranno a prendere anche me. Vedrai, penso che non resterò qui ancora per molto».

La coppia le era stata spacciata per la sua mamma e il suo papà. Non so quando e come le fu detto che in realtà si trattava di genitori adottivi e non naturali. Era una cosa che creava una certa confusione e anche un considerevole astio per l'abbandono subìto verso i nuovi familiari da parte delle bambine che stavano per uscire dall'istituto. Forse era una strategia delle suore per far continuare a credere, a noi che restavamo, che se fossimo state obbedienti, i nostri ci avrebbero riprese. Comunque, quando le suore la vennero a chiamare, dovettero strattonarla via da me. Ci stavamo abbracciando con tutta la forza che avevamo, forse perché sapevamo che, in fondo, quella era l'ultima occasione. Appena uscì dalla stanza, corsi per le scale salendo due gradini alla volta e mi affacciai alla finestra che dava sul cortile. Mi appiccicai con le mani al vetro. Il mio respiro appannava la finestra. La guardai montare su una macchina scura. Sentivo chiaramente che mi veniva strappato via qualcosa di insostituibile. Avrei voluto correre giù per le scale, nel cortile, e inseguire la macchina. Ma restai immobile. I pugni si strinsero contro la vetrata. Uno sforzo selvaggio per rimandare giù il magone, le lacrime pronte ai bordi degli occhi. Tutta la mia concentrazione per non farle scivolare sulle guance, mentre stavo a guardare il cancello in ferro battuto richiudersi.

Avevo il braccialetto nel pugno, la sua voce ancora nelle orecchie e un'unica certezza: da lì in poi sarei stata sola.

Lei era l'unica famiglia che avevo avuto, ed era andata.

Non rividi mai più Benedetta. Chissà che vita le era capitata. Chissà se le ero mancata anch'io, negli anni, come lei era mancata a me.

Pensavo a queste cose quando tutti i rumori all'interno del macchinario cessarono.

El bandolero stanco
col cuore infranto stanotte va;

va, su un cavallo bianco,
col suo tormento lontano va [...]

Il ragazzo entrò nella stanza facendomi tornare alla realtà. Mi estrasse dal macchinario.

«È già passata mezz'ora? Qua dentro si perde il senso del tempo».

Sorrideva ma non mi guardava più in faccia.

Brutto segno.

«Il dottore ti aspetta nella stanza accanto per i risultati».

[...] dov'è silenzio,
dov'è silenzio, dove...
dov'è silenzio,
dov'è silenzio, dove...

15

Il dottore aveva girato il monitor sulla sua scrivania in modo che anch'io potessi vedere le varie immagini del mio cervello susseguirsi a ogni *clic* del mouse. Macchie bianche a forma di piccoli fagioli erano sparse su entrambi gli emisferi. Deglutii scoprendo di non avere più una goccia di saliva in bocca.

Gli occhiali del medico erano calati sul naso. Doveva avere sui quarantacinque anni.

«Allora, ho parlato con la Righetto. Mi ha detto che le ha prescritto la risonanza per scrupolo, e in effetti non vedo danneggiamenti da sclerosi multipla. Guardi queste macchie».

Con la punta della penna disegnò un cerchio intorno a una pallina bianca sul lato destro del mio cervello. Annuii.

«Queste sono tracce di un'infezione. Il fatto che non siano animate da colori ci fa capire che sono cicatrizzate e da tempo. Probabilmente le ha sempre avute. Possono derivare da una sofferenza durante il parto. Sa mica se ha avuto una nascita complicata?».

Non avevo mai smesso di annuire, ma a quella domanda la testa dirottò il movimento da quello del sì a quello del no.

«Comunque stia tranquilla, macchie come queste le hanno nove persone su dieci».

«Dottore, non ho capito. Ho avuto un'ischemia o è sclerosi multipla?».

Si sfilò gli occhiali tenendoli per l'asticella fra l'indice e il pollice.

«No, lei al cervello non ha nulla. Ma la Righetto non le ha spiegato che era solo un'ipotesi remota che le trovassimo qualcosa?».

Ripresi a scuotere la testa.

«Ma allora cosa mi è successo?»

«Molto probabilmente un virus. Quest'anno ci sono stati alcuni casi come il suo con sintomi di sospetta natura neurologica. Niente di grave, ma posso capire la sua paura».

Mi alzai e feci per andarmene poi, a metà strada verso la porta, mi voltai.

«Ma la dottoressa Righetto lavora qui?»

«No. Lavora all'ospedale dove l'ha visitata».

Poi lo vidi preso da un certo imbarazzo.

«È una socia della clinica. Ogni tanto visita anche qui, e manda dei pazienti».

Brutta puttana! Mi aveva data per spacciata, io mi stavo addirittura per ammazzare, e tutto perché lei voleva guadagnare una micragnosa percentuale su ottocento schifosissimi euro?

Tornai alla scrivania e mi alzai la maglia fino a sotto il seno.

«Credo di essermi rotta due costole. Mi potrebbe prescrivere degli antidolorifici?».

Il medico sospirò. Lo avevo capito che era dispiaciuto dell'accaduto, ma era in debito con me, per come la vedevo io. Mi fece una visita completa e alla fine strappò una ricetta dal suo blocchetto.

Me la misi in tasca e finalmente tornai da Emma e Giò.

«Come stai?»

«Prima usciamo, poi ti racconto».

E mentre Emma correva a ripetizione intorno a un cespuglio, io mi sedetti su un muretto e mi accesi una sigaretta. Solo dopo qualche tiro dissi a Giò che andava tutto bene, e che mi dispiaceva avergli fatto strisciare la carta di credito per nulla.

«Non ti preoccupare Giud. È normale. Volevi delle risposte, non puoi dispiacerti perché sono buone. Però ora te lo posso dire, ragazza mia, hai bisogno di una doccia bella lunga. E se posso darti anche un altro consiglio, dopo averli levati, quei vestiti ti conviene bruciarli».

Istintivamente mi guardai: la maglietta era lercia di terra e sudore, sui jeans potevo distinguere la chiazza d'urina. Avevo lavato Emma e sistemato alcune cose, ma non mi ero minimamente accorta delle pessime condizioni in cui versavo.

«Scusa. Che schifo. Scusa».

«Naaa. Non è niente. Andiamo dài».

Estrassi la ricetta dai pantaloni.

«Passiamo prima in farmacia?».

Così ci fermammo a fare rifornimento. Presi una delle cinque boccette di Toradol che mi erano state prescritte e poi diedi a Giò le indicazioni per portarmi a casa. Quando con il pick-up passammo sul ponte dove ero stata rapita, con un braccio afferrai Emma e me la strinsi al fianco. Fu un gesto istintivo. Dalle pulsazioni della mano, che tenevo salda sulla sua piccola spalla, capii che il cuore aveva ripreso a galoppare, speronato dalle mie paure. Emma mi passò il braccio sulla pancia e mi strinse con delicatezza, come a volermi rassicurare.

Mi dispiaceva essere diventata facile al pianto. Eppure,

durante tutti gli anni difficili della mia infanzia e adolescenza, ero stata una dura. Non piangevo nemmeno quando mi picchiavano. Poi a un certo punto i rubinetti si erano aperti ed ero diventata una di quelle persone che non sanno trattenersi. Anche in quell'occasione gli occhi si bagnarono e un paio di lacrime raggiunsero le labbra, il magone m'impastò la bocca con il suo sapore amaro.

Arrivammo sotto casa mia. Diedi un'occhiata al palazzo. Mi sembrò di essere tornata da un viaggio lunghissimo e mi sentii felice che finalmente fosse finito. Ebbi la sensazione di essere al sicuro.

Presto avrei scoperto che mi sbagliavo, mi sbagliavo di grosso.

16

Mano nella mano, io ed Emma avevamo preso a salire le scale del palazzone in cui abitavo. Era un posto terribile ed enorme. Lunghi corridoi estesi e bui avevano una facciata cieca e l'altra piena di porticine in legno, una vicina all'altra, che chiudevano monolocali microscopici ricavati in malo modo da quelle che un tempo dovevano essere cellette di un qualche convento. Arrivate al quinto piano ci avviammo dentro il corridoio. L'ultima luce al neon sfarfallava rumorosamente, rendendo il rientro a casa tetro. Il mio appartamento era il numero centootto. Mi fermai davanti alla porta. Quando ero uscita non avevo chiuso a chiave, e proprio mentre stavo per entrare il mio vicino socchiuse la sua facendomi arretrare di un passo. Senza pensarci avevo afferrato Emma, portandomela dietro la schiena in modo da schermarla con il mio corpo.

L'Abominevole era un uomo di un metro e novanta, robusto, afflitto da una qualche malattia che lo rendeva deforme, aveva dei bozzi per tutta la faccia. Non parlava molto bene e le dita erano storte come se fossero rotte in più punti. Ogni tanto ci incontravamo nel quartiere, per lo più al bar di Fil, ma non avevamo mai parlato parecchio. Lo intravidi da dietro la fessura.

«Ciao».

Mi sembrò di cogliere un cenno del capo, poi richiuse la porta.

Quando entrammo in casa, il disordine era peggio di come lo ricordavo. La prima cosa che feci fu cercare un bicchiere, non dico pulito, ma utilizzabile. Ci misi dentro due dita d'acqua e lasciai cadere quindici gocce di Toradol, poi le mandai giù con una certa urgenza. Non ce la facevo più a sentire il dolore delle costole che sfregavano a ogni movimento. Emma era in piedi al centro del monolocale abilmente arredato. Sulla parete destra c'era la cucina, composta da un lavabo stracolmo di stoviglie sporche, un fornelletto da campo e un microonde. Di fronte a quello che potevo definire l'angolo cucina, sulla parete di sinistra, il divano e un tavolino basso con sopra un diciotto pollici componevano la zona giorno, separata da quella notte da una cassettiera di truciolato dietro la quale c'era il mio letto, un materasso matrimoniale buttato sotto la finestra. Però la vista da lì era impagabile. Si vedeva il Po e la cupola della Mole. Mi piaceva. Il bagno invece era accanto alla porta d'ingresso. Due pareti in legno ricavavano un angolo in cui avevano fatto stare una tazza, un lavandino e una doccia. Sì, era brutto, piccolo e squallido, però costava solo centoottanta euro al mese, condominio incluso, e questo bastava ed avanzava a renderlo l'appartamento ideale.

«Dov'è il resto della casa?»

«Non c'è».

«Ma io dove dormo?».

Mi guardai intorno. Il divano era invaso dai miei vestiti, visto che un armadio, lì dentro, non ci sarebbe mai entrato.

«Possiamo dormire insieme testa piedi».

Emma era visibilmente spaesata. Le accesi la televisione e la piazzai a guardare un cartone animato. Si sedette su un pezzettino di divano libero dai vestiti e rimase incantata dai colori. Io mi andai a ficcare sotto la doccia.

Per un paio di minuti mi concessi il lusso di lasciare che l'acqua mi rinfrescasse il corpo. Sentivo l'antidolorifico agire velocemente mentre recuperavo la posizione eretta. Poi iniziai a insaponarmi, e a chiudere e riaprire l'acqua per evitare l'allagamento. A mano a mano che strofinavo con il sapone, aumentavo la forza con cui lo facevo. Alla fine insaponai anche la testa. L'acqua mi aveva appiattito i capelli sul cranio e con le mani ne iniziai a tastare la forma. Chiusi gli occhi e vidi l'immagine della ragazza che beveva forte rapata a zero subito dopo il primo round di torture. Li riaprii subito. Di fronte a me una macchia nera di muffa stava crescendo sulla parete mezza scrostata. Mi avvolsi in un telo e uscii.

Emma era a bocca aperta davanti alla TV.

Cosa poteva mai aver combinato la ragazza che beveva forte per subire quel trattamento? Subito dopo mi domandai come potevo sapere se la bambina fosse o meno in pericolo. Dovevo tornare nel loro appartamento e cercare un indizio, qualcosa che mi potesse aiutare a capire in cosa mi ero ritrovata e come poterne sgusciare fuori.

Mi vestii al volo e uscii.

Per un istante mi venne in mente che forse avrei potuto chiamare Giò, ma ci ripensai subito. Gli avevo già chiesto molto, per il momento avrei potuto cavarmela anche da sola. Fra l'altro il Toradol era una bomba, il dolore si era trasformato in un ricordo e non mi sentivo per nulla stordita dal farmaco.

«Che ne dici Emma, andiamo a recuperare un paio di cosette a casa tua?».

Emma sorrise all'istante.

«Mister Moto!!!».

Così, dopo una ricerca di qualche minuto, trovai le chiavi della macchina.

Parcheggiai la Saxo di fronte a via Exilles 12, scesi e presi Emma per mano. Per fortuna il portone era aperto. Una volta di fronte all'ingresso dell'appartamento mi voltai verso la bambina.

«Attaccati alla mia maglietta e stammi dietro, se succede qualcosa di strano tu corri per le scale e vai dalla signora al primo piano. Chiedile di chiamare aiuto, ok?».

Emma mi afferrò la maglia e strinse forte, girai la maniglia e aprii la porta.

L'appartamento era nello stesso disordine in cui si trovava la prima volta che c'ero stata. Ora però, con la luce del giorno che lo illuminava, non mi sembrava più un posto da brivido, era semplicemente una casa con gli oggetti della bambina sparsi ovunque. Avanzammo lungo il corridoio. Avevo alzato le mani in un'improbabile posizione di guardia. Avrei dovuto controllare le due stanze ai lati e la sala in fondo. La prima camera era quella di Emma. La porta era aperta. Mi affacciai, sembrava vuota. Appena entrammo lei mi sorpassò e andò a recuperare un orsetto abbandonato ai piedi del letto. Il pupazzo indossava un giubbotto di pelle aderente, un berretto alla George Michael, anche questo di pelle, e un paio d'occhialoni da aviatore. Emma se lo portò al petto ciondolando il corpo e baciandoselo tutto. Diedi un'occhiata, la camera sembrava esplosa, giocattoli e vestiti ovunque. C'era un armadio rosa di plastica aperto, una piccola scrivania e un lettino in ferro battuto appoggiato a una parete disegnata per intero. Era la rappresentazione del bosco delle fiabe, animato da tutti i personaggi più popolari della Disney. Pollicino seminava briciole di pane su un vialetto dorato, Alice correva in un prato inseguendo il Bianconiglio, il Re leone dormiva su un'amaca, Mowgli saltava da una liana all'altra, poi, in una porzione di bosco più oscura, Cappuccetto rosso stringeva il cestino guardandosi intorno spaventata, e dietro un albero, in agguato, la spiava il lupo cattivo.

«Resta qui Emma, e per favore stai in silenzio».

Annuì. Si era già seduta per terra vicino alla cassapanca da cui strabordavano giocattoli.

Perlustrai il resto della casa. C'eravamo solo noi lì dentro, quindi infilai la catenella alla porta d'ingresso, presi una valigia dallo sgabuzzino e la portai nella cameretta.

«Emma, mettici dentro mutande, vestiti e scarpe».

Mi avviai verso la camera della ragazza che beveva forte. Era arredata come quelle stanze che si vedono nei cataloghi di mobili da due soldi. Mi guardai intorno senza sapere bene cosa cercare e tantomeno dove. Iniziai dai cassetti del comodino, passai all'armadio, poi alla cassettiera e alla fine mi ritrovai a mandare tutto all'aria nella ricerca compulsiva di qualunque cosa mi potesse essere utile, ma a parte vestiti, scarpe e trucchi non c'era alcun indizio della loro vita al di fuori dell'appartamento. Tutte le bollette erano intestate al padrone di casa. Nell'altra stanza Emma parlava, costantemente persa nel mondo dei giochi. Com'era possibile che non ci fosse un indirizzo, un contratto di lavoro, un computer, un documento? La ragazza che beveva forte sembrava essere scomparsa nel buio da cui era venuta.

Mi lasciai cadere sul letto sopraffatta dall'affanno e dallo sconforto. Sul soffitto, sopra la mia testa, vidi una botola da cui pendeva una corda. Mi misi in piedi sul letto e la tirai. Venne giù una scala in legno che portava a una soffitta. Salendo lentamente i gradini, l'odore della polvere prese a chiudermi il naso. Mi aiutai a fare luce con l'accendino. Lì dentro potevo entrare solo carponi e così avanzai. Era totalmente vuota. C'era solo una trave di legno sul fondo della struttura, la raggiunsi. Sotto di me il pavimento scricchiolava minaccioso, la trave era messa lì a nascondere un borsone da palestra. Lo afferrai e lo trascinai indietreggiando. Lo lasciai cadere sul letto e dopo poco lo raggiunsi. Incrociai le gambe e tirai la zip.

Dentro c'erano dei documenti, due passaporti, alcuni certificati, un paio di biglietti aerei di sola andata per Londra, un indirizzo scritto in inglese e, poi, soldi. Il borsone era pieno zeppo di soldi.

17

Banconote da cinquanta, e per lo più da dieci e da venti. Lo richiusi subito. A occhio non potevo avere idea di quanti fossero, ma di sicuro non ne avevo mai visti tanti tutti insieme. Restai sul letto per un po'. Cosa avrei dovuto farci? Poi mi resi conto che la casa era stata messa sottosopra e che forse qualcuno era venuto a cercarli, magari proprio quello che ci aveva rapite. Mi alzai e andai in camera di Emma. «Senti, la casa è sempre così in disordine?».

Alzò la testa da Mister Moto, che stava sistemando con un pettine di plastica rosa, per scuoterla in un no. Mi inginocchiai vicino a lei e presi in mano una Barbie a cui doveva essere stata staccata e rimessa la testa, il volto della bambola ora era un po' deformato.

«Ma per caso è venuto qualcuno che ha messo tutto sottosopra?».

Emma si morse il labbro inferiore con l'unico incisivo a sua disposizione e di nuovo fece cenno di no.

«Non ti devi preoccupare. Anche se ti è stato chiesto di non dire nulla, di me ti puoi fidare. Chi ha tirato fuori tutti i vestiti, le scatole e le pentole?».

Emma abbassò lo sguardo e con una voce dimessa e lamentosa mi rispose: «Sono stata io... Ero tutta sola e ho fatto disordine».

Mi guardai intorno, io ed Emma avevamo lo stesso modo di organizzare gli spazi. O forse sarebbe stato meglio dire che io avevo il senso dell'ordine di una bambina di cinque anni.

«Va bene. Non hai sbagliato, anzi direi che te la sei cavata alla grande. Che dici se ce ne andiamo?».

Rimase a testa bassa, imbronciata.

«Giud, ma perché avevi paura quando dovevamo entrare a casa? Quando torna la mia mamma?».

Mi sentii atterrare un macigno sulle spalle. Il peso di quella domanda mi abbassò verso il pavimento di qualche spanna. Non avevo nessuna risposta, mi mancava il coraggio per raccontarle la verità. Era ancora troppo presto.

«Hai preso tutto quello che ti ho detto?».

Emma guardò in direzione della valigia e fece cenno di sì.

«Lui deve essere Mister Moto, vero?»

«Sì, è il mio migliore amico, migliore di tutti».

«Che dici se ce lo portiamo con noi per questi giorni?».

Sorridendo iniziò a cullarlo. Il pupazzo rimase rigido, con le braccia aperte a croce come un condannato in attesa dell'iniezione letale. Tornai nella camera da letto, presi il borsone poi, con Emma al seguito e il caos più nero in testa, mi avviai verso l'uscita.

La mia macchina era piuttosto vecchiotta. L'unico optional era la radio che accesi alla ricerca di una canzone carina, ma alla fine mi arresi e lasciai una stazione a caso.

Ero rimasta d'accordo con Giò che ci saremmo visti il giorno dopo per accordarci sugli orari del nuovo lavoro. Mi ero dimostrata entusiasta del mio incarico, ma la verità era che non avevo la più pallida idea di cosa fosse un dojo e di come si dovesse costruire. Comunque, ora, quello che più mi preoccupava era di avere una piccola fortuna sul sedile posteriore, e l'idea che forse la ragazza che beveva forte era stata torturata proprio per quei soldi. Però, se qualcuno li avesse reclamati, o avesse avuto intenzione di prendere Emma per ottenere il denaro, almeno avrei avuto modo di consegnarli, e chiudere la faccenda. Almeno me lo auguravo.

Quando arrivammo a casa si era fatta ora di cena. La pancia di Emma rumoreggiava come una betoniera.

«Da qualche parte ci dovrebbe essere il volantino di un ristorante cinese. Aiutami a cercarlo. Tu scava sotto i vestiti, io cerco fra i piatti».

Alla fine venne fuori. Era andato a cacciarsi dentro uno dei miei stivali invernali. Ordinammo riso cantonese e pollo piccante per me, involtini primavera e pollo al limone per lei. Avrei usato una banconota da cinquanta fra quelle nella sacca, promettendo a me stessa che appena Giò mi avesse pagata, l'avrei rimessa a posto. Mangiammo, guardando un cartone animato che fece urlare di gioia Emma.

«Cane fifone! Cane fifone!».

Capii di non avere scampo. La trama era inverosimile. Parlava di due vecchi che avevano deciso di fare un picnic nello spazio e si erano ritrovati a dover salvare il mondo. Per farlo avrebbero dovuto cambiare le batterie del Sole. Ostacolati da un microbo che gli si era piazzato nel cervello nel tentativo di controllarli, i due sembravano spacciati, ma grazie al cane tutto si era risolto per il meglio. Alla fine del cartone Emma aveva gli occhi che le si chiudevano. Barcollò fino al mio letto.

In bilico fra il mondo reale e quello dei sogni disse:

«Mamma, domani mi fai le patatine?».

Poi si girò, addormentandosi definitivamente. Quando feci per rialzarmi sentii le costole muoversi e ferirmi da dentro. Era il momento di prendere altre quindici gocce di Toradol. Afferrai il bicchiere e il medicinale. Poi piazzai la borsa sul tavolino e l'aprii. Strinsi in mano il primo passaporto. Era di Emma. Nella foto teneva la bocca aperta in un'espressione tutt'altro che intelligente. Aveva mezzo incisivo rotto, quello che ora non c'era più. Poi presi quello della ragazza che beveva forte. Nella foto sorrideva, i capelli puliti le incorniciavano il volto appena truccato. Era bellissima. Non so come fosse possibile, ma ne sentii chiaramente la mancanza.

Dal documento venne fuori che si chiamava Veronica Incisi. Era nata a Torino il dodici giugno del millenovecentonovantadue, quindi era morta a soli diciannove anni. L'indirizzo di residenza che compariva sul documento non risultava via Exilles 12, ma una via di Pinerolo. Era un indizio. Non avrei potuto ridare sua madre a Emma, ma magari sarei riuscita a ritrovare la sua famiglia. Quella prospettiva mi fece sentire meglio. Diedi un'occhiata ai due biglietti aerei per Londra, due posti in economica per un volo che sarebbe partito il sedici settembre. Uno era per la ragazza che beveva forte, l'altro per Emma Incisi. La bambina aveva il cognome della madre quindi non era stata riconosciuta. Continuai la mia ricerca anche fra le altre carte. C'erano i vaccini che aveva fatto la piccola e il suo certificato di nascita. Anche su quello nessuna traccia del padre. A farsi due conti, Emma doveva essere stata partorita da una ragazzina di quattordici anni. Non era strano che il padre si fosse dato alla macchia. Non trovai nient'altro di utile. Tirai fuori tutti i soldi e iniziai a contarli dividendoli per mazzetti da mille, e quando ebbi finito sul tavolino c'erano poco più di cinquantamila euro.

Li osservai per un bel pezzo, poi li rimisi nella sacca e cercai un nascondiglio. L'unico posto dove potevo metterla era sotto il divano. Non un granché, ma per il momento non potevo fare di meglio. Spensi la luce e mi sdraiai accanto a Emma. Profumava di buono, e tutte le domande si lasciarono cancellare dal suo odore.

18

Il tallone atterrò violento sulla mia bocca. Aprii gli occhi. Fra i denti il sapore del sangue. Emma era finita con la testa fuori dal materasso e mi aveva appena colpita con un calcio involontario. Mister Moto osservava la scena dal comodino, mi parve divertito che toccasse a me essere torturata dalla piccola. Mi passai la mano sulla faccia e mi alzai. Cercai qualcosa per fare colazione nel piccolo frigorifero sotto il lavandino. Non c'era altro che un paio di lattine di birra da discount. Richiusi lo sportelletto e gettai uno sguardo al divano. Lì sotto c'era una vera e propria fortuna. Poi iniziai a cercare in giro il mio cellulare. Era un Ericsson blu elettrico vecchio di dieci anni, e non era mai stato particolarmente usato. Ormai erano mesi che lo avevo abbandonato da qualche parte nell'appartamento e quando lo trovai, in fondo al cassetto delle posate, lo attaccai al caricabatterie pregando che si accendesse. Il piccolo schermo rettangolare s'illuminò di verde e io tirai un sospiro di sollievo. Giò, prima di lasciarci a casa mia, mi aveva dato il suo numero di telefono e così lo chiamai. Rispose al quarto squillo con una voce bella pimpante.

«Buongiorno Giò, sono Giud. Ti va di fare colazione con noi?»

«Certo, sono già in città. Se vuoi vi posso passare a prendere fra dieci minuti».

«Perfetto».

Mi diressi verso Emma e tenendomi a distanza di sicurezza provai a chiamarla. Aprì gli occhi, mi guardò e l'espressione serena che aveva nel sonno venne cancellata da un aggrottamento di tutta la faccia, poi richiuse gli occhi.

«Dài Emma, sveglia. Giò ci porta a fare colazione fuori». Appena sentì il nome di Giò riaprì gli occhi e sorrise. Perché lui le piacesse più di me non lo so, però le cose stavano così. Mentre la bambina era in bagno a lavarsi i denti e la faccia, aprii la valigia per vedere cosa metterle. Si era portata un piumino invernale rosa confetto, delle calze di lana, un paio di costumi da bagno, una Barbie nuda, delle magliette, un paio di gonnelline e dei braccioli mezzi sgonfi... Forse avrei dovuto controllare prima. Poco male, le avrei messo il costume al posto delle mutande, una maglietta e una gonna. Il resto lo avrei comprato a un ipermercato, con i trentacinque euro rimasti dopo la cena cinese. Emma si vestì velocemente, ma non ero riuscita a convincerla che i braccioli non le servissero. Mentre se li infilava, mi aveva spiegato che d'estate i braccioli ci vogliono, e visto che non avevo ancora preso il primo caffè della giornata, mi trovai costretta a darle ragione.

Giò ci aspettava con il motore acceso. Emma salì in macchina tutta contenta di vederlo. La capivo, anch'io ero felice che fossimo di nuovo tutti insieme. Ci portò in uno dei pochi bar ancora aperti in pieno agosto, e finalmente ebbi il mio caffè. Emma aveva preso un cornetto grande quanto la sua testa e Giò sorseggiava un cappuccino freddo.

Quando tutti e tre finimmo, ci alzammo. Di fronte al bar

c'era un piccolo parco giochi con uno scivolo e un paio di altalene. Attraversammo la strada e lasciammo Emma libera di giocare. Mi accesi una sigaretta e raccontai a Giò quello che avevo fatto e le cose che avevo scoperto il giorno prima. La sua espressione si fece severa.

«Ma che ti dice la testa Giud? Lo sai che non è stata una grande idea andare lì da sole? Puoi immaginare cosa poteva succedervi?»

«Può darsi che non sia stata una delle mie idee più brillanti, è vero, ma le cose non sono andate poi così male. Siamo ritornate a casa sane e salve, con tanto di soldi e documenti».

«Bell'affare. Allora complimenti».

«Scusa, non volevo farti incazzare, dài... Che ne pensi dell'indirizzo? Potremmo andare a vedere se ci sono dei familiari a cui affidare Emma, no? Pensaci. Al di là di come è venuto fuori, e di quanto io sia irresponsabile, ora almeno abbiamo qualcosa in mano».

Giò lasciò sbollire la rabbia e, alla fine annuì, ma non riusciva ancora a guardarmi negli occhi.

«Va bene. Andremo all'indirizzo che hai trovato, però ti avverto: se fai un'altra cazzata come questa, non posso lasciarti andare avanti. Tu sei grande e puoi scegliere di fare le cose più idiote che ti saltano nel cervello, ma la bambina è piccola, e non posso permetterti di giocare con lei».

Odiavo sentirmi così: inetta, incapace e stupida, ma non avevo tanto da ribattere perché Giò aveva ragione. Abbassai la testa, umiliata.

«Ok, scusa, non succederà più niente di simile. Avevo solo le idee confuse. Se mi ricapita di nuovo ti chiamo subito, così puoi insultarmi e fermarmi prima, va bene?».

Guardando a terra gli porsi la mano. Me la strinse.

«Sarà meglio. È a Pinerolo questo posto?».

Quando arrivammo all'indirizzo segnalato sul passaporto, ci trovammo di fronte a una villetta in stile coloniale di un solo piano con le tegole spioventi, interamente verniciata di un rosso mattone acceso, un piccolo porticato con un tavolo in ferro battuto e un cortile ben tenuto tutto intorno. Una rete verde circondava la casa.

«Ci sei mai stata qui?».

Emma fece cenno di no. Guardai ancora un attimo quel posto. Se lì dentro c'erano veramente dei parenti di Emma, non le sarebbe andata male. Sembravano piuttosto benestanti, abbastanza da garantirle una vita dignitosa e degli studi ben seguiti. Scendemmo dalla macchina, e ci avvicinammo alla recinzione. Un piccolo cancelletto era aperto su una stradina di ciottoli che portava alla porta d'ingresso. Delle tartarughe si crogiolavano al sole dentro un piccolo stagno zen. Pigiai il campanello, e sentii un rumore di passi in avvicinamento. Una donna alta e magra ci aprì. Poteva avere cinquantacinque anni. Era vestita con una camicia leggera con tante roselline stampate e una gonna color fango sotto il ginocchio. I capelli rossi erano legati in una treccia, qualche capello bianco ai lati della testa. Quando ci vide il sorriso le si spense in volto.

«E voi chi sareste?»

«È casa Incisi?», domandai mentre la donna indietreggiava pronta a richiuderci la porta in faccia.

«Perché?»

«Abbiamo bisogno di parlarle, signora».

«Ditemi».

«Forse sarebbe meglio sederci, che ne dice?»

«Non vi faccio entrare a casa mia signori, nemmeno per sogno. Mio marito è di là, sapete?».

Rimasi spiazzata, ma per fortuna intervenne Giò.

«Va bene, se preferisce possiamo rimanere fuori. Siamo venuti a parlare ed è necessario che ci ascolti. La prego, chiami anche suo marito. Noi aspetteremo lì al tavolo, va bene?».

Come risposta chiuse la porta, e la sentimmo chiamare a pieni polmoni Ernesto. Ci sedemmo in attesa, ovviamente era meglio che Emma non sentisse nulla della nostra conversazione.

«Vai a giocare con le tartarughe. Potresti dargli un nome, che dici?».

Non se lo lasciò ripetere due volte e andò allo stagno. La donna ricomparve. Dietro di lei un uomo dalle dimensioni notevoli avanzava con un'evidente zoppia alla gamba sinistra. Avevano espressioni severe, e i loro sguardi mi trasmisero una sensazione lugubre. Si sedettero di fronte a noi. Erano più o meno coetanei, ma nonostante non fossero particolarmente in là con gli anni, c'era qualcosa di vecchio e stanco annidato nei loro lineamenti. L'uomo indossava un pullover celestino in cotone e dei pantaloni color kaki. Aveva un naso elegantemente aquilino e il volto squadrato da una mandibola forte.

Se qualcuno avesse aperto le scommesse, io avrei puntato anche il mio rene destro sulla parentela fra quella coppia e la ragazza che beveva forte.

19

La donna aveva le guance cadenti come quelle di un mastino, e l'espressione del suo volto faceva immaginare che fosse dotata della stessa dolcezza. L'uomo mi sembrò semplicemente stanco. Con la mano si massaggiava la gamba. Li guardai ancora un istante poi cercai nella testa un inizio adatto a dare il via al mio discorso.

«Voi siete la famiglia Incisi?»

«Sì siamo noi. Voi chi sareste?»

«Io mi chiamo Giuditta. Vede, signora Incisi, non è facile da dire... Ho una brutta notizia da darvi e non sono sicura di come spiegarvi quello che è successo».

La donna prese aria e l'espressione severa che aveva in volto non cambiò di una virgola. S'impettì ancora di più sulla sedia, aumentando evidentemente la rigidità della schiena.

«Qualche giorno fa ho conosciuto Veronica. È vostra figlia?»

«Mia figlia è morta».

Sul volto della donna era calata una patina di grigio. Aveva serrato i denti, tanto che le parole le uscirono strette e affilate. Com'era possibile che sapesse già della sua morte?

«Hanno ritrovato il corpo?».

A queste parole la faccia le cadde letteralmente all'ingiù.

L'arcata sopraccigliare, così come il resto dei nervi che tenevano contratta la sua espressione, cedettero. Schiuse la bocca in un accenno di sorpresa, mentre la testa dell'uomo capitolò in avanti.

«Cosa sta dicendo?»

«Non la conoscevo. Siamo state rapite qualche giorno fa. Io sono riuscita a scappare, ma Veronica...».

La donna si era ricomposta, era di nuovo dura nella sua espressione indecifrabile.

«La polizia non è venuta da noi, com'è possibile? Il suo scherzo Giuditta, se questo è il suo nome, non è divertente».

«Nessuno scherzo signora. Non ho denunciato l'accaduto. È complicato. Comunque ora che vi ho trovati potrò andare in Questura... Vi ho portato vostra nipote. Sarà felice di stare con voi, siete l'unica famiglia che le è rimasta».

La testa della donna scattò come una molla verso Emma e alzandosi di colpo fece cadere la sedia. Il naso le si era arricciato e la bocca era deformata in un'espressione di disgusto. Con la mano afferrò il braccio del marito che si teneva la fronte dentro uno dei grossi palmi.

«Ernesto... Ernesto... Fuori da casa mia... Cacciali fuori».

Con gli occhi puntati sulla bambina e sgranati da un terrore enorme, la donna si diresse verso la porta di casa reggendosi ai muri pesanti della costruzione.

«Mia figlia è morta cinque anni fa. Andatevene. Andatevene».

Entrò in casa per sbattere la porta e far vibrare i vetri delle finestre. Emma teneva una tartarughina in mano e ci guardava stupita. Io e Giò ci alzammo insieme e cercammo di capire qualcosa dall'uomo. Teneva lo sguardo basso e con una mano ci indicava il cancelletto. Avrei giurato che gli occhi gli si fossero velati di lacrime.

«Che cosa è successo?»

«Vi prego andatevene. Abbiamo sofferto troppo. Mia moglie non può affrontare anche questo».

«È sua nipote, cosa dice?»

«Se non ve ne andate immediatamente, chiamerò la polizia, è chiaro?».

Lo disse con voce tremante, e sull'ultima parola il tono si fece acuto, a tradire una sorta di disperazione. Trascinandosi dietro la gamba marcia lo guardammo aprire la porta della villa per poi chiudersela stancamente alle spalle. Guardai Giò. Aveva aggrottato le sopracciglia e storto ancora di più la bocca dal lato destro. Le labbra schioccarono quando le aprì per lasciar andare a terra uno sputo pieno di disprezzo.

«Posa la tartaruga Emma, ce ne andiamo», la richiamò con tono duro.

«Posso portarla con me? Si chiama Rughetta».

«Non ci pensare nemmeno, andiamo».

La bambina era pronta a scatenare l'inferno. Rapidamente il colorito del volto diventò purpureo, con un urlo diede il via a un pianto violento. Le andai vicino e mi chinai sulle ginocchia. Teneva la sua nuova amica nelle mani messe a conchetta. Una testuggine di cinque centimetri, che però bastava a riempirle tutti e due i palmi.

«Rughetta è proprio un nome geniale, sai?». Immediatamente il pianto s'interruppe. Aveva intuito la possibilità che si aprisse una contrattazione.

«Vuole stare con me. Se me la fai tenere sarò buonissima».

«Ma non è nostra Emma, è di quei due signori. Non possiamo prenderla».

«Ti prego, lei sta meglio con noi, loro sono brutti».

Lo so che stava parlando della tartaruga ma in quel momento pensai che, in effetti, Emma sarebbe stata meglio con me piuttosto che con l'arpia e lo smidollato.

«Ok, hai ragione. Rughetta è dei nostri».

Emma scattò in piedi e mi abbracciò facendo sfregare sulla mia faccia i braccioli che ancora non si era levata. Poi con le mani creò una cupoletta da cui la sua nuova amica tirava fuori la testa. Così montammo in macchina.

«Dove si va adesso?»

«Be', dobbiamo comprare una nuova casa a Rughetta».

20

Giò guidava con una faccia decisamente ingrugnita, mentre Emma dichiarava tutto il suo amore e giurava eterna amicizia a Rughetta. Fuori, la mattinata era quasi finita e il pomeriggio che ci aspettava aveva tutta l'aria di essere caldo quanto un forno regolato al massimo.

«Vi andrebbe di fare un bagno?».

Tutte e due ci voltammo verso Giò con le facce stupite.

«Conosco un posto molto bello, che ne dite?».

Emma cacciò un urlo pieno di gioia. Così arrivammo al torrente. Era un posto da favola, vicino alla strada, in mezzo agli alberi, il flusso era intervallato da piccole piscine naturali in cui l'acqua vorticava per poi continuare la sua corsa.

Ci incamminammo lungo le pietre calde di sole. Rughetta era stata messa dentro un bicchiere di cartone che avevamo trovato nella macchina di Giò. Ci fermammo a una pozza piuttosto grande. Giò si era dato da fare per formare due piccole dighe dove l'acqua entrava e dove usciva, dopo qualche ora la piscina sarebbe stata riscaldata dal sole. Preparammo un piccolo recinto di sassi per Rughetta, poi dal bicchiere di carta ricavammo un cilindro basso, ci mettemmo dentro l'acqua di fiume in modo che, se avesse voluto, anche lei avrebbe potuto fare il bagno.

Una volta sistemata la tartaruga tolsi i vestiti a Emma e diedi una gonfiata ai braccioli.

«Te l'avevo detto. Servono sempre!!!».

Neanche il tempo di richiudere la valvola, che la piccola si era già tuffata nell'acqua gelida del torrente. Io e Giò rimanemmo sulla riva a guardare Emma che sguazzava felice. Parlava anche quando nuotava. Quella bambina era una macchina sparachiacchiere.

«Certo che è stata strana la reazione di quei due».

«Già. Quando lei ha detto che la figlia era morta ho pensato che la faccenda fosse venuta a galla, ma con il senno del poi credo che fosse più un "*per me* è morta"».

«Sì, anch'io ho avuto quest'impressione, ma cosa potrebbe portare una madre a disconoscere così una figlia?».

Mi girai a guardarlo piuttosto incredula che lo stesse chiedendo proprio a me. Capii che lo aveva detto senza rendersi conto.

«Che ne so? Parli con una che è stata espulsa dalla madre come un calcolo».

«Non è il momento di giocare ad autocommiserarsi. La faccenda qui è diversa. Loro hanno riconosciuto la figlia, e fino a un certo punto la devono anche aver tenuta in casa perché sui documenti c'è il loro indirizzo...».

«Sì, è vero. Forse non sono rimasti entusiasti del fatto che la ragazza si sia presentata a casa incinta a soli quattordici anni...».

«Questo è più probabile. Ma la reazione che hanno avuto di fronte a Emma è stata spropositata. La donna la guardava manco avesse visto un fantasma».

«Pensi che ci possa essere un nesso tra questo e la storia del rapimento?»

«Non lo so ancora, ma sono sicuro che c'è qualcosa di strano, qualcosa che non torna».

Giò aveva ragione. Perché quella coppia era terrorizzata dalla nipotina di cinque anni? Cos'aveva Emma di così terribile? La guardai. Non mi sembrò spaventosa, però forse, in qualche modo, Emma rappresentava un pericolo. Stava provando un'immersione. Costringeva la testa sott'acqua spingendo il sederino all'insù. Con le braccia e i piedi alzava rumorosi schizzi d'acqua tutt'intorno. I braccioli non le permettevano di scendere in profondità.

Sospirai per poi tornare a guardare Giò. Era ancora concentrato sulle domande che la visita alla famiglia Incisi lasciavano aperte. Ebbi la sensazione che stessimo seguendo pezzetti di pane sparsi dalla ragazza che beveva forte, solo che a un certo punto le briciole dovevano essere state divorate dagli uccelli e noi ci eravamo ritrovati in mezzo al sentiero senza avere la più pallida idea di come tornare indietro e tanto meno come andare avanti.

Misi le gambe nella pozza fino al ginocchio e mi sdraiai a terra alzandomi la magliettina per sentire il sole sulla pancia. Il calore della roccia e i rumori di Emma nell'acqua mi fecero sentire calma e al sicuro. Restai così per un po', poi all'improvviso, mentre avevo la mente vuota, mi ricordai che la bambina aveva detto di andare al lavoro con la madre.

Scattai all'insù e fu un azzardo. Le costole si mossero sfregando fra di loro. Chiamai Emma. Forse l'avevo fatta stare per troppo tempo in acqua. Aveva le labbra viola e i denti battevano come nacchere impazzite. Non avevo nemmeno un telo per asciugarla. Giò non se lo fece nemmeno chiedere, si levò la maglietta e me la passò.

«Emma, l'altro giorno ci hai detto che vai al lavoro con mamma di sera, vero?».

Annuì. Mentre le asciugavo un piede si era appoggiata a me per non cadere, con la testa tesa scavallava con lo sguardo la mia spalla per controllare Rughetta.

«Bene. Lo sai come si chiama il posto dove lavora mamma?»

«No, andiamo a trovarla? È lì?»

«No, no. Non è lì, però mi piacerebbe andarci. Che lavoro fa mamma? A me non l'ha mai detto».

Questo catturò la sua attenzione. Tutta stretta nella maglietta di Giò e ancora tremante aprì un sorriso teso dal freddo e con un tono mieloso disse: «Mamma balla. Anch'io sarò una ballerina, però io voglio il tutù».

«Che lavoro fico che fa la mamma, eh? Senti, e balla in un teatro?»

«Sì c'è un palco, e sotto ci sono le sedie e i tavoli. Poi c'è anche il bar e le luci sono tutte rosa. È il posto più bello del mondo».

«E fuori da questo posto bellissimo c'è qualcosa? Un'insegna? Un disegno?»

«Sì, sì. C'è il disegno delle carte. Quattro carte grandi, con una principessa coniglietta su ogni carta. Mamma è la coniglietta con i capelli blu, io quella con i capelli rosa, tu puoi essere quella verde, se vuoi».

«Sarebbe fantastico... che ne dici di far sgranchire le zampe a Rughetta? Lì c'è una pozza piccola. Se la circondi con i sassi, la possiamo far nuotare un po'».

«Ok».

Guardai Giò, che mi stava già fissando. Non ci voleva un genio per immaginare che il posto dove lavorava la ragazza che beveva forte non era un teatro. Non avevamo molti indizi dalla nostra, ma almeno era qualcosa.

Forse avevo trovato altre briciole da seguire lungo la via. Certo, le ombre iniziavano a intensificarsi. Avevo paura che se avessimo continuato in quella direzione, ci saremmo presto ritrovati a brancolare nel buio.

21

Mangiammo tutti insieme a casa mia. Giò ci salutò verso le dieci, invitandomi a rimettere un po' in ordine il monolocale. Una volta sistemata Emma a letto e piazzata Rughetta nella sua nuova casa, che per il momento consisteva in una scatola trasparente con un ponticello di plastica, mi collegai a internet con il mio lentissimo portatile alla ricerca di un locale a Torino o nei dintorni, la cui insegna avesse quattro carte con delle coniglietteutte multicolori sopra. Trovarlo era piuttosto improbabile, ma selezionando strip-club le cose andarono meglio. Si chiamava All-In Club. Oltre ai soliti privé e spettacoli con palo a centro pista, il locale offriva la possibilità di giocare a strip-poker con le ragazze. I clienti puntavano soldi e le signorine vestiti, e quando avevano finito gli indumenti il sito parlava di puntate in cambio di minishow. Una voce calda, accompagnata da una musica soft, ti invitava a cliccare su ognuna delle quattro carte che apparivano nell'homepage del sito.

Visita il nostro meglio, ti convinceremo a venire da noi.

Cliccai sulla prima carta, s'illuminò girando su se stessa. I bordi lampeggiavano e al posto del disegno di una coniglietta con i capelli gialli, antropomorfizzata in manga style, apparve una ragazza travestita da infermierina che muoveva il corpo in maniera provocante. La clip era un *loop* di pochi secondi. Portai il mouse sulla coniglietta dai capelli blu. La carta girò. Nello schermo l'immagine di una donna di spalle. Indossava una parrucca blu elettrico. Era vestita con un completino alla marinaretta, con tanto di parigine bianche. La gonnellina cortissima veniva fatta roteare con un abile giro di fianchi. La ragazza sullo schermo si girò guardandomi. Scostai il portatile da me. La ragazza che beveva forte mi faceva l'occhiolino travestita da sogno erotico.

Chiusi lo schermo del computer e sentii il sangue abbandonare la testa per scivolarmi ai piedi. Feci appena in tempo a raggiungere il bagno per vomitare.

Mi diedi una sciacquata alla faccia e bagnai i capelli. Dando un'occhiata allo specchio vidi che avevo un colorito verdognolo.

Cos'era successo a Veronica Incisi? Tutto ciò che mi aveva lasciato in mano era il suo passato, e cominciavo a pensare che fosse arrivata fino al bar di Fil, quella sera, guadando un torrente di merda bella densa. Tornai al portatile e cercando di non guardare il *repeat* del video, chiusi la schermata e spensi il computer. Presi una Fortuna dal pacchetto, ma sapevo di non poter fumare in camera. Emma era troppo piccola e mi sarei sentita in colpa. Uscii di casa e mi sedetti appoggiando la schiena alla porta. Non riuscivo a pensare ad altro che alla ragazza che beveva forte. Avevo la testa fra le mani e passavo le dita sui capelli, quando sentii la porta dell'Abominevole socchiudersi. Lo guardai dal basso, sperando con tutto il cuore che non volesse rompermi i coglioni perché fumavo in corridoio. L'enorme sagoma scura mi stava fissando dal buio del suo monolocale. Gli sorrisi. Mugolò qualcosa di incomprensibile, come il novanta per cento delle parole che gli uscivano dalla bocca, e richiuse piano la sua porticina. Finii la sigaretta con una serie di domande che rincararono la sensazione d'impotenza che aveva iniziato a invadermi.

Poi rientrai nel mio appartamento. Era un vero casino, così presi a raccogliere i vestiti da tutte le parti e a metterli in grandi sacchi neri. Lavai i piatti che si erano accumulati nel lavandino e spolverai ogni superficie. Spazzai per terra e passai lo straccio. Pulii anche il bagno. In poco più di un paio d'ore tutto profumava e scintillava. Mi sentii un po' meglio, e provai ad andare a dormire. Scivolai a letto, cercando di ricavarmi un po' di spazio, perché Emma, come al solito, si era impossessata del materasso in modo strategico. Mi addormentai, e incubi pesanti come tritasassi non tardarono molto a venirmi a trovare.

Nel sogno stavo dormendo sul mio divano. Aprendo gli occhi, vedevo la ragazza che beveva forte vestita da marinaretta sexy. Immobile, in piedi, leggermente ingobbita nella postura, se ne stava sul mio letto con la faccia rivolta verso il muro.

Il monolocale era in penombra, e il suo volto era illuminato da un foro nella parete dal quale filtrava una sottile galleria di luce fredda. Si girò di scatto verso di me. La parrucca blu le circondava il viso troppo truccato. Mi fece l'occhiolino, ma non sorrideva e non ammiccava. Era seria, e appena riaprì l'occhio, la parrucca le scivolò via dalla testa per svelare il cranio rasato con i segni circolari e rossi. Aprì la bocca per dirmi: «Attenta Giud, attenta».

Poi si voltò di nuovo verso il muro, per tornare a spiare dal buco nella parete.

Mi svegliai di colpo. Era ancora notte. Mi avvicinai a Emma e l'abbracciai, per proteggerla, ma anche perché avevo paura e non volevo sentirmi sola.

22

Il sogno della notte precedente mi aveva messa in uno stato di disagio. Mi sentivo ansiosa e avvertivo un malessere nuovo e poco chiaro.

«Attenta Giud, attenta».

Continuavo a sentirlo nelle orecchie. Se avessi creduto minimamente agli spiriti, avrei pensato che quello fosse un chiaro avvertimento, e quindi, avrei fatto meglio ad alzare i tacchi e uscire alla svelta da quella situazione. Non credevo che i morti tornassero nei sogni ad avvertirci di questo o quel pericolo, ero convinta che il mio subconscio invece iniziasse a risentire della situazione. Forse sapevo qualcosa, qualcosa che però non riuscivo a mettere a fuoco. Mi stavo convincendo sempre di più del fatto che potevo avere degli indizi incastrati in qualche angolo del cervello, un dettaglio che non reperivo nella confusione mentale delle ultime ore. In fondo, a pensarci bene, mi erano successe più cose nelle settimane che avevo appena vissuto che in dieci anni di vita. Comunque, che fosse il fantasma della ragazza che beveva forte, o il mio inconscio con un elemento represso, o semplicemente un residuo di buon senso, avrei prestato ascolto al monito del sogno: sarei stata attenta, molto attenta.

Mentre pensavo a tutte queste cose, Emma chiacchierava

con Rughetta. Si era appoggiata la vaschetta sulle ginocchia. La tartaruga cercava inutilmente appiglio sul ponticello, ma continuava a scivolare in balia delle piccole onde che si alzavano a ogni curva e a ogni buca che la macchina prendeva. Mi fece un po' pena, ma non sarebbe durata ancora molto, mancava poco e saremmo arrivate a casa di Giò.

Il giardino di fronte alla casa era pieno di operai con i caschi gialli. C'erano materiali edili sparsi ovunque e Giò, con in mano una tazza di caffelatte freddo, stava studiando una planimetria insieme a uno degli uomini. Emma si era stretta la vaschetta al petto e avanzava dietro di me, come a nascondersi da tutti quegli estranei. Non l'avrei mai detto, ma quella bambina poteva essere anche timida.

«Buongiorno ragazze, che ne dite?».

Ci guardammo intorno spaesate.

«Ma dobbiamo montare tutta questa roba?»

«Sì, e questi signori sono qui per guardarci lavorare. Ma che dici Giud? No, gli operai monteranno il prefabbricato, noi invece ci occuperemo delle rifiniture degli interni. Oggi, intanto, supervisioneremo il montaggio».

Era raggiante, e mi dispiaceva un po' dovergli dare buca, ma c'erano delle faccende più urgenti del suo dojo.

Lo presi per un braccio e ci allontanammo dal piccolo campo base, che consisteva in un tavolino pieghevole con thermos di caffè, pane, burro e marmellata.

«Senti Giò, io oggi non resto. Ti ho portato Emma. Ho scoperto dove lavorava Veronica e vorrei passare al club per sondare il terreno».

«Ragazzina, il giorno che riuscirai a raccontare una balla come si deve può darsi che farò finta di crederti, ma visto che scarseggi come sparacazzate, e io la figura del cretino non ho molta voglia di farla, sarà meglio che mi racconti tutto dall'inizio e con calma. Poi puoi anche dirmi esattamente cos'hai in mente di combinare».

Tana, cazzo.

Mi presi una tazza di caffè e spedii Emma a far giocare Rughetta sul prato. Raccontai a Giò del sito e di come erano organizzate le cose all'All-In, poi, alla fine vuotai il sacco su quello che era il mio piano per la serata. La gioia che avevo visto nel suo volto appena ero arrivata era solo un bel ricordo. Iniziò a parlare prima ancora di aver riordinato le idee.

«Non mi piace, e come l'hai pensata non può funzionare. Vengo anch'io stasera, e su questo non voglio sentire storie. Però, può darsi che possiamo ricavare qualcosa da questa tua idea, sondare il terreno e cercare di capire se le cose sono ancora più losche di come sembrano. Innanzi tutto non puoi portare i soldi che hai trovato a casa di Veronica. Porterò del denaro io, e tu mi ridarai il corrispettivo prendendolo dalla sacca in un secondo momento».

«Ma se vieni anche tu, Emma dove la lasciamo? Voglio dire, all'All-In la conoscono, non possiamo di certo portarla con noi».

«Sì, ci ho già pensato. Non è il massimo e non mi rende felice nemmeno da lontano, ma io avrei qualcuno a cui chiedere la cortesia di tenercela per una notte».

Lo guardai incuriosita, Giò sospirò.

«La mia ex moglie, la chiamo subito... Sei una bella spina nel fianco, lo sai?».

Giò era stato sposato. Non l'avrei mai immaginato, però in effetti aveva senso. Gli sorrisi portandomi la sigaretta alla bocca e lo guardai armeggiare con il suo telefonino mastodontico. Camminava avanti e indietro con passo nervoso. Dopo poco la donna doveva aver risposto, perché lui prese a parlare sommessamente. Non durò molto la telefonata. Riattaccò e alzò il pollice all'insù, poi tornò dagli operai.

Il resto della giornata lavorai al cantiere, aiutando per quello che potevo con una duplice frattura costale, cioè poco e niente. Preparavo panini e caffè, Emma mi aiutava. Uno degli operai era entrato in cucina per prendere una bottiglietta d'acqua dal frigo, e le aveva sorriso dandole un buffetto sulla guancia. Appena mise piede fuori dalla stanza Emma si girò verso di me, rossa come un'anguria.

«Giud, Giud, mi sono innamorata».

Scoppiai a ridere.

«Che ti senti?»

«Tutta scombussolata».

«Ma no Emma... avrai caldo».

La piccola si girò tutta risentita.

Quando finii di preparare i panini, li piazzai su un grosso tagliere e li portai fuori. Al mio fianco, Emma cullava una cinquantina di fazzoletti e cercava in giro il ragazzo. Quando lo vide, diventò di nuovo tutta rossa... Forse era vero, si era beccata la sua prima cotta. Durante la pausa pranzo mi ero andata a sedere in un angolo del giardino, osservando Emma che mostrava Rughetta al ragazzo carino. Lo aveva stremato con la sua chiacchiera ininterrotta, convincendolo ad aiutarla a creare un recinto sull'erba con gli avanzi del legno. Aveva ottenuto quello che voleva e bruciato al malcapitato la meritatissima ora di pausa. Ciondolava i fianchi e teneva la testolina reclinata da un lato. Sul flirt sarebbe potuta migliorare, ma già così, era molto più brava di me.

Quando gli operai staccarono, Giò si andò a fare la doccia. Tornò indossando un completo nero e una camicia blu, con i primi bottoni slacciati. Sorrise aggiustandosi il ciuffo bianco e storcendo la bocca. Ok, ora toccava a me sembrare più di quello che ero. Andammo a casa mia e mi feci una doccia rapida. Usai il gel delle grandi occasioni sui capelli, spettinandoli in maniera ordinata, poi misi un vestitino corto, nero e aderente fino alla gonna che si apriva morbida a seguire le curve. Era un regalo che avevo ricevuto da uno dei ragazzi che di tanto in tanto frequentavo. La sua cotta mi era valsa quel vestito, un orologio, una trousse e poi aveva capito che non ci sarebbe mai stato un granché da ricavarci e aveva battuto in ritirata. Mi finii di sistemare e guardai il risultato allo specchio. Qualcuno avrebbe anche potuto credere che non fossi esattamente una morta di fame. Il mio riflesso mi sorrise complice.

Quando uscii, Giò fischiò e io arrossii, poi prendemmo Emma e Rughetta e ci dirigemmo verso la casa dell'ex moglie di Giò.

«Sei felice di conoscere questa mia amica?»

«No, vogliamo venire anche noi con voi».

«Emma, non stasera, tu e Rughetta non potete venire. Ma se ti comporti bene, domani potremmo anche andare a cena fuori al McDonald's, che ne dici?».

Ci avevo provato ma non mi sembrava convinta, il muso era sempre più lungo.

«Anch'io voglio il vestito bello e il rossetto».

«Certo, allora facciamo così: oggi è la serata in cui io ho il rossetto e domani è la serata in cui lo metti tu, ok?»

«E poi anche lo smalto rosso come il tuo».

«Affare fatto».

Le tesi la mano. Mi sorrise e la strinse con grande professionalità, quella ragazzina aveva l'arte della contrattazione nel sangue.

Arrivammo in via Vanchiglia. I portoni pesanti si aprivano sugli ingressi. Quella era una cosa di Torino che mi piaceva da matti. Fuori le facciate erano austere e tutte uguali, ma appena entravi nei cortili interni, i balconi erano colorati dai panni stesi e dalle piante esposte. Una piccola magia, un segreto che solo chi ci abitava conosceva. Il palazzo dove viveva l'ex di Giò era molto elegante. Salimmo un piano di scale poi lui si fermò di fronte a una porta, prese aria come chi sta per scendere in apnea e suonò il campanello. La donna era coetanea di Giò. I capelli ricci e biondi le circondavano un volto dolce, non fosse stato per l'espressione tirata in cui costringeva i muscoli facciali.

«Ciao Giovanni, quale delle due bambine devo tenere?».

Wow, la prima frecciatina era partita senza nemmeno aspettare le presentazioni.

«Sei bellissima, Caterina».

Lo squadrò per un attimo, come a cercare qualcosa in disordine, poi i suoi occhi si posarono su di me, ma fu un attimo. Li distolse immediatamente, come se avesse toccato con le iridi qualcosa di ustionante. E non perché fossi particolarmente bella. Ero accanto a Giò, e questo bastava a farle piuttosto male. Abbassai la testa. Prese Emma per una spalla e la spinse a entrare in casa.

«Vieni, posiamo questa tartaruga da qualche parte e laviamoci le mani».

Di fronte a un'autorità ferma, la bambina prese a obbedire

come un agnellino. Presi nota, avrei provato anch'io quella tattica.

«Grazie Cate».

Ma Caterina ci aveva già sbattuto la porta in faccia. Scendemmo la rampa in silenzio e in silenzio la macchina prese a camminare lungo le vie calde del centro.

«È una donna molto bella».

«Lo so, l'ho sposata».

Il vento era tornato a soffiare caldo e umido, le cartacce venivano spostate rapidamente sul filo del cemento. Arrivammo in prossimità dell'indirizzo e parcheggiammo. Scendemmo i gradini del ponte e ci ritrovammo a costeggiare la riva del Po nel buio denso. In lontananza un'insegna rosa acceso lampeggiava. Il locale era ricavato da una vecchia rimessa ai bordi del fiume. Il rumore dell'acqua era violento e le raffiche d'aria si intensificavano soffocanti, tanto da rendere quelle poche centinaia di metri una distanza difficoltosa. Alla fine ci trovammo di fronte al locale.

Le coniglietta sulle quattro carte erano disegnate da silhouette al neon. Guardai il sorriso di quella con il caschetto blu accendersi e spegnersi nell'indecisione delle lampade.

Distolsi lo sguardo, varcai la soglia e mi trovai dentro l'All-In.

23

Una piccola anticamera precedeva l'entrata vera e propria del locale. Di fronte alla porta un uomo mastodontico era nella classica posa da buttafuori, mani congiunte all'altezza dell'inguine, petto in fuori, gambe leggermente divaricate, mento alto e sguardo da figlio di puttana. Sorrisi e infilai il braccio sotto quello di Giò. L'uomo ci guardò con sufficienza.

«Dovete depositare i cellulari all'interno delle cassette di sicurezza».

Ci indicò una parete di piccoli scomparti con le chiavi attaccate alle serrature, come all'ingresso di una banca. Obbedimmo, poi l'energumeno si scansò aprendoci la porta dai vetri oscurati.

L'All-In era un posto raffinato e su questo non si poteva dire nulla. Il pavimento era in marmo nero, le venature bianche si diramavano in forme longilinee, le luci erano basse e schermate da una certa quantità di fumo, divanetti e tavolini sembravano l'arredo di un casinò di lusso. Quello che, inequivocabilmente lo distingueva da un qualunque altro posto di livello, era il palco specchiato al centro del locale, con un palo bianco avorio che arrivava fino al soffitto. Una ragazza si stava esibendo. Girava lentamente intorno al palo facendo perno con la mano, mentre i lunghi capelli neri seguivano la traiettoria del giro. Nell'altra mano teneva un microfono e cantava una lenta canzone francese, la sua voce era bassa ed eccitante. Indossava un abito lungo color ocra scuro, uno spacco profondo scopriva una gamba perfetta e lo scollo sulla schiena lasciava ammirare il movimento leggero dei muscoli sotto la pelle bianca. Sembrava triste, inconsolabile. Continuai a guardarmi intorno. Nel locale non c'era molta gente, solo pochi uomini ben vestiti. La ragazza che serviva ai tavoli indossava un abito elegante, per nulla volgare. Lì dentro, quella che sembrava aver osato di più con l'abbigliamento ero io, ed ero anche la meno raffinata.

«Piuttosto deprimente per essere uno strip-club, non trovi?»

«Sediamoci ragazzina, e cerchiamo di capirci qualcosa».

Scegliemmo un divanetto all'angolo e Giò si fece notare dalla cameriera con un cenno della mano. La donna vestita di viola, con un'andatura da passerella, ci raggiunse porgendoci un sorriso delicato e due menu.

«Se avete qualche domanda chiedete pure, sono qui per voi».

Con un piccolo inchino si voltò per ondeggiare verso il bancone. Aprimmo i menu, e oltre alla solita lista di cocktail e vini pregiati, girando le pagine trovammo foto di ragazze bellissime. Il prezzario variava a seconda della performance e della permanenza nel privé. Erano cifre belle alte quelle richieste, così mi fu chiaro in un lampo come mai il locale fosse mezzo vuoto. Continuai a studiare il listino fino alla pagina in cui le coniglietta dell'insegna erano disegnate sulle carte da gioco. Sopra compariva la scritta: *I nostri quattro assi*, sotto: *Strip-poker*. Voltai la pagina e trovai la foto della ragazza bionda vestita da infermierina che giocava con una siringa giocattolo. Poi c'era una ragazza con la parrucca rosa, indossava un completino da collegiale sexy, leggeva un libro sdraiata a pancia in giù. La ragazza con la parrucca verde si copriva parte del volto con un ventaglio di piume. Portava un completo ottocentesco, la gonnellina cortissima e le calze bianche fermate da un nastro di raso. L'ultima era la ragazza che beveva forte con la sua parrucca blu e il completino alla marinaretta. Con una mano teneva il cappellino e con l'altra alzava un po' la gonnellina, guardava in basso sorridendo.

«Era lei, vero?».

Annuii. Giò mi tolse di mano il menu.

«La stai guardando troppo. Facciamo così, ordiniamo da bere e poi chiediamo informazioni per farci una partita a carte».

Lui prese un Bloody Mary e per me ordinò un bicchiere di champagne piuttosto caro. Lo sorseggiai e mi accesi una sigaretta. Non sapevo che negli strip-club si potesse ancora fumare, per me fu una bella notizia. Vista la tensione, le sigarette mi avrebbero almeno aiutato. Giò mi guardò di traverso.

«Che c'è, ti dà fastidio? Fumano tutti».

«Sì, ma le tue sono sigarette da due soldi. I dettagli contano, è così che le cose vanno in vacca. Una distrazione e capiscono che sei una stracciona».

«Se ripasso da queste parti mi compro delle sigarette costose. Per ora ho le mie. Non tiro più fuori il pacchetto dalla borsa e le faccio bruciare fino al filtro, così può andare? Cristo santo Giò, potresti essere più delicato? Le parole feriscono».

«Non voglio ferire il tuo amor proprio Giud, ma per favore, sta' attenta a non fare stronzate».

«Secondo te ci sono telecamere?»

«Non ne vedo. Hai in mente qualcosa?»

«Non ancora, per il momento mi limito a osservare. Che dici, proviamo a fare una partita?».

Giò annuì, e fece di nuovo cenno alla cameriera di avvicinarsi.

«Senti dolcezza, se volessimo giocare a poker come funziona?»

«Ottima scelta! Il poker è il nostro fiore all'occhiello. Può decidere la modalità della partita, si gioca o al poker tradizionale o al texas hold'em, in entrambi i casi può optare per una partita fra lei e le nostre ragazze o aggiungersi a un tavolo anche con altri clienti. Per il resto funziona come in un casinò, potrà cambiare i suoi soldi in cambio delle fiches. Gli abiti delle ragazze hanno un valore che varia in base al colore e alla cifra che sarà scritta su ogni indumento. Giocando solo con le ragazze potrebbe avere la fortuna di vincere degli show di altissimo livello e di estrema intimità, se invece vuole partecipare a un tavolo misto con altri clienti la posta, fra di voi, sarebbe in denaro, mentre le ragazze puntano sempre abiti, performance e chips, se ne accumulano».

«Sei stata chiarissima dolcezza, me li cambi tu questi? Tanto per iniziare e vedere se ci divertiamo».

Giò posò sul tavolo una mazzetta da diecimila euro. Provai a trattenermi ma mi stavo irrigidendo. La ragazza sorrise in maniera composta, non era meravigliata o sorpresa. Prese i soldi e dopo poco tornò con un vassoio in cui erano divise le fiches.

«Che genere di tavolo vi faccio preparare?»

«Un texas hold'em. Misto».

«Ottima scelta signore. Il tavolo ha già dei clienti, anche per loro è la prima volta qui all'All-In. La partita inizierà alle ventiquattro. La proprietaria verrà a parlarvi fra poco. Il Rabbino vuole sempre conoscere i nuovi rounders. Posso portarvi un altro drink nell'attesa?»

«Certo dolcezza. Altri due giri tali e quali a prima». Sorrise e dopo il rito dell'inchino si allontanò.

Sul palco l'altra ragazza aveva preso a cantare una nuova canzone francese, allegra come un canile che va a fuoco. Si era seduta sul bordo del palco, ciondolava la gamba aiutando lo spacco a scoprire ciò per cui si pagava cinquanta euro a consumazione.

«Sei sicuro di quello che fai?».

Giò mescolò il liquido denso dentro il bicchiere con un movimento di polso e bevve un sorso generoso.

«Vedremo».

24

Partendo dai tacchi a spillo da quindici centimetri a salire si sviluppava una fantasia a coda di pavone che sfumava sulla punta in un omogeneo blu, per poi andare a virare verso il viola. Le scarpe pregiate puntavano contro il marmo e si dirigevano verso di noi.

Sarà stata alta un metro e ottanta, una figura slanciata dalle forme notevoli. Il vestito, dello stesso colore delle scarpe, ondeggiava leggero sulla punta delle ginocchia affusolate, per poi seguire la rotondità dei fianchi. Una cinta nera lucida e larga circondava il torace per mettere in risalto il seno alto e morbido, uno scollo a barchetta discreto, una collana di perle anni Cinquanta. I capelli erano raccolti e acconciati con maestria, due ciocche di boccoli castani cadevano ai lati del volto truccato di bianco. Solo le labbra rosse e gli occhi impreziositi da un trucco pesante risaltavano. La donna si stava avvicinando con ritmo predatorio.

Quando ci fu di fronte, la bocca si aprì a svelare gli incisivi superiori, ma il sorriso tirato era troppo alto e il labbro superiore era rientrato. Sapevo che c'erano due modi di sorridere, e il suo scopriva i denti non lasciando dubbi. Era un ringhio, una sorta di avvertimento. Scostò una sedia e si accomodò in nostra compagnia.

«Salve, sono onorata che abbiate scelto il mio locale. Spero che la serata sia all'altezza delle vostre aspettative, e se avete richieste, vi prego, non siate timidi».

La voce viaggiò morbida sulla coltre di fumo per arrivarmi alle orecchie calda come il vento che c'era fuori dal locale. Mi avvolse.

«È gentile. Intanto sono curioso di giocare in questo posto. Ne ho sentito parlare piuttosto bene. Vediamo cosa sapete fare. Penserò a cosa potrei chiederle... se mi servisse chi devo far chiamare?».

La donna si portò il dito alla bocca e se lo passò sul rossetto, macchiandosi il polpastrello di rosso.

«Chieda del Rabbino, le ragazze mi chiamano così».

«È un nome strano».

«È un mondo strano. Vogliate scusarmi».

È un mondo strano. Questa frase le era uscita in modo ambiguo, come se volesse sottintendere qualcosa, ma forse stavo viaggiando troppo con la fantasia. Non poteva sapere chi eravamo e come mai ci trovassimo lì. Dovevo restare calma e cercare di non lasciarmi suggestionare. Recitare la mia parte.

Guardai Giò. Anche lui era teso. La mandibola era serrata, e aveva aggrottato le sopracciglia. La cameriera ci venne finalmente a chiamare per farci giocare la nostra partita. La seguimmo oltre il palco, per addentrarci in un corridoio illuminato da tubi al neon rosa ai lati del pavimento. Entrammo poi in una vera e propria sala da gioco. Il pavimento era coperto da moquette rosso acceso e i tavoli da poker erano di pregio. Sopra a ognuno troneggiava una lampada colorata che gettava una luce chimica sul feltro. Gli altri uomini, tre, erano già seduti a un tavolo, all'angolo della sala, illuminato da una lampada verde slimer. Ci accomodammo anche noi, io al fianco di Giò. Avrei fatto da bambolina portafortuna. Uno degli uomini era sulla settantina, vestito da cowboy. Un altro era piuttosto giovane, forse meno di trent'anni, indossava una felpa scura e aveva alzato sulla testa un ampio cappuccio. L'ultimo sarà stato sulla quarantina, portava una camicia aperta sul petto e un paio di occhiali grandi quanto la sua faccia. Un Rolex d'oro bianco gli impreziosiva il polso. Poteva sembrare una mascherata, ma quel tipo di poker richiamava una certa eccentricità. Serviva a schermare il volto, nascondendo le reazioni agli altri giocatori, e a farsi sottovalutare, ma ero convinta che dentro quelle teste, sotto cappucci e cappelli, ci fosse una buona conoscenza del calcolo statistico.

Tutti e tre avevano di fronte a loro molte più fiches di noi.

Una musica latina partì all'improvviso e le quattro ragazze entrarono agitando le spalle in modo da far ballare i seni. Si schierarono di fronte alla porta d'ingresso. Erano vestite come nelle foto.

Una vertigine mi partì dal lobo frontale, costringendomi a sbattere le palpebre un paio di volte per mettere a fuoco. La ragazza che beveva forte era l'ultima della fila. La bocca mi si seccò in un attimo. Le ragazze erano salite sui tavoli vuoti, e si muovevano in stacchetti sexy ignorando del tutto il ritmo della musica. Lei era piuttosto lontana. Procedeva carponi abbassandosi fino a sfiorare con il ventre la superficie del panno verde. Strinsi le palpebre come a volermi svegliare da quel sogno. Quando li riaprii, le ragazze, erano arrivate al tavolo e, in sincrono, avevano piazzato i tacchi sugli sgabelli a mostrare le mutandine di raso colorate.

Guardai meglio. La tipa vestita alla marinaretta con la parrucca blu non era la ragazza che beveva forte, indossava il suo costume ed era truccata come lei ma non le assomigliava affatto. Feci un paio di respiri e sfilai una sigaretta dalla borsa. L'uomo con il cappello da cowboy e gli occhiali a goccia fece scattare uno Zippo d'oro. Sorrisi e avvicinai la sigaretta alla fiamma, ma maledizione, il filtro serrato fra le mie labbra tremava in maniera evidente. Da dietro le lenti scure i suoi occhi mi fissarono insistentemente, ma era un uomo e distrarlo non doveva essere così difficile. Girai la testa, e mi passai la mano sulla curva del seno. Con la coda dell'occhio lo vidi sorridere e inumidirsi d'istinto le labbra.

La musica andò a sfumare e le ragazze, tutte sorrisi, presero posto al tavolo, due da una parte due dall'altra. Di fronte a me il caschetto blu. Appena fummo tutti in posizione entrò il mazziere, un ragazzo bassino ed esile vestito da pinguino, con i capelli biondo cenere ingellati compostamente da un lato. Indugiò nel guardarmi, poi sistemò le carte impacchettate sul tavolo. Con gesti ampi sbollò la plastica e aprì a ventaglio il mazzo sul panno verde, poi le mescolò spargendole sul tavolo. Una musica soft partì come accompagnamento mentre ci veniva servita la prima mano. Giò alzò l'angolo di una, poi dell'altra carta, facendomi vedere una promettente coppia di assi. Quella giocata fu nostra. Le puntate erano destinate ad alzarsi, i bui sarebbero andati ad aumentare scanditi da un timer preciso. Non si procedeva a eliminazione, quindi la partita poteva durare anche tutta la notte. Erano le prime fasi e gli uomini si stavano studiando fra di loro, senza dare un gran peso alle ragazze che ogni tanto si lasciavano andare a qualche risatina, e nel complesso non giocavano bene. Erano evidentemente prive di concentrazione, partecipavano solo se erano costrette dal bottone. Per la parte iniziale della serata, la partita fu equilibrata e Giò riuscì a tenersi stretto il nostro budget. La casa metteva a disposizione dei giocatori un carrello con i migliori liquori in commercio. Tutti bevevano e fumavano parecchio, e non ci volle molto perché le signorine si ritrovassero letteralmente in mutande, sedute con le schiene dritte e i seni esposti.

La ragazza dal caschetto blu mi faceva uno strano effetto. Se incontravo il suo sguardo indugiavo sempre un momento prima di visualizzare il suo volto. Mi confondeva e avevo paura che questo mio atteggiamento potesse in qualche modo tradirmi. Poi pensai che se lì dentro c'era qualcuno che aveva a che fare con il nostro rapimento, potevo stare tranquilla che mi avesse già riconosciuta appena avevo messo piede nell'All-In. Intanto stavo bevendo con moderazione il bourbon più buono che le mie papille gustative avessero mai avuto il piacere di assaggiare, ma senza esagerare. Non volevo perdere il controllo.

Fu intorno alle tre, quando i bui si erano notevolmente alzati e gli uomini si erano ammorbiditi con belle quantità di liquore, che il gioco iniziò a prendere decisamente un'altra piega.

25

Mi ci volle un po' per rendermi conto del netto cambio di atteggiamento, ma una volta messo a fuoco, mi fu tutto più chiaro. Le ragazze, che fino a quel momento erano state poco più di un paio di tette al tavolo, gradualmente avevano iniziato a recuperare terreno. I loro sguardi socchiusi e svampiti erano ora diventati vivaci e attenti. Erano fresche come roselline. Fino a quel momento non avevano avuto molto da perdere se non i loro vestiti, ora invece potevano guadagnare piatti importanti.

In poco tempo si ritrovarono di fronte a belle quantità di fiches. Il primo a essere mandato a casa fu mister Rolex, che verso le quattro di mattina era andato all-in con una coppia di jack, ma le cinque carte stese sul tavolo non gli furono di grande aiuto. La ragazza con la parrucca gialla aveva visto, mettendo sul piatto fiches e un eventuale spettacolino, con in mano un asso e un kappa. Fra le cinque carte sul panno verde, come river, venne girato l'asso di cuori e l'uomo decise che era ora di andare a nanna. La ragazza, che non aveva accennato a rivestirsi, si piegò in maniera oscena sul tavolo per abbracciare la vincita e tirarla nel suo angolo.

Meno uno.

Le piccole iene continuavano a rilanciare e a puntare forte a ogni mano, dandosi supporto fra di loro. Non si poteva parlare di gioco pulito ma non stavano nemmeno barando. Il mazziere era a posto, di questo ero piuttosto sicura. Avevo seguito i suoi movimenti e non mi pareva che ci fossero dubbi.

Il cowboy, dopo essere andato sotto di un paio di migliaia d'euro, si alzò dal tavolo deciso alla ritirata. Rimanevamo noi, il ragazzo e le coniglieitte. Erano le quattro e tre quarti. Il bourbon e le sigarette mi aiutavano a rimanere sveglia.

La ragazza dalla parrucca verde perse tutto contro il trentenne, gli consegnò chips e mutandine. Con un broncetto triste gli salì in braccio a cavalcioni e gli sussurrò all'orecchio, ma con un tono piuttosto alto così che sentissimo anche noi, nel caso fossimo interessati: «Se ne vuoi spendere un po' con me, io sono a disposizione».

Poi si alzò, e facendo ondeggiare il suo bel culetto nudo, uscì dalla stanza. L'atmosfera si era decisamente surriscaldata.

Alle cinque e un quarto al tavolo eravamo rimasti noi, il ragazzo e la tipetta con la parrucca blu.

Il bourbon oramai mi ondeggiava nella testa rallentando le mie capacità reattive, ma non ero ubriaca, non ancora. Giò se la stava cavando bene, aveva raddoppiato il nostro capitale, ma a fare da chip-leader era la ragazza. Il trentenne però, con una mano ben giocata, le sottrasse parte del capitale e vinse una lap-dance. Il croupier fece cambiare la musica e lei salì sul palco. Indosso mutandine e reggiseno blu lucidi di raso, si toccava e si muoveva piano. Nella confusione alcolica, a ogni rotazione del collo vedevo la sua faccia cambiare i connotati per essere ora lei, ora la ragazza che beveva forte. Avvertii il corpo scuotersi in brevi contrazioni, in uno strano miscuglio di paura ed eccitamento. Non mi piaceva, non volevo sentirmi così, ma non potevo fare un granché per controllarmi visto che, ormai mi era chiaro, avevo decisamente esagerato con il liquore.

La ragazza afferrò la testa del giocatore per abbassarsi, fra un ancheggiamento e l'altro, all'altezza della sua faccia. Poi si girò di scatto per trovarsi in ginocchio sul tavolo. Continuava a roteargli il bacino dritto in faccia, abbassando e rialzando leggermente le mutandine, poi mosse i fianchi con velocità brasiliana, slacciò il reggiseno e si inarcò all'indietro, trovando la bocca del ragazzo che le aveva afferrato le cosce ed era salito con le mani a toccarle il seno. Lei estrasse la lingua per passargliela lentamente sui contorni della bocca. Poi la musica s'interruppe, e tutta pimpante scese dal suo palco improvvisato per tornarsene a sedere.

Diedi uno sguardo a Giò. Non si era soffermato molto su quel siparietto, fra le dita muoveva cinque fiches come fanno i veri professionisti. Era concentrato e questo me lo fece piacere ancora di più. Era un uomo intelligente e un ottimo giocatore.

La partita andò avanti fino alle sei, cioè quando anche il trentenne venne eliminato. Dalla lap-dance in poi aveva decisamente calato il suo livello di attenzione al gioco.

Restammo quindi noi tre al tavolo. Le chips impilate di fronte a noi dicevano che avevamo trentacinquemila euro.

Dopo un paio di mani vinte che ci portarono a quarantamila, Giò allungò una torretta da duemila al mazziere.

«Grazie ragazzo, non ho più voglia di giocare, almeno non a questo gioco. Lasciaci da soli, ok?», e gli fece l'occhiolino.

Il biondo prese i duemila di mancia, chinando il capo come ringraziamento, e uscì velocemente dalla stanza. Giò si versò, per la prima volta in tutta la serata, due dita di rum. Con un solo sorso se lo ritrovò in bocca, lo passò da una guancia all'altra per poi ingoiarlo. Prese una pila da diecimila e se la mise nella tasca della giacca, poi fece precipitare le altre torrette con un colpo dell'indice. Ventottomila euro. La ragazza si leccò le labbra. Il suo sguardo era tornato a essere innocuo e languido, si mordeva l'indice in un cliché erotico.

«Cosa volete? Uno spettacolo, oppure ci coccoliamo tutti insieme?»

«Togliti la parrucca», le ordinai.

Non c'entrava nulla con quello che dovevamo comprare con i soldi della vincita, ma ero esasperata e volevo uscire da quello strano stato in cui mi trovavo. La ragazza ci rimase male, ma i soldi su cui aveva puntato gli occhi la fecero convincere. Si era tolta di tutto durante la serata, e l'imbarazzo per la parrucca non mi era chiarissimo.

Se la sfilò piano, disfacendosi l'acconciatura, levando le forcine che raggruppavano i capelli in ciocche, e se li sistemò alla meno peggio. Erano neri, scalati, scendevano fino alle spalle. Ora capivo perché le era costato levarsi la parrucca. Così non era più la coniglietta blu. Chiunque fosse quella ragazza, senza, tornava a essere se stessa.

«Allora, vogliamo giocare a qualcos'altro ora?», provò di nuovo a incalzare.

Si era alzata e aveva allungato una mano fino a toccare la spalla di Giò. Giò le diede due pacchette sul dorso e la scansò gentilmente.

«Senti, non ti offendere, ma non siamo qui per questo. I

soldi possono essere tuoi senza troppe moine, ci basta avere qualche informazione».

La ragazza ritrasse la mano e si sedette sullo sgabello. Sembrava piuttosto sulla difensiva, aveva accavallato le gambe e con le braccia a croce si era coperta i seni.

«Che genere d'informazione?»

«Voi ragazze cambiate ogni sera o siete sempre le stesse quattro?»

«Sempre le solite, tutte le sere. Io però sono una sostituta».

«E dov'è l'altra ragazza? Lo sai?».

Aveva aggrottato le sopracciglia, poi il suo sguardo aveva raggiunto per un istante un angolo alto del soffitto per tornare a guardare i soldi sul tavolo.

«Ci sono telecamere nel locale?».

Di nuovo, in modo meccanico, il suo sguardo andò nell'angolo alto per poi tornare in basso.

«Lo devo prendere come un sì?»

«Federica puoi andare, ora ai signori ci penso io».

Il Rabbino era in piedi sulla porta della sala da gioco, aveva il suo sorriso tirato stampato in volto. La ragazza si allontanò velocemente sulle punte dei piedi, con la parrucca blu stretta nel pugno.

Una volta che fu fuori, il Rabbino prese a camminare con calma verso di noi, gettando uno sguardo sul tavolo.

«Avete vinto qualcosa, bravi, ma credo sia ora di andare, non credete?»

«Non credo proprio», risposi fra i denti.

La donna si sedette con eleganza al posto del croupier.

«Come avrete notato è una poker-room a norma. Se eravate venuti a cercare delle irregolarità non ce ne sono, vi posso mostrare i documenti. È tutto in ordine, agenti».

«La prostituzione non è proprio a norma, ma non si preoccupi non siamo poliziotti, signora». Giò lo disse con un tono cupo.

La donna sgranò un attimo gli occhi, ma fu solo un momento. Quell'informazione l'aveva sorpresa. Doveva aver capito dalla prima occhiata che non eravamo clienti come gli altri, ma non si era fatta bene i calcoli. Sulla scia del vantaggio che avevamo appena ottenuto spiazzandola, provai a pressarla.

«Siamo venuti per Veronica».

Il sorriso del Rabbino si spense. Le labbra si abbassarono riducendosi a una smorfia. Ritrasse le dita appoggiate al tavolo, con una certa violenza nervosa, perché le unghie lasciarono quattro righe bianche sul feltro verde.

26

Il Rabbino toccò con l'indice per tre volte il panno verde del tavolo. Giò si alzò togliendosi la giacca in maniera composta e sistemandola sullo sgabello in modo che non si sgualcisse, poi si slacciò lentamente i polsini della camicia e sorrise alla donna. Intanto, nella stanza erano entrati due uomini, il buttafuori dell'ingresso e un altro che doveva essere un suo collega, anche lui enorme. Gli uomini si misero uno alla destra, uno alla sinistra di Giò che non aveva smesso di sorridere nemmeno per un istante.

«Questi signori vanno accompagnati fuori. Pagate la loro vincita e levatemeli dai piedi».

Stavo guardando il volto della donna diventare sempre più duro mentre parlava. Alla fine della frase la vidi spalancare la bocca in una smorfia di sorpresa. Ai lati di Giò i due uomini erano improvvisamente crollati a terra, mentre Giò si stava rimettendo a posto i polsini della camicia e rinfilandosi la giacca.

«Che cazzo è successo? Si sono sentiti male?».

Giò mi poggiò una mano sulla spalla facendo una leggera pressione affinché tornassi a sedermi.

«Ma voi chi siete?».

La donna aveva il volto accartocciato in un'espressione mista fra rabbia e disprezzo.

«Vogliamo sapere cosa è successo a Veronica, e non ce ne andremo da questo bel posto senza avere delle risposte».

Il Rabbino si alzò allentandosi la cinta intorno al torace. Era davvero incazzata. Si versò un bicchiere generoso di bourbon e poi riempì senza garbo anche i nostri, facendo schizzare sul tavolo gocce dense che lo andarono a macchiare. La sua età era indecifrabile. Si vedeva che era una donna e non una ragazza, ma non trovavo una ruga a tradire gli anni. Si sfilò un lungo fermaglio dalla testa e con un movimento del collo lasciò cadere i capelli ricci fino alla metà della schiena, massaggiandosi la cute.

«Lo vorrei sapere anch'io dove cazzo si è andata a ficcare».

La voce aveva perso ogni nota soffice, si era indurita e non aveva alcuna intenzione di essere sensuale.

«Non la vedo da almeno una settimana. Mi ha lasciato nella merda, l'estate è un buon periodo per l'All-In».

«Perché potete spennare i polli, giusto?».

La donna guardò Giò con uno sguardo affilato.

«Esatto! I clienti abituali sono in vacanza in questo periodo, e passano solo quelli che sono costretti dal lavoro a rimanere in città e si trovano senza i loro soliti amici da tavolo. Allora le ragazze possono giocare come si deve. Il resto dell'anno vincono con una cadenza meno serrata, con più discrezione».

«Sì, ho notato il giochetto, si fanno sottovalutare, distraggono con gli spettacolini e poi viene fuori che sono professioniste».

«Infatti, mi occupo personalmente dell'addestramento. Del resto, i vizi vanno a braccetto con altri vizi, giusto? E così è anche per il gioco d'azzardo. I rounders, non è un segreto, sono degli accaniti donnaioli. Ho pensato di sfruttare questo lato del loro carattere. In più, negli ultimi anni, qualunque coglione pensa di essere un professionista del poker. Mettere su questo locale è stata una bella intuizione: l'All-In è una gallina dalle uova d'oro. Le ragazze sono forti ma Veronica è una fuoriclasse, vince delle cifre imbarazzanti. In ogni partita trova l'equilibrio perfetto. Gioca come nei migliori tavoli di Las Vegas e sculetta più di un serpente a sonagli».

«Le ragazze non si tengono le vincite per intero, giusto?»

«Mi avete scambiata per Heidi? Sono una donna d'affari. Il cinque per cento resta alle ragazze, e credetemi, basta e avanza per fare una vita molto al di sopra della media».

«Da quanto tempo lavorava qui?»

«Un paio d'anni. Si può sapere che cosa volete? Io non ho idea di dove sia né perché non mi abbia avvertita della sua assenza».

Abbassai la testa. Le risposte che volevo non erano nemmeno lì.

«Ci sono delle telecamere, giusto?».

Il Rabbino annuì.

«Voglio le registrazioni dell'ultimo mese».

Giò era una vera e propria sorpresa. Certo, le registrazioni. Perché non ci avevo pensato?

«Me ne frego di quello che vuoi. Credi che basti quel trucchetto per mettermi paura?».

Con un cenno del capo indicò i due uomini a terra.

«Veronica si era fatta dei nemici con questo fatto dello spennare i polli?»

«Veronica è una delle mie ragazze, e se vi mettete contro

di lei, vi mettete anche contro di me! Se pensate che non abbia le risorse per farvi un culo grosso quanto un pachiderma vi sbagliate».

Intervenni perché le cose sembravano arrivate a un punto morto.

«Signora, siamo venuti qui a fare tutte queste domande perché Veronica è stata uccisa. Ho con me sua figlia, Emma. La conosce, giusto?».

Il Rabbino spalancò la bocca. Annuì un po' rallentata come se facesse fatica a capire il significato delle parole che avevo appena pronunciato, poi si portò il bourbon alla bocca e lo fece scivolare in gola. Mentre il liquido andava giù, anche il suo corpo si lasciò andare a sedere.

«Bene, ora temo che chi ha ucciso Veronica possa non aver ottenuto ancora ciò che cercava e quindi temo per la vita di Emma. È per questo che siamo qui, per capire se si era fatta dei nemici o per trovare un qualunque indizio. È chiaro?»

«Dov'è Emma?»

«Al sicuro, per il momento. Aiutami a farcela rimanere». Il Rabbino scosse i ricci e abbassò la testa portandosi la mano alla fronte. Sembrava confusa e scettica, però si alzò camminando con un passo decisamente più pesante e noi la seguimmo. Salimmo un piano di scale per ritrovarci in una stanzetta piena di monitor che riprendevano le sale del locale da più angolazioni.

«Ci ricattate qualcuno con questi nastri?».

Il Rabbino si voltò di scatto, poi sorrise.

«Mi piacciono le cose sporche ma non mi piace giocare sporco. L'estorsione crea nemici. L'All-In mi dà abbastanza soddisfazioni, almeno me le dava fino a quando non siete arrivati voi due stronzi. Nei computer ci sono le registrazioni, ma non posso darvele. Chi mi assicura che non state facendo tutto questo per ricattare i miei clienti? Portatemi Emma, fatemi vedere che sta bene, e io vi do l'hard-disk con i video di agosto».

«E a noi invece, chi ci assicura che non stai prendendo tempo per cancellare qualcosa che non dobbiamo vedere?».

Il Rabbino si avvicinò a Giò fino ad arrivargli a un palmo dalla faccia.

«Senti maschietto, se quello che mi avete raccontato è vero, vuol dire che qualcuno ha ammazzato una delle mie ragazze migliori. E se quel qualcuno viene a casa mia a giocare, bere e scopare, puoi stare certo che lo voglio sapere. E non solo, voglio anche essere io in persona a staccargli le palle e fargliele ingoiare. Tutto chiaro?».

Il Rabbino fece un passo indietro, aveva il mento alzato e le labbra aperte scoprivano gli incisivi serrati.

«Comunque non preoccuparti, le registrazioni hanno l'orario e la data in sovraimpressione, quindi non potrei fregarvi. Tornate domani sera. Ora levatevi dalle palle».

«Non così in fretta. Ho ancora bisogno di sapere alcune cose. Le ragazze in un paio d'anni, quanto possono arrivare a risparmiare?»

«Che ne so? Dipende dal tipo di vita che fanno... considerando che i primi sei mesi sono di addestramento. In quel periodo gli do di che vivere bene ma niente di eccessivo, poi altri sei mesi le metto a fare da sostitute o le piazzo in tavoli meno impegnativi. Nel secondo anno, se sono dotate, allora gli passo clienti importanti, ma anche lì dipende da come se la giocano. Ora andatevene, non sono sicura di essermi bevuta la storia che mi avete rifilato, ma di una cosa potete stare certi: oggi mi avete presa alla sprovvista, ma non succederà di nuovo».

«Prima, signora, mi cambi questi per favore».

Giò si sfilò dalla tasca i diecimila euro in chips, tenendo la pila colorata fra l'indice e il pollice.

27

L'alba era cresciuta su un cielo limpido, la luce piena di sfumature rosee era calda e accogliente. Il vento viaggiava calmo e basso, la notte lo aveva reso più frizzante e tutto sembrava muoversi a un ritmo lento. Io e Giò in macchina guardavamo le strade desolate di Torino.

«Ti va di fare colazione?».

Giò annuì e accostò la macchina al primo bar sulla strada. Ahimè, in quel posto, scoprii presto, il caffè sapeva di filtro da cambiare.

«Che cosa è successo lì dentro?»

«Cosa intendi?»

«Andiamo Giò... Che cosa è successo agli uomini della sicurezza?».

Sorrise guardandomi dall'alto.

«Davvero non te ne sei accorta?»

«Non te la tirare, che cazzo hai fatto?»

«Li ho messi a dormire... sono piuttosto rapido quando voglio».

«Cioè mi stai dicendo che li hai colpiti e stesi tutti e due in un nanosecondo? Ma se erano degli armadi?»

«Naaa, puoi essere grande e grosso quanto ti pare ma se io so dove colpire, e sono abbastanza veloce nel farlo, stai certa che vanno giù anche gli armadi».

«Con il ju jitsu?»
«Proprio con quello».
«Cioè, con questa roba anche io potrei cavarmela contro uno di quelli?»
«È il principio del ju jitsu: sfruttare la potenza dell'avversario a proprio vantaggio».
«E tu te la cavi bene, giusto? Che cintura sei?»
«Niente cintura ragazzina, ai miei livelli si parla di Dan... Io sono decimo Dan».
«Il che vuol dire?»
«Che più su c'è solo l'ira di dio».
Provò a trattenere una risata ma non ce la fece.
«Calcola che i samurai vivevano fino a ventidue anni in media... io ne ho sessanta e pratico le arti marziali da quando ne avevo quattro. Ci riesci a tirare le somme?»
«Quindi saresti una specie di macchina per uccidere».
«Non uccido proprio nessuno. Ma mi piace combattere, e mi riesce anche bene, e qualche volta torna utile».
«Puoi insegnarmi? Cioè tu puoi insegnarmi ad affrontare qualcuno e vincere di sicuro?».
Giò mi diede un'occhiata divertita.
«Vuoi che ti dica quello che mi ha detto uno dei più grandi maestri di arti marziali su questo pianeta?».
Annuii pendendo dalle sue labbra.
«L'unico modo per non prendere i pugni è non essere dove si trovano i pugni».
«Mi prendi per il culo?»
«Un po'. Però è questo che mi ha detto il maestro, e ci ho messo anni prima di capire che non è una cazzata. Puoi essere addestrato quanto ti pare e forte come una roccia, ma se ti scontri con qualcuno, c'è sempre la possibilità di per-

dere. Quindi, ragazzina, il mio consiglio è questo: stai fuori dai guai e non andarteli a cercare, vedrai che non le prendi da nessuno», rispose sghignazzando nemmeno troppo fra sé e sé.

«Volevo solo una mano, se non ti va basta dirlo... Non me la sono andata a cercare quell'aggressione, ma mi hanno rapita lo stesso, sai? E se potessi sentirmi più sicura di me non sarebbe male, tutto qui. Dicevo solo questo».

«E va bene, qualche trucchetto potrei anche insegnartelo...».

Lo guardai, non sapevo proprio da quale strano mondo fosse arrivato... Però mi convincevo sempre di più che mi piaceva, mi piaceva un sacco stargli vicino.

28

Decidemmo di lasciare Emma dalla ex di Giò e di tornare al prefabbricato, sia per seguire i lavori, sia per prepararci per tornare all'All-In. Passammo al volo a casa mia, presi un cambio per la giornata e un altro vestitino per la sera. Poi, in poco tempo arrivammo a casa di Giò.

Lui iniziò a dare indicazioni agli operai e io misi quindici gocce di Toradol in un bicchiere. La prima boccetta era quasi finita. Mi feci una bella doccia, infilai i pantaloncini e la magliettina che mi ero portata, e iniziai a preparare caffè e panini per gli operai. A metà mattinata mi sentivo abbastanza sfasata per aver saltato una notte di sonno. Non che dormissi molto in generale. Grazie a un'insonnia martellante riuscivo a crollare veramente solo se in corpo avevo più alcol che anima, ma in quel periodo ero in debito di sonno. Comunque ero in cucina a fissare la mia terza tazza di caffè quando Giò mi raggiunse. Aveva la fronte imperlata di sudore e il sole lo aveva riscaldato, regalandogli un incarnato rosso aragosta. Dalla tasca si sfilò un fazzoletto di stoffa e se lo passò sulla fronte.

«Ehi Giò, che ne pensi di quello che abbiamo visto all'All-In?»

«Credo che non sia difficile farsi dei nemici quando ci si guadagna da vivere fregando gli altri».

«Però i clienti di ieri non erano particolarmente risentiti. Insomma sono giocatori, lo sanno anche loro che possono perdere quello che puntano sul tavolo».

«Hai ragione, ma magari qualcuno ritiene umiliante essere battuto da una stripper».

«Che fai il sessista?»

«Per carità, ragazzina. Non provare a spingermi in una polemica che ho visto nascere quarant'anni fa. Non me ne frega nulla».

«Non volevo fare polemica, lo so che non sei uno stronzo, scusa. Sono solo stanca. Quindi pensi che chi ci ha prese possa essere stato un cliente umiliato? Non credo, sai? Quello che l'ha torturata è stato un animale. Voleva che soffrisse. Forse poteva essere una sorta di avvertimento per il Rabbino. Da quello che ho capito le ragazze non si limitano solo a spogliarsi con i clienti. Non saprei, potrebbe essere un racket di prostituzione rivale».

«Be', tutto può essere, e non ti nascondo che anch'io, sommando quello che mi hai raccontato al lavoro della ragazza, c'ho fatto un pensiero. Però scusa, se fosse stato un avvertimento, il corpo sarebbe dovuto saltare fuori, invece sono passati giorni e sui giornali non c'è traccia del ritrovamento. Una cosa è certa, sei stata fortunata a uscirne viva. Chiunque ci sia dietro questa faccenda è chiaro che non ha scrupoli di alcun genere».

Bevvi un sorso di caffè.

«Già... fortunata... o magari pensavano che avrei denunciato tutto facendo arrivare io il messaggio».

«Anche questa è un'ipotesi. Comunque continueremo a cercare, magari nei video della sorveglianza troviamo qualcosa di decisivo».

Alzai gli occhi dalla tazza e lo guardai. Sorrideva. Non mi ero mai sentita parte di qualcosa, ma piano piano iniziavo a percepire dei legami prendere forma.

«Senti Giud, prima o poi dovremmo anche pensare a cosa fare con Emma. Non puoi tenerla per sempre, avrà bisogno di andare a scuola, di fare i vaccini. Tu non hai i documenti adatti e se i nonni non la vogliono... In qualche modo dobbiamo risolvere questa storia».

Aveva usato un tono dolce, e di sicuro non mi voleva mettere all'angolo, ma quella riflessione mi fece irrigidire.

«Lo so da sola. Proverò a parlare di nuovo con gli Incisi, almeno per sapere se hanno un'idea di chi sia il padre. Altrimenti chiamerò un vecchio amico. È un tipo forte ed è diventato un pezzo da novanta. Mi vuole bene, e in un modo o nell'altro sono sicura che con lui una soluzione accettabile salta fuori».

Giò sospirò. Credo che avesse capito benissimo cosa stessi pensando, e che si stesse dispiacendo per me.

«A ogni modo, è ancora presto per parlarne, ci penseremo su, d'accordo?».

Annuii, ma lo sapevo io e lo sapeva lui che a volte, se un'idea ti salta in testa, basta e avanza perché prenda a diventare inamovibile nelle tue fantasie. Lo vedevo chiaro e tondo che lui pensava che mi sarei trovata a schiantarmi contro la realtà in maniera piuttosto rovinosa, ma io avevo un asso nella manica e ci contavo parecchio.

«Piuttosto, perché hai lasciato la vincita sul tavolo?».

Giò si alzò massaggiandosi il collo e prendendo in mano le planimetrie del dojo.

«Perché, se mi conosco come ormai penso di conoscermi, mettendomi quei soldi in tasca sarei tornato al tavolo nel giro di un attimo. E se conosco l'effetto che mi fa il poker, allora stai sicura che il mio culo da un tavolo verde non lo schioda più nemmeno Gesù Cristo in persona».

Mi alzai anch'io e gli andai di fronte, appoggiandomi al tavolo con le mani.

«Non so cosa hai fatto con il gioco d'azzardo fino a oggi, però ieri notte sei stato grande».

Mi posò una mano sulla spalla e mi diede due pacchette.

«Grazie ragazzina».

Mi andai a stendere sul letto di Giò. Lui avrebbe dormito nel pomeriggio. Mi addormentai piano, la serata che avevo vissuto ancora in testa.

Sognai il ponte, e la ragazza che beveva forte corrermi incontro. Sognai le sue labbra muoversi afone, la sua bocca lucida e rossa aprirsi e chiudersi, il rumore dell'acqua riempirmi le orecchie, il Po grande e scuro crescere a dismisura sotto il ponte.

Poi qualcosa nel sogno cambiò. Stavo correndo a perdifiato verso la ragazza che beveva forte. Lei era al mio posto, sul cornicione. Travestita da marinaretta con la parrucca blu, ballava al rallentatore ammiccando come se fosse su di un palco.

Era meravigliosa, irresistibile. Poi però, senza che smettesse di sorridere, a mano a mano che mi avvicinavo a lei, sul suo seno iniziava a gonfiarsi la ferita mal ricucita, e in un attimo era coperta di lividi e cicatrici fresche. Quando arrivai ai suoi piedi, si chinò con il busto in avanti, inspirò ed espirò profondamente con la bocca chiusa. Sorrideva. Mi guardò come se si aspettasse che rispondessi a una domanda. Ma io non riuscivo ad aprire le labbra. Mi sussurrò all'orecchio coprendosi il lato del volto con la mano come a rivelarmi un segreto.

«Pensaci Giud, pensaci bene».

Quando Giò prese a scuotermi per svegliarmi, mi accorsi che stavo gridando a squarciagola. Ero in affanno e avevo le guance fradice di lacrime. Mi ci volle un po' per rimettere in ordine i pezzi e capire dov'ero. Alla fine mi calmai. Giò mi guardava preoccupato. Gli afferrai il polso facendo leva per mettermi a sedere.

«Giò, credo di sapere qualcosa d'importante, ma non riesco a capire cosa».

29

In macchina verso l'All-In l'atmosfera era concentrata e tesa.

«Se sono stati loro a organizzare tutto? Se ci stessimo consegnando su un vassoio d'argento?»

«Se hanno avuto un ruolo nella scomparsa della ragazza stai certa che è tardi per i ripensamenti. Ma non credo che quella donna farebbe un casino del genere per cinquantamila euro. Nel locale circolano cifre importanti, per lei quelli sono spiccioli. E in più mi sembrava sinceramente sorpresa, oltre che incazzata, alla notizia che le avevano ammazzato una delle sue ragazze».

«In ogni caso mi sento più sicura ad aver lasciato Emma da Caterina».

Giò fece un cenno d'assenso con la testa.

Più ci avvicinavamo all'All-In, più sentivo crescere dentro di me un'urgenza. Non sapevo se le cose che avremmo trovato ci sarebbero state utili, però, più passava il tempo che mi separava dal rapimento, più avvertivo salire in me una voglia frenetica di scoprire cosa mi aveva fatta finire in quella baracca, per poterne uscire definitivamente e chiudere la faccenda. Volevo ricominciare tutto da capo. La tensione che avevo accumulato si era solidificata in una massa concreta che ora mi pesava addosso.

Parcheggiammo la macchina di fronte alla scalinata sull'argine del fiume. Camminavamo senza fretta, come se guadagnando pochi secondi nel tragitto ci potesse venire in mente una soluzione migliore che entrare nello strip-club armati solo di buone speranze. Estrassi il Vicks dalla borsetta e mi liberai le vie respiratorie. A pochi passi dall'ingresso afferrai il braccio di Giò, che si voltò verso di me scoprendo un'espressione mista fra il preoccupato e il concentrato.

«Su ragazzina, abbiamo preso una strada e ora non c'è molto altro che possiamo fare se non percorrerla».

Annuii. Aveva ragione. Era più che tardi per i ripensamenti.

Così, di nuovo, ci trovammo dentro l'All-In. Quando vide Giò, il buttafuori alzò il mento e indurì i lineamenti già poco gentili. Ci indicò le piccole cassette di sicurezza senza emettere un suono. Sul suo collo, poco sopra il pomo d'adamo, una striscia livida rivelava dove era stato colpito la notte prima da Giò.

Poi le porte ci furono aperte. Sul palco la solita ragazza. Dal soffitto pendeva una lunga altalena e lei si cullava nell'andirivieni delle corde. Era nuda, e cantava una canzone spagnola, nemmeno a dirlo, vivace quanto il gocciolio di una flebo.

La cameriera ci venne incontro senza sorrisi. Era vestita di nero, fasciata da un abito stretto fin sotto le ginocchia, che la costringeva a una camminata da geisha. Con un cenno del capo ci invitò a seguirla e così facemmo. Attraversammo il corridoio dai neon rosa e salimmo la scala a chiocciola in ferro battuto che portava nella sala video. Quando fummo di fronte alla porta, ci fece cenno di aspettare. Entrò e uscì in meno di due minuti. Lasciando la porta aperta, mi guardò per un istante prima di decidersi ad andare via. Gli occhi le si erano riempiti di tristezza. Capii subito che aveva saputo della morte della ragazza che beveva forte.

Il Rabbino era seduta rivolta ai monitor, uno centrale da cinquanta pollici troneggiava sugli altri da dodici.

«Non avete portato Emma. Non mi piace quando io rispetto gli accordi e gli altri non lo fanno».

«Non possiamo essere certi del come e del perché Veronica sia stata uccisa, quindi non abbiamo portato la bambina. Se è vero che ci tieni come dici, sono sicura che capirai».

La donna, con una leggera pressione del tacco sul pavimento, girò insieme alla poltrona fino a che non ci trovammo faccia a faccia. Aveva i capelli raccolti come il giorno prima, due ciocche di ricci davanti alle orecchie le scendevano ai lati del volto truccato anni Cinquanta. Quel modo di sistemarsi i capelli doveva esserle valso il soprannome che le avevano affibbiato. Indossava un top di raso avorio trasparente e una gonna a trapezio a vita altissima in lattice lucido, a righe orizzontali nere e rosse. Aveva un'espressione strana, non decifrabile.

«Non vi darò gli hard-disk. Li controlleremo insieme. Se c'è qualcuno che mi ha voluto fare uno sgarro, o se c'è un maniaco del cazzo che frequenta l'All-In, lo devo sapere».

Feci per obiettare ma non me ne lasciò il tempo.

«Vi sto facendo una concessione bella grossa. Se mi fate girare anche solo lontanamente le palle, vi ripago per ieri sera e con gli interessi».

Quando finì la frase, alle nostre spalle entrarono tre uomini ancora più grossi di quelli che Giò aveva messo KO. Dai rigonfiamenti ai lati delle giacche si sarebbe detto che non avevano nessuna intenzione di occultare le pistole che si erano portati appresso. Guardai Giò, e dalla sua espressione capii che anche lui aveva notato le armi. Ci sedemmo nelle due sedioline poste ai lati del Rabbino e iniziammo a guardare le registrazioni del mese.

La donna armeggiò veloce su una tastiera. Lo schermo più grande si illuminò di grigio per un istante poi apparve, vuota e desolata, la stanza centrale del locale in bianco e nero. Il Rabbino fece roteare con il palmo della mano una piccola sfera che usciva dal tavolo. L'immagine venne rigata da strisce bianche. Si vide entrare correndo Emma, mandata in accelerazione dal macchinario. Il Rabbino staccò il dito dai comandi e la velocità tornò normale. Sentii i sensi risvegliarsi per mandarmi in modalità allerta. Dietro Emma, con un passo decisamente meno entusiasta, entrò in campo la ragazza che beveva forte. I lunghi capelli le coprivano il volto ma sarei stata in grado di riconoscerla anche di spalle. Era lei. Il Rabbino era entrata nella sala ed Emma le era corsa al collo, si erano abbracciate e baciate. Anche con la ragazza che beveva forte il saluto era stato affettuoso. Tutto sembrava nella norma, i loro comportamenti apparivano cordiali e familiari.

Spostai lo sguardo dai monitor alla donna. Le labbra le erano rientrate totalmente tra i denti e la mandibola era spostata in avanti, non ci voleva molto per capire che era furiosa.

Analizzammo i video per ore, ma non c'era nulla di rilevante. Le giornate sembravano susseguirsi simili e continue nella routine di quel club.

Poi vidi la ragazza che beveva forte entrare nel locale con il tubino nero stretto e il trucco pesante. Non c'era traccia di Emma, mentre nelle altre riprese la bambina era sempre con lei. Guardai la data e non ebbi più dubbi. Stavo per vedere cosa le era successo il giorno del rapimento. Forse in quelle riprese potevano esserci delle risposte, forse qualcosa, quella sera, l'aveva portata nel bar di Fil a ubriacarsi, forse...

Inspirai tanta aria quanta potevo tenerne nei polmoni. Sentii il sangue irrorarmi le guance. Mi concentrai a guardare sui monitor l'ultima giornata della ragazza che beveva forte.

30

Ore 15:15. La ragazza che beveva forte si era cambiata ed era salita sul palco. Nel locale solo cinque uomini dislocati nei tavoli. Indossava una camicia bianca aderente, dei pantaloncini cortissimi in PVC e stivali alti fin sopra il ginocchio. I video non avevano l'audio, ma da come si muoveva, si capiva che la musica era lenta. Passeggiava sulla passerella dando le spalle al suo piccolo pubblico. Una volta raggiunto il fondo del palco divaricò le gambe e iniziò a slacciarsi la camicetta, l'aprì di scatto la fece roteare come un lazo sopra la sua testa, la lanciò girandosi di profilo. Iniziò ad alzarsi i capelli scoprendo la schiena tempestata di lentiggini leggere e attraversata da due bretelle, sempre in PVC lucido, al centro delle quali si muoveva sinuosa la scia della colonna vertebrale. All'improvviso il ritmo della musica doveva essere cambiato perché la ragazza che beveva forte si girò, rivelando il ventre piatto e i seni morbidi poco coperti dalle bretelle, e iniziò a correre per lanciarsi sul palo, raggiungendo un punto piuttosto alto. Con un colpo di gambe si era messa a testa in giù e, serrando fra il polpaccio e la coscia il tubo d'avorio, aveva preso a girare verso il pavimento, che raggiunse con le mani. Con un'acrobazia, dalla verticale abbassò le gambe con eleganza per ritrovarsi di nuovo in piedi. Ballava in maniera compulsiva.

Il suo volto era pieno di sfida. Aggrappandosi di nuovo al palo, prese a girare velocemente. Non stava ballando per quei cinque uomini, no. Si stava sfogando.

Ore 15:45. Il numero si era concluso. Scese dal palco, madida di sudore. Con indosso solo i pantaloncini e le bretelle, si avviò verso il bancone. La barista le passò un cellulare e le riempì un bicchierino di Jack Daniel's. La ragazza che beveva forte digitò velocemente un numero e si allontanò dalla sala principale. Nelle riprese delle telecamere apparve poi nel corridoio. Beveva e passeggiava nervosa avanti e indietro. Finalmente qualcuno le rispose e lei si appoggiò con la schiena e un piede alla parete. All'inizio sembrava una chiamata normale, ma presto si fece concitata. La ragazza che beveva forte si staccò dal muro piegandosi con tutto il corpo verso il cellulare. Stava gesticolando così tanto da rovesciare ovunque il Jack Daniel's. Da come apriva la bocca, e dalle vene gonfie sul collo, era chiaro che stesse urlando. Poi l'espressione diventò di sorpresa. Dal movimento delle labbra si capiva che stava dicendo: «Pronto? Pronto?».

Qualcuno all'altro capo doveva aver riattaccato. Con uno scatto lanciò il cellulare contro la parete, spaccandolo del tutto, e si diresse verso un camerino.

Niente telecamere nei camerini.

Ore 16:30. La ragazza che beveva forte, vestita da marinaretta e in compagnia delle altre tre giocatrici, stava attraversando il corridoio rosa per entrare nella poker-room.

Cinque uomini al tavolo.

Veronica non riusciva a mascherare minimamente il fatto

di essere incazzata, e si rifece su di loro. Aveva preso a vincere da subito cifre importanti. Uno degli uomini, nel giro di quindici minuti, si era ritirato dalla partita visibilmente arrabbiato. Questo la doveva aver richiamata all'ordine perché, alle mani successive, iniziò a perdere tutte le chips che aveva vinto, e si ritrovò a eseguire una lap-dance per un uomo sulla cinquantina.

Ore 17:47. La ragazza che beveva forte indossava solo le mutandine di raso bianche, le stesse con cui era rimasta nella catapecchia delle torture. Si era seduta sul tavolo verde di fronte a uno dei giocatori, si era versata il Jack Daniel's in una coppa da champagne e aveva spinto il volto dell'uomo sul suo ventre. Lui aveva aperto le labbra mentre lei si era lasciata scivolare il whisky nella bocca per farlo scorrere lungo il collo, poi fra i seni, e una volta che ebbe raggiunto l'ombelico, invitò l'uomo a berlo. Lui con la lingua risalì il corpo della ragazza che, con gli occhi chiusi e la testa all'indietro, sorrideva. Lei scese dal tavolo per scivolargli in braccio e sussurrargli qualcosa all'orecchio. Lui la afferrò per il sedere alzandosi e tenendola in braccio. Abbandonarono la poker-room. Lungo il corridoio rosa si erano fermati, appoggiandosi contro il muro per baciarsi e toccarsi. Con una mano la teneva ancora in braccio e con l'altra continuava a tastarla ovunque con una certa violenza, le spingeva il corpo addosso. Lei alzava il mento verso il soffitto con gli occhi chiusi e la bocca spalancata.

Alla fine erano scomparsi oltre la porta del camerino.

Ore 18:59. L'uomo stava uscendo dal camerino con un sorriso memorabile sulla faccia. Poco dopo uscì anche lei, truccata e rinfrescata. Indossava il tubino nero. Passò dal bancone del bar. Appoggiandosi con i gomiti, fece un paio di moine alla barista che sbuffando le passò una sigaretta e un accendino. La ragazza che beveva forte si girò, aspirando il primo tiro e si sedette su uno sgabello. Sembrava una bambina sconsolata. Quando finì di fumare tornò nella posizione eretta e fiera da donna risoluta.

Ore 19:32. La ragazza che beveva forte attraversava la sala principale e varcava la soglia dell'All-In.

Sarebbe arrivata al bar di Fil alle 20:00 o giù di lì.

Rimasi a fissare lo schermo con il fermo-immagine della porta vuota del locale.

La prima cosa che pensai fu che quella sera avrei dovuto offrirle io da bere, aveva senza dubbio ingollato più alcol di me.

Mi sentii svuotata e confusa, molto più di prima.

31

La stanza rimase sospesa nel ronzio che veniva dai macchinari.

Nella mia testa solo domande.

Chi era Veronica Incisi? La ragazzina coraggiosa che cresce una figlia nonostante i suoi soli quattordici anni? O una ragazza che dopo una giornata di lavoro si rinchiude per sette ore nel bar di Fil a bere come una dannata? Oppure una donna che per guadagnare è disposta a tutto? O ancora, una figlia rinnegata?

Ma soprattutto, perché l'avevano ammazzata come un cane?

Il Rabbino interruppe questo filone inesauribile di domande.

«Qui non c'è nulla. Non è dall'All-In che sono nati i suoi problemi».

Tirò via la frase d'un fiato e sembrò sollevata. Non era meno dispiaciuta, era chiaro, ma qualcosa in lei tornò a essere sereno. Non potevo biasimarla. Per noi voleva solo dire che la corrente ci aveva portati a una deriva lontana dalla verità.

«Torna indietro, alla telefonata».

Giò aveva appoggiato i gomiti sul tavolo e aveva avvicinato la faccia ai monitor. Si era messo un paio di occhiali da vista leggeri, dalla montatura dorata. Il Rabbino obbedì e girò l'indice sulla sfera nera. La ragazza che beveva forte tornò all'indietro nel locale, in rewind fino al momento in cui prese il cellulare.

«Puoi ingrandire l'immagine?», chiese Giò, afferrando un blocchetto e una matita che erano lì.

Il Rabbino cliccò sul mouse più volte. A ogni clic l'immagine si apriva sempre di più fino ad arrivare al primissimo piano imbronciato della ragazza. Fece scendere l'immagine fino al telefono che teneva in mano. Grossi pixel rendevano la tastiera difficilmente leggibile. Giò si avvicinò ancora di più allo schermo.

«Vai piano».

Il Rabbino andò avanti frame per frame, il dito della ragazza che beveva forte digitò sul tre, poi ancora e ancora. Scese a toccare il cinque, a fianco il sei, giù sul nove. Altre tre volte sul sei e infine sull'uno.

Avevamo il numero di telefono della persona con cui aveva litigato la ragazza che beveva forte poche ore prima di essere rapita.

Giò staccò il foglietto dal blocco e se lo infilò in tasca, poi si tolse gli occhiali per strofinarsi gli occhi.

Mi girai verso il Rabbino.

«Tu sai qualcosa sul padre di Emma?».

Il Rabbino alzò le spalle.

«So che era un argomento che Veronica non affrontava volentieri, e dopo un po' ho smesso di chiedere. Credo viva a Londra».

Londra. Pensai subito ai biglietti aerei che avevo trovato nella sacca insieme ai contanti.

«Nient'altro? Se erano in buoni o cattivi rapporti...».

«Buoni non erano di sicuro, ma te l'ho detto, lei non ne parlava e basta».

«E dei suoi genitori ti ha mai detto nulla?»

«Un altro argomento non particolarmente piacevole per lei, però non è strano. Le ragazze che lavorano per me non hanno esattamente famiglie allegre e storie felici».

Annuii. Certo, non doveva essere la prima ragazza madre con una famiglia di merda con cui il Rabbino avesse avuto a che fare.

«Credo che abbiamo finito qui».

Ci alzammo. La donna ci accompagnò fino alla porta d'uscita. Fuori il cielo era diventato viola, l'alba non era lontana.

«Se ne venite a capo fatemi sapere, anche se vi dovesse servire una mano... non siamo partiti con il piede giusto, ma c'ho pensato, e apprezzo quello che state facendo, anche per Emma».

Le sorrisi, e le feci un cenno per salutarla. Così, spalle all'All-In, ci avviammo verso la giornata che stava per iniziare.

Di bar aperti non ne trovammo. Ci fermammo in piazza Vittorio a guardare la luce sulle colline prendere intensità. Io mi ero seduta sul parapetto che dava sui Murazzi.

«Pensi che è presto per andare a prendere Emma?»

«Decisamente. Caterina, quando viene svegliata prima del previsto, è uno spettacolo che è meglio evitare, credimi».

«E a che ora suona la sua sveglia?»

«Sette e trenta».

«Siete stati sposati per molto, eh?»

«Quindici anni belli tondi, un po' di tempo fa».

«Però, mica male. E perché è finita?»

«Cose che succedono, sai com'è, no?»

«Lei mi sembra ancora... interessata».

Giò distolse lo sguardo dai colli per rifilarmi un'occhiatina furbetta.

«Tu trovi?»

«È finita perché giocavi?»

«Figurati. Cate si è sempre esaltata per il poker. No, credo che le piacesse quello che ero, anche con i difetti che mi ritrovo».

«Allora cos'è successo?»

«Ma che vuoi che ti dica? Stare con un'altra persona non è sempre naturale. Io mi sono guardato intorno, vedevo le altre coppie di amici che frequentavamo. Ad alcune persone riesce facile facile. Sembra che giochino a tennis, sai? Tipo che si lanciano la pallina l'un l'altro, ogni colpo viene controbattuto e portano avanti la partita in maniera armonica... Poi ho guardato me e Cate, e mi è venuto in mente che anche noi stavamo giocando a qualcosa di simile, però non era tennis... Ognuno era nella sua metà del campo, solo che in mezzo c'era una specie di parete trasparente, e ogni colpo che tiravamo, invece di finire nella metà campo dell'altro, rimbalzava e tornava al mittente. Come nello squash, hai presente? E più andavamo avanti, più ci mettevamo forza e rabbia e frustrazione, ma la pallina tornava indietro esattamente come l'avevamo lanciata. Così abbiamo pensato che era meglio chiuderla, piuttosto che diventare sempre più infelici ed estranei».

«Mi spiace Giò».

«Non ti dispiacere ragazzina. Le cose vanno come vanno.

Io ci ho fatto l'abitudine. Non sempre si può far venire fuori la vita come la immagini».

Il mio sguardo andò a cadere sul Po, proprio nel punto dove sarei andata a scomparire se mi fossi lanciata dal ponte quella notte.

In effetti, la vita non mi era proprio riuscita, diciamo così, col buco, però sentivo che le cose, ora, potevano cambiare. C'avrei provato, questa volta c'avrei messo tutto quello che potevo pur di riuscire.

32

Dopo essere passati a un bar per il caffè e per ritirare un vassoio di paste, alle otto spaccate citofonammo al campanello di casa Nardo, come diceva la scritta sul citofono. La voce di Caterina rispose austera. Una volta entrati nel cortile del palazzo e raggiunta la porta d'ingresso, Caterina, pettinata e vestita alla perfezione, non fece in tempo a dire "a" che si sentì correre a tutta velocità sul pavimento. Emma comparve da dietro la gonna della donna e mi saltò alla vita abbracciandomi forte. Mi inginocchiai e l'abbracciai anch'io. Mi si avvinghiò al collo e la strinsi. Sentii il suo cuoricino battere all'impazzata, le costole mi facevano ancora male, ma non avrei rinunciato a tenerla così per nulla al mondo.

«Che melodramma», commentò Caterina mentre si aggiustava una ciocca di capelli che, sfuggita all'acconciatura, le era andata a rimbalzare sul viso, poi si avvicinò a Giò e gli prese il pacchetto con le paste.

«Ma che bel quadretto. La tartaruga è in bagno, puoi prenderla. Io ho le mani pulite».

Poi mi lanciò un'occhiataccia, soffermandosi sull'orlo corto del vestito. Le uscì un verso di scherno, e mentre si girava per darmi le spalle, vidi la bocca storcersi in un sorriso amaro. Scomparve dentro casa e lui la seguì a testa bassa. Sentii la voce di Giò tenuta a un volume basso e Caterina rispondere in maniera che sentissi bene anch'io.

«Che vuoi che me ne importi? Esci pure con tutte le sciampiste che rimedi».

Dopo poco, Giò uscì dall'appartamento con il volto paonazzo e la vaschetta in mano. Rughetta era in balia del moto ondoso.

«Giud, non mi lasciare più».

«Ma dài, non sarà andata mica così male. Sembra una signora gentile l'amica di Giò».

«No, è severissima».

E mi strinse ancora più forte. Che bella sensazione.

«Che ne dici se andiamo al parco a fare due giri sulle altalene?».

Emma mostrò a Giò il suo sorriso più entusiasta.

Ci dirigemmo verso un parchetto per bambini non lontano da lì. Questa volta non eravamo soli, e osservai Emma avvicinarsi agli altri bambini con un'espressione decisamente sospettosa. Mi sedetti sullo schienale di una panchina. Giò era andato a prendere un altro paio di caffè. Emma intanto era stata abbordata da un bambino poco più grande di lei, biondo e con una faccetta dolce. La piccola non ci mise molto a stabilire le gerarchie, in meno di cinque minuti dettava legge sul gioco da fare e su come lui si sarebbe dovuto comportare. Sorrisi. Mi guardai intorno. Madri abituate a quei momenti sorvegliavano distrattamente i figli senza studiarne le dinamiche. Per me quegl'istanti non sarebbero mai stati routine.

Giò si sedette compostamente e mi passò il bicchierino di carta.

«È già zuccherato».

«Grazie... È la bambina più bella del parco».

Giò si guardò intorno.

«Dici così perché è quella che preferisci».

«No, no. Sono obiettiva, è proprio bella».

Emma non era una bellezza classica, ma c'era qualcosa nei suoi modi di fare che la rendeva luminosa e forte. Aveva un modo tutto suo di aggredire la vita con felicità. Avrei dovuto lottare perché questo non cambiasse. Pensai che, se fossi riuscita a tenerla con me, quella era una cosa di lei che avrei dovuto salvaguardare a tutti i costi.

«Senti Giud, quando torniamo a casa proviamo a telefonare a quel numero, ok?»

«Sì. Spero che questo sia un indizio reale e non un altro buco nell'acqua».

«Non lo so, certo non è poco. È una pista. Sappiamo che ha litigato con questa persona. Se scopriamo chi era e come mai discutevano, magari salta fuori un movente».

«Ma facevi il poliziotto, prima di beccarti la liquidazione?»

«No, guardia del corpo».

Mi sporsi per guardarlo in faccia.

«Vabbè, dài... parli sul serio?»

«Non è strano. Molti che hanno un curriculum nelle arti marziali, finiscono per fare le guardie del corpo».

«Però... sono colpita».

«Non esserlo. Non è mica niente di che, però a volte torna utile, no?»

«Non so che cosa avrei fatto se non ti avessi incontrato. Probabilmente avrei combinato un gran bel casino».

«Aspetta a dirlo, mica ci puoi giurare che non lo stiamo combinando in due il casino».

Sorrisi. Emma stava ordinando al bambino biondo di aspettarla alla fine dello scivolo, perché doveva proteggerla dal lupo. Il bambino obbedì con un'espressione impegnata. Facendo finta di lottare, afferrava l'aria e sferzava pugni a vuoto. Dopo averlo, a suo dire, sconfitto, fece cenno a Emma di scivolare. La bambina assomigliava molto alla ragazza che beveva forte, ma i colori doveva sicuramente averli presi dal padre. Questo mi fece venire in mente l'altro indizio di cui eravamo in possesso.

«Veronica aveva due biglietti per Londra. Credo che volesse portare Emma a conoscere il padre».

«Credi che possa essere coinvolto?»

«Non lo so, perché non ho idea di quali fossero i loro rapporti. Non sappiamo se lui voleva riconoscere la bambina e gli è stato impedito, oppure il contrario. Magari non gliene è mai fregato nulla ed è stato rapido e scattante nello schizzare via dagli obblighi della paternità. Una cosa però è certa. Non possiamo escludere nulla, e forse lui un motivo di rancore poteva averlo».

Giò si strinse nelle spalle.

«Chi lo sa. Mi sembra di essere in un pantano, e ho come la sensazione che più ci muoviamo, più ci finiamo dentro».

Gli mollai due pacche vigorose sulla schiena.

«Non è una sensazione Giò... è proprio quello che sta succedendo».

Emma e il biondino presero a correre verso di noi. La piccola era sudata come un ciccione durante la maratona. Avevano le facce rosse e il fiato affannato.

«Guardi signora, mi stanno nascendo i denti», disse il nanerottolo con un entusiasmo incontenibile.

Si afferrò il labbro superiore con le dita e se lo sollevò in maniera eccessiva, il petto gonfio d'orgoglio. Dalle gengive spuntavano due incisivi, uno più storto dell'altro. Promettevano al bambino anni di dolore, con in bocca ferraglia antiestetica. Tirai su a stento un sorriso.

«Bravo. Che belli!».

Emma lo aveva imitato e si era sollevata anche lei il labbro superiore.

«Guarda Giud, anche a me sta crescendo. Lo vedi?».

Accanto all'incisivo da latte, la casella vuota del dente perso era così desolata che potevi ascoltare il vento passarci in mezzo.

«Certo che lo vedo, Emma. Avrai un dentino bellissimo».

La bambina si rivolse al nuovo amico.

«Hai visto che lo vede? Ora tu fai il cavallo che scappa e io l'indiana che ti cattura. Fermo cavallo, fermo!».

Il bambino prese a correre e lei a inseguirlo.

Chiusi gli occhi. Ascoltavo le sue urla e le sue risate mischiarsi a quelle degli altri bambini.

33

Era sabato, e il cantiere sarebbe rimasto chiuso fino a lunedì. Nei progetti di Giò saremmo dovuti andare in uno store di attrezzi sportivi a poco prezzo a prendere materassini, sacchi, punching ball, e poi in un altro store, questa volta di mobili, sempre a due soldi, dove avremmo preso specchi e mobiletti da bagno. Ma prima di tutto saremmo passati a casa mia a mollare la povera Rughetta che sembrava al limite della sopportazione dello sballottamento.

Così facemmo.

Nel negozio sportivo, Giò era emozionato come un bambino. Era felice, stava realizzando il suo sogno, questo mi era chiaro, ed ero contenta di essere piombata in mezzo alla sua vita, perché quella gioia serviva anche a me. Vedere che dopo una vita di lavoro si poteva anche riuscire a concludere qualcosa di cui andare fieri mi dava una nuova fiducia nella forza di volontà. Guardavo lui ed Emma correre da una parte all'altra del reparto boxe. La piccoletta si era infilata due guantoni più grossi di lei e provava con una certa ostinazione a muovere un sacco da cinquanta chili. Alla fine se li sfilò e mi venne vicina.

«Possiamo vedere se ci sono i tutù?»

«Certo».

Cercammo e trovammo il reparto danza. Emma si portò le manine giunte al petto e fece una piroetta.

«Giud, ma è un sogno?».

Sorrisi. Questa dove l'aveva sentita? Iniziò a toccare tutti i tutù e non ci fu verso di convincerla a mollare la presa. Ne ottenne uno celeste, con il tulle più chiaro e impreziosito da brillantini. Lo provò, e quando uscì dal camerino trovai che fosse la cosa più bella che avessi visto in vita mia, e fui d'accordo con lei che non valeva la pena rimettere gli abiti di prima. Glielo feci tenere.

Mangiammo al McDonald's. Emma proteggeva le sue pepite di pollo fritto con il braccio, e le mangiava con voracità. Teneva gli occhi bassi, ma osservava i nostri movimenti. Aveva una paura fottuta che gliene fregassimo un boccone, più guardinga di un carcerato nelle docce.

Poi tornammo a casa mia. Giò aveva fatto un ordine importante e aveva deciso che saremmo ripassati in un secondo momento allo store dei mobili, perché doveva fare due conti per sapere esattamente quanto poteva spenderci. Emma ballava, del tutto priva di grazia, al centro del monolocale.

«Emma, perché non ti vai a fare una doccetta? La sai fare la doccia senza di me?».

Emma mi guardò spiazzata e fece cenno di no con la testa.

«Va bene. La fai dopo, però vai in bagno e restaci... ti ho preso un regalo e voglio che sia una sorpresa, che ne dici?».

Il volto della nanerottola s'illuminò raggiante di aspettative, e schizzò in bagno.

«Io non guardo, io non guardo», continuava a urlare.

Presi dal bustone la piccola tenda da campo che avevo

comprato mentre Emma era con Giò. La scartai e l'aprii in una mossa. Era un igloo di tela plastificata, lucido e rosa. Ci infilai dentro il mio secondo acquisto, un sacco a pelo fucsia.

«Prima di far uscire Emma, che ne dici se facciamo quella telefonata?».

Ci sedemmo per terra accanto alla tenda. Giò si sfilò il telefono e il biglietto dalla tasca della giacca, e fece per comporre il numero che si era appuntato all'All-In.

«Aspetta. Prima fai cancelletto-trentuno-cancelletto. Così oscuri il tuo numero».

Annuì. Passò un lungo istante in cui sentivo il tu-tu, attutito dall'orecchio di Giò, ripetersi monotono.

Poi la voce di un uomo chiedere: «Pronto? Pronto?».

Giò ebbe un momento di esitazione e quello riattaccò.

«Allora?»

«Allora credo di sapere di chi è questo numero».

Emma uscì dal bagno senza aspettare che la chiamassi. Appena vide la tenda sgranò gli occhi e aprì la bocca.

«È per me?»

«Ci puoi giurare. Ho pensato che ti facesse piacere avere un posticino tutto tuo».

E a me sapere che così sarei tornata in possesso del mio letto. Emma scattò a prendere la vaschetta con Rughetta e la portò subito dentro la tenda, poi si diresse verso Mister Moto e lo lanciò sul sacco a pelo. L'ultima a essere reclutata fu la Barbie nuda, poi entrò anche lei e si affrettò a richiudere la zip della porticina. Da dentro quel bozzetto rosa, al centro della stanza, Emma aveva preso a spiegare ai suoi coinquilini le regole che vigevano nella tenda.

«Allora Giò?».

Il suo volto era preoccupato e accigliato. Chiunque gli avesse risposto, l'aveva gettato ancora di più nella confusione.

«Non ne sono sicuro».

Così dicendo avviò una nuova chiamata al numero appena selezionato. Ancora squilli attutiti.

«Pronto? Ciao Ernesto, come stai?»

«Ma chi parla?»

«Sono io. Ernesto sei tu?»

«Sì, sì, sono io. Ma con chi parlo?».

Giò si staccò il cellulare dall'orecchio e richiuse lo sportelletto sulla gamba.

«Era suo padre».

Il sangue mi si ghiacciò nelle vene.

«Quella notte ha litigato con suo padre».

Cosa poteva voler dire? Il padre della ragazza che beveva forte c'entrava forse qualcosa con la fine terribile che aveva fatto? Scossi la testa in un no, a rispondermi da sola. Rifiutati quell'idea ancora per qualche istante.

«Dobbiamo parlargli, ma senza che ci sia la moglie. Dobbiamo avvicinarlo quando è solo».

Annuii, ma questa possibilità, questo nuovo sospetto, mi faceva una paura fottuta, perché se era stato lui, allora Emma era in pericolo. Se le cose stavano così, avrei dovuto presto chiedermi fino a che punto sarei stata disposta a spingermi perché Emma potesse essere di nuovo al sicuro.

La risposta la conoscevo già.

Pregai dio, o chi per lui, che le cose non arrivassero fino a quel punto.

34

Non avevo fatto i conti con il silenzio. Dopo un paio d'ore a parlare del più e del meno, gli argomenti si erano esauriti, e nell'aria erano rimasti soltanto i nostri respiri e il brusio del condizionatore. In quel momento avrei pagato pur di non pensare. Qualunque cosa pur di distrarre i miei impulsi cerebrali dal ricordo della ragazza che beveva forte. Eppure, fissando la porta d'ingresso della casa in stile coloniale, l'unica immagine che riusciva a venirmi in mente era la vita che si spegneva rapida in lei. I respiri, gli ultimi, lenti e miserabili, nella resa del corpo all'ineluttabile. Sapevo che non voleva morire, ma la natura in questo è eccezionale, negli ultimi momenti ti rende talmente stanca, quasi pronta al sonno, e aveva aiutato anche lei a non lottare, indebolendola fino alla rinuncia.

"Giud, non farti questo. Pensa a qualunque altra cosa, ma non a questo".

Inutile. Un *repeat* di pensieri e immagini. Forse mi serviva perché mi fosse chiaro che potevo rinunciare a molte cose, ma non ad andare in fondo a quella storia. Glielo dovevo. La ragazza che beveva forte mi aveva salvato la vita, quella notte, impedendomi di buttarmi giù dal ponte. Non ero riuscita a fare altrettanto ma potevo cercare giustizia, salvare Emma. Prima ancora che mi accorgessi del cambio di clima una pioggia leggera iniziò a scendere dal cielo.

Niente lampi. Niente tuoni.

Solo gocce sottili che si susseguivano punteggiando la macchina di Giò. Emma era da Caterina, e noi aspettavamo da tre ore e un quarto.

Erano le diciannove e ventidue quando la signora Incisi uscì di casa, l'ombrello scuro aperto sopra la testa. Fece una breve corsetta fino alla macchina e mise in moto. Finalmente.

Mi ci volle un attimo per riattivarmi. Non mi faceva impazzire l'idea di entrare nella casa di un potenziale maniaco del cazzo. Poi guardai Giò. Con lui a fianco avrei potuto anche mettermi a discutere con un rinoceronte in carica.

Andava bene. Andava tutto bene.

Scesi dalla macchina senza fretta, le ginocchia un po' indolenzite, bagnandomi per la pioggia che adesso scendeva fitta. Mi avviai verso la porta d'ingresso. Il dito affondò per un buon lasso di tempo sul bottone del campanello. Ernesto aprì subito, senza controllare. Doveva aver pensato che la moglie si fosse scordata qualcosa. Invece si ritrovò davanti noi. Sorpresa!

«Ho l'impressione che non ci siamo detti tutto l'altro giorno».

Non feci in tempo a finire la frase che provò subito a richiudere la porta. Ma Giò ci aveva già infilato in mezzo il piede, riuscendo facilmente a riaprirla.

«Non le dispiace se entriamo un attimo, vero?».

L'uomo sbuffò scuotendo la testa, rinunciando a opporre resistenza. Però aveva afferrato il telefono e aveva composto velocemente il 113. Ancora senza grandi difficoltà, Giò gli prese la cornetta per riattaccare.

«Dài amico, sediamoci un attimo, come dei veri gentiluomini. La signorina qui vuole scambiare due parole, non sarà mica un problema?».

Ernesto si guardò intorno a cercare qualcosa che non trovò. La schiena gli s'ingobbì e prese a strusciare la gamba zoppa verso il salone. Si sedette su una poltrona di velluto verde, e per un momento guardò la pioggia scivolare sul vetro. Io mi sedetti sul divano, accanto al camino spento, di fronte a lui. Giò invece prese una sedia e gli si piazzò accanto. Lo guardai a lungo prima di cominciare a parlare. E all'idea che fosse lui l'uomo che mi aveva segregata, mi sorpresi nel sentirmi potente e cattiva.

«Ernesto, parlami di Veronica».

Sbuffò aria dalla bocca con una certa rabbia e voltò la testa di lato.

«Cosa c'è che non va in voi? Perché tutto questo odio?».

La mano di Ernesto provò a scacciare le mie parole dal suo orecchio, come fossero mosche fastidiose.

«Voglio sapere che cosa è successo con vostra figlia, e lo voglio sapere a qualunque costo... Vuoi che te lo dimostri?».

Ernesto guardò Giò che aveva un'aria tutt'altro che rassicurante.

«Lei lo sa meglio di me cosa le è successo a quanto pare».

«Perché non volete avere a che fare con Emma?».

L'uomo all'improvviso mi sembrò confuso, spaesato. La mano massaggiava la gamba in maniera compulsiva e con la testa continuava a fare cenno di no.

«Per quale motivo ha litigato con Veronica l'ultima volta che l'ha sentita?».

L'uomo all'improvviso mi rintracciò con lo sguardo, sembrava stupito.

«È vero. Le ho riattaccato il telefono in faccia. Ecco l'ultima cosa che ho fatto... Voleva incontrarci. Noi invece no. Mia moglie ha sofferto, ha sofferto troppo. Non potevo permettere a Veronica di ferirla ancora e ancora. Devo difenderla. Così le ho detto di smetterla. E che per noi era morta. Questo, poi ho riattaccato. Sono le ultime parole che ho detto a mia figlia».

Lo sguardo gli si era inumidito, aveva la bocca socchiusa e un'aria ebete. Sentii montare un disprezzo cieco e insostenibile, allora mi alzai e uscii dalla stanza. Iniziai a cercare in giro, senza sapere cosa. Aprii porte su camere dai mobili vecchi, ordinate e pulite. Ma in quella casa c'era qualcosa di terribile che potevo avvertire come fosse una presenza, come se un'infezione si fosse diffusa da chi la abitava fino a espandersi lungo le pareti, ad annidarsi negli angoli. Come se tutto fosse fatto della materia malata del rancore.

«Andiamocene Giò, per il momento è tutto».

Giò mi raggiunse all'ingresso e fu allora che mi accorsi di un pacco imballato con del nastro adesivo. Sullo scatolone, scritto a pennarello, lo stesso indirizzo di Londra che si era appuntata la ragazza che beveva forte. Un ombrello posato di sbieco copriva il nome del destinatario.

Dietro di noi Ernesto aveva recuperato lucidità, e anche un attizzatoio.

35

L'attizzatoio roteò nell'aria cercando la tempia di Giò, che, piegando il corpo all'indietro, riuscì a schivare la punta biforcuta che si andò a piantare nel muro. Ernesto diede uno strattone deciso, disincagliando l'attizzatoio e portando via un buon pezzo d'intonaco. Un bagliore freddo balenò veloce, seguì un tuono pesante che fece saltare la luce in casa. Attaccate alle prese elettriche, piccole lucette bluastre galleggiavano nell'ombra come fuochi fatui, quel tanto che bastava per non farci rimanere nel buio. La faccia dell'uomo era incupita da ombre profonde che andavano a scavare intorno agli occhi. La punta arrugginita si muoveva come un pendolo da me a Giò. Sapevo che se avesse voluto, il mio amico l'avrebbe disarmato senza difficoltà, o almeno era quello che continuavo a ripetermi. Ma Giò aveva le mani alzate, in modo da mostrare i palmi all'uomo.

«Ce ne andiamo amico, va bene? È passata. Non ti preoccupare».

Il tono era pacato, non c'era neanche lontanamente l'intenzione della sfida. L'attizzatoio si abbassò di qualche centimetro. La mano di Giò andò alle sue spalle a cercare la maniglia della porta d'ingresso. I miei occhi puntavano lo scatolone. Giò aprì lentamente la porta. Un altro lampo fece brillare a giorno la stanza. Il volto di Ernesto s'illuminò a intermittenza, le ombre andavano e venivano dagli incavi del suo viso. I suoi lineamenti erano uguali a quelli della ragazza che beveva forte, gli stessi che già potevo riconoscere sul viso di Emma.

«Le assomigliava moltissimo».

L'attizzatoio scivolò a puntare il pavimento. Tentai di scansare l'ombrello dal pacco per scoprire il nome, ma il ferro che Ernesto stringeva nel pugno fece una parabola ascendente cercando di colpirmi allo stomaco. Giò mi afferrò il braccio appena in tempo per strattonarmi via e farmi schivare il colpo. In un attimo ero di nuovo sotto la pioggia torrenziale. Mi girai per rientrare. Volevo prendere il pacco, volevo sapere cosa stavano spedendo gli Incisi al padre di Emma. Ma la presa di Giò era salda, e mi trascinò fino alla macchina.

Avevo l'adrenalina in circolo e le gambe molli per la paura. Avrei dovuto reagire meglio, invece il panico m'imbambolava, rendendomi lenta e inutile.

«Perché non l'hai disarmato? Perché non hai reagito?».

Giò sospirò guardandomi con la coda dell'occhio.

«Se posso evitare uno scontro con un uomo armato lo evito. Se avesse provato seriamente a colpire me o te, allora avrei reagito, ma potevo fargli male e molto... Non è stato meglio così?»

«Non sappiamo cosa c'era nello scatolone, non sappiamo se il colpevole è lui o no. E te lo devo dire, mi ha fatto pisciare addosso. Tutte quelle espressioni da psicopatico che faceva».

«Sì, è un uomo strano, ma questo non fa di lui un assassino e io non voglio, per nessun motivo, diventare il giustiziere della notte. Non siamo mai stati in pericolo e non c'era una ragione per far precipitare le cose. Se dovessimo scoprire un indizio determinante, allora andremmo dalla polizia, anche se inizio a pensare che non esserci andati sin dal principio sia stata proprio un'idea del cazzo».

«Non è stata una cazzata. Abbiamo Emma sotto controllo, e questa è la cosa più importante».

Incrociai le braccia e mi misi a guardare le luci dei lampioni spanate dalle gocce sul finestrino. Rimanemmo zitti, ognuno nel suo angolo di macchina con la propria incazzatura da smaltire.

«Accosta».

Giò fermò la macchina quando eravamo ormai in piazza Castello. Scesi per andarmi a infilare sotto i portici. Accesi una Fortuna e mi accovacciai su un gradino. Giò mi si sedette vicino. Restammo in silenzio ancora per un bel pezzo.

«Non voglio portarla ai servizi sociali».

«Senti ragazzina, a volte non si ha scelta. E poi le cose sono cambiate, mi sono informato. Non ci sono praticamente più gli orfanotrofi. I bambini vengono affidati a delle case-famiglia, così sono più seguiti. Non è poi tanto male».

«Non voglio».

«Non dobbiamo decidere per forza ora. Però bisogna iniziare a pensarci. Se la bambina avesse un problema di qualunque natura, tu non potresti nemmeno portarla in ospedale».

Mi alzai per tornare a testa bassa alla macchina.

Via Po si apriva prospettica sulla Gran Madre.

Quando Caterina spalancò la porta, Emma era già in piedi con la vaschetta della tartaruga in mano.

«Cosa c'è Giovanni, non le hai comprato il gelato alla tua? Guarda la mia invece com'è serena».

Non l'ascoltai nemmeno, mi misi in ginocchio e abbracciai Emma.

«La stai bagnando. Sei fradicia».

Così dicendo, Caterina chiuse la porta, e io presi per mano Emma. Senza aspettare Giò, mi diressi verso le scale. Sapevo che aveva ragione e che non era lontano il momento di fare i conti con la realtà. Dovevo cercare di mettermi in contatto con Salvatore, lui mi avrebbe aiutata. Doveva aiutarmi.

Quando arrivammo sotto casa mia, salutai Giò con una certa freddezza. Sicuramente aveva ragione, ma io ero comunque arrabbiata con lui... con qualcuno dovevo pur prendermela.

A casa mi asciugai e misi le cose comode per la notte, poi cambiai la bambina, e infine diedi un paio di gamberetti secchi a Rughetta. Non aveva una bellissima cera. Si stava squamando, sottili lische trasparenti si staccavano dal guscio. Emma andò nella sua tenda, parlò un pochino con Mister Moto e poi si addormentò. Io, nel mio letto, non riuscivo a chiudere occhio, l'insonnia doveva essere tornata. Pensavo a tante cose. Pensavo a Salvatore e a come mi avrebbe potuta aiutare. Lui per me era una specie di eroe. Aveva frequentato l'istituto per un anno. Mi aveva apertamente detto che lo faceva per avere un curriculum di beneficenza che avrebbe aiutato la sua carriera in politica. Era uno forte, fuori dagli schemi. Ci faceva lezioni extra di letteratura. Al tempo io avevo sedici anni e lui quaranta. Che fossi la sua preferita non c'erano dubbi. Rimaneva ore e ore dopo le lezioni a chiacchierare con me. Parlavamo di tantissime cose, o meglio lui parlava, e fumava. Una marijuana straordinaria, le mie prime canne. Mi aveva aperto nuove prospettive. Forse era un idealista. Voleva sovvertire, lottare, cambiare le cose anche sulle adozioni, e a me piaceva un sacco poter credere che ci fossero delle alternative alla rassegnazione. Fu proprio lui, una volta, a pronunciare una frase che poi mi fece decidere per la laurea in lettere. Disse che aveva conosciuto molte ragazzine come me, piene di disordine ma anche di talento, che però finivano sempre per perdersi, senza riuscire a esprimere le proprie capacità. Allora avevo deciso che mi sarei laureata, che gli avrei dimostrato che ero diversa. Sarebbe stato fiero di me. Anche ora, nel mio letto, mentre fuori la pioggia si lanciava in caduta libera, pensavo a quello che mi avrebbe detto quando gli avrei chiesto aiuto per adottare una bambina. Ne sarebbe stato orgoglioso. Forse era l'unica persona di cui cercavo davvero l'approvazione, e stavo per dimostrargli che non ero una delle tante ragazzine che aveva conosciuto, che ero una sua allieva, e che questo mi aveva fatto diventare una combattente. Mi addormentai con il sorriso, perché in fin dei conti in quella faccenda non sarei stata del tutto sola.

36

La pioggia aveva portato via l'afa degli ultimi giorni. Non faceva proprio fresco, ma se non altro non si soffocava. Emma stava giocando con la Barbie nuda e Mister Moto. Io, seduta sulla finestra aperta, fumavo una sigaretta. Saremmo dovute andare a fare delle commissioni per il dojo di Giò. Come al solito me la sarei presa con grandissima calma per ritrovarmi poi a fare tutto all'ultimo momento. In pieno stile Giud.

«Ahi!».

Mi girai di scatto. Dalla bocca di Emma cadevano piccole gocce di sangue che finivano sulla canottierina bianca. La Barbie nuda aveva il braccio teso all'insù colpevole quanto O.J. Simpson. Spensi la sigaretta sul cornicione e mi avvicinai. La bambina studiava il sangue che le gocciolava dalla bocca.

«Fammi vedere che ti sei fatta. Ti sei messa la bambola in bocca?».

Emma annuì.

«Andiamo in bagno, dài».

Le feci fare più risciacqui con l'acqua fredda, ma il sangue non voleva saperne di bloccarsi. Guardai meglio. Non si era fatta niente, aveva solo reciso il filetto che unisce il labbro superiore alla gengiva, e senza lamentarsi osservava un po' intontita il sangue mischiato all'acqua macchiare la ceramica.

«Guarda, lo vedi?».

Dallo specchio fissava la sua piccola ferita.

«Ma poi si riattacca Giud?»

«No piccoletta, ma non è niente di grave e questo è l'importante».

«Mai più?»

«Nisba, mai più!».

«Vuol dire che resterà così per sempre?».

Una paura che non capivo fece virare la sua voce verso il pianto.

«Sì, ma non importa».

«Per sempre?».

All'improvviso gli occhi di Emma si erano riempiti di lacrime, e di lì a poco iniziò a piangere con una disperazione che non aveva precedenti. Correva per il piccolo perimetro del monolocale come se avesse avuto i capelli in fiamme, senza smettere di ululare per la sua piccola tragedia.

La lasciai fare per un po', ma non ne voleva sapere di smetterla. Allora la afferrai per le spalle.

«Basta Emma. Ti ho detto che non è niente. Non lo vede nessuno quel pezzettino, nemmeno serve. Non farla tanto lunga».

«No, no», continuava a ripetere, «no, no, no, no, no».

Si era divincolata dalla stretta delle mie mani, buttando la testa all'indietro.

«Senti, è ridicolo. Vai nella tenda e smettila di piangere».

La piccola schizzò nella tenda rosa. Si buttò a pancia in giù sul sacco a pelo, singhiozzando come Rossella O'Hara nelle sue ore più buie.

Pensai che potesse aver fame, e che per quello stesse facendo tutti quei capricci. Le preparai un würstel e le spinsi il piatto nella tenda, ma non ne volle sapere. Continuava a piangere, e quando sembrava che stesse per smettere, diceva qualcosa tipo: «Mai più», oppure, «Per sempre».

E il pianto s'intensificava riprendendo potenza.

Dopo un paio d'ore che quella pantomima andava avanti, quando la sua faccia era diventata più fucsia del sacco a pelo, iniziai a preoccuparmi seriamente. Provai ad affacciarmi alla porticina dell'igloo.

«Ti fa tanto male?».

Le piccole spalle erano regolarmente scosse dai singulti, ma la testolina fece cenno di no. Era minuscola e tenera come un cucciolo della carica dei 101.

«Me lo dici perché ti dispiace tanto? Ti giuro che non si vede nemmeno».

«Ma io lo so che non sarà più come prima».

E con quelle parole il pianto riprese più acuto che mai.

Tre botte secche al muro. Fu come se le grosse mani dell'Abominevole mi avessero colpita direttamente sulla schiena. Mi aveva spaventata, ed ero esausta. Mi avvicinai alla parete.

«Scusa tanto, ma non le posso mica mettere un calzino in bocca, sai?».

Sentii qualcosa di simile a un grugnito, degli oggetti spostarsi con violenza e alla fine la porta sbattere rumorosamente. Lo invidiai per il fatto che lui poteva andarsene. Io no.

Presi il telefono e chiamai Giò spiegandogli la situazione.

«Lasciala stare Giud, i bambini fanno i capricci. È normale. Si stancherà».

«Ma inizia a farmi paura».

«Non sanguina più, giusto? Magari è solo un po' stanca. Ora le passa, vedrai».

Il mal di testa era diventato feroce. Le tempie pulsavano, e nemmeno il Toradol poteva nulla contro gli acuti disperati di Emma. Ogni tanto si alzava per andare in bagno e guardarsi il pezzettino di carne che le penzolava in bocca. Erano più o meno le quattro di pomeriggio, ed era chiaro che non avremmo concluso niente per quel lunedì. L'avevo piazzata davanti ai cartoni animati nel tentativo di resistere alla tentazione di buttarla dalla finestra, e ogni tanto smetteva anche di piangere, ma, non appena la lingua le capitava sulla ferita, ricominciava.

Non ci capivo più niente. Sapevo anch'io che i bambini potevano essere insensati e molesti, ma quello a cui mi stava sottoponendo Emma era veramente incomprensibile. Iniziavo a non poterne più.

Era andata avanti così per tutta la giornata. E non c'era stato verso di farla uscire di casa o di farle mangiare qualcosa. Intorno alle nove di sera, ormai stremate tutte e due, mi accorsi che la casa era tornata nel silenzio. Le orecchie ancora ovattate dalla tortura dell'ugola feroce di Emma. Ero al computer a leggere il giornale. La piccoletta uscì dalla tenda, mano nella mano con Mister Moto. Mi guardava. La faccia a chiazze rosse, gli occhi cerchiati e gonfi, tirava su col naso e respirava dalla bocca. Non aveva un grande aspetto ma senza dubbio sembrava calma. Chiusi lo sportello del computer e la fissai aspettando che mi dicesse qualcosa. Ci volle un po'.

«Giud, posso chiederti una cosa?»

«Dimmi».

«Però tu mi dici la verità?»

«Certo Emma, cosa c'è?»

«Mamma non tornerà più, vero?».

Per un istante mi sentii in una bolla di sapone. Come se avessi potuto semplicemente rimanere immobile, senza rispondere, senza dolore. Invece non potevo.

Scossi la testa.

«No. Non tornerà, Emma».

Non so per quanto ci guardammo. Tanto tempo. In cui io restai con il cuore a ostruirmi la gola, in bilico fra la nausea e il magone.

Non piansi.

Non pianse.

Alla fine si girò per infilarsi nella tenda e richiudere la zip del suo ingresso.

Io restai a guardare la sua sagoma sdraiata dentro il piccolo igloo rosa.

L'irreparabile era successo, e quando l'aveva capito non aveva fatto altro che piangere il suo lutto.

Per tutto il giorno le avevano sporcato il viso le lacrime degli orfani.

37

Una giornata tutta nuova era nata da qualche ora. Guardavo Emma darsi da fare nel cantiere.

La discussione della sera prima sembrava non aver lasciato impronte.

Il prefabbricato veniva su velocemente, e Giò era sempre più compiaciuto del risultato. Io bevevo caffè e fumavo Fortuna. Le giornate semplici come quella avevano qualcosa di innaturale. Riuscivo a scordarmi di tutto per ore intere e in quei momenti era come se tutto fosse normale, poi però mi accadeva di essere assalita da un'ansia improvvisa. Se avessi voluto veramente che quella fosse la mia vita, c'era ancora qualcosa che avrei dovuto fare. Mi avviai verso la macchia di bosco lontana dai lavori e sfilai il cellulare dalla tasca dei jeans. Cercai in rubrica il numero di Salvatore e avviai la chiamata.

«Pronto?».

Sorrisi. Il solo sentire la sua voce mi aveva fatta emozionare.

«Ciao Salva, sono Giud. Ti ricordi?»

«Certo che mi ricordo, gonna corta! Come stai?»

«Tutto bene, sono cresciuta!».

«Immagino... Come mai mi chiami? Non ci sentiamo da quando? Dalla tua laurea, giusto?»

«Sì. È passato qualche anno, eh?»

«Mi è dispiaciuto non poter venire alla discussione della tesi, ma era un periodo difficile per me...».

«Non dirlo nemmeno, non importa. Più che altro vorrei vederti. Ho da raccontarti tante di quelle cose... Che ne dici di una cena?»

«...».

«Salva?»

«Ci sono, ci sono. Solo che una cena... è un periodo molto impegnato per me, sai?»

«Già, ho visto che stai andando come un treno. Complimenti».

«Che fai, mi cerchi su internet, gonna corta?»

«Be', ogni tanto. Per vedere che fine hai fatto... senti, allora ci vediamo? Per un caffè se preferisci».

«Facciamo che, se ti va, puoi passare dal mio ufficio... giovedì?»

«Giovedì è perfetto. Dov'è che stai?»

«Ti mando un messaggio con l'indirizzo. Passa per mezzogiorno, ok?»

«Ok, a giovedì».

Riattaccai sorridente. Ero felice di rivederlo dopo tutti quegli anni, potergli dimostrare che genere di donna ero diventata. E poi ero sicura che mi avrebbe sostenuto al cento per cento nel cercare di avere l'affido di Emma.

Tornai al cantiere e iniziai a preparare panini al tonno, carciofini e maionese.

Emma, seduta sopra il tavolone di legno, piegava i tovaglioli di carta in triangolini asimmetrici. Il ragazzo carino era entrato in cucina e le aveva rivolto un sorriso.

«Allora, come va il nostro recinto? Piace a Rughetta?»

«Sì, grazie». Emma rispose senza nemmeno alzare la testa dai tovagliolini.

Il ragazzo prese una bottiglietta dal frigo e uscì passandole una mano sulla testa. Mi avvicinai alla piccoletta.

«Ehi, mi sa che gli stai simpatica sai?»

«Uhm... Tanto non mi piace più».

Guardai fuori dalla finestra e vidi Giò dare indicazioni ai ragazzi. Uscii e lo raggiunsi mentre Emma prese Rughetta per portarla nel recinto.

Ho chiamato quel mio amico di cui ti ho parlato. Ho un appuntamento. Se tutto va come mi auguro, poi potremo denunciare la scomparsa di Veronica. Che dici?»

«Dico che arrivati a questo punto, non ci resta molto altro da fare».

«In realtà ci resta ancora una pista da battere. Il padre di Emma... Potrei provare a cambiare i biglietti per Londra e andare a parlare con lui... Magari non c'entra nulla con questa storia, ma potrebbe sapere qualcosa».

«Oppure potrebbe essere un rischio inutile. Se mettiamo la faccenda nelle mani della polizia ci penseranno loro».

«Sì, certo. Però, come dici tu, se so da dove arriva il pericolo posso difendermi meglio, giusto?».

Giò annuì mentre finiva di masticare l'ultimo boccone del suo panino al tonno.

«Informati sui voli e poi ci pensiamo. Lo sai che io non potrei venire, vero?»

«Starò attenta».

«Visto che, se ho capito qualcosa di te, fai sempre un po' di testa tua e chiedi pareri agli altri solo per il gusto di ignorarli, domani t'insegno un paio di quei trucchetti che mi avevi chiesto».

Gli passai un braccio intorno alle spalle.
«Sei il migliore, Giò».
«Pensavo lo fosse questo Salvatore...».
«Sei geloso?»
«Come no».
«Vedrai che ci aiuterà».
«Che ti devo dire? Vedremo».
«Così mi piaci, entusiasta!!!».
«Lo sai che ogni momento che passa mi sembri sempre più paracula?».
Sorrisi guardando Emma, che mangiava il suo panino mentre osservava i ragazzi scherzare fra loro.

Quello era uno di quei momenti in cui mi dimenticavo delle paure che negli ultimi giorni mi si erano appiccicate addosso come parassiti. Emma rideva.
Non lo potevo immaginare che non eravamo al sicuro. Che non lo eravamo mai state.

38

«Quindi non fate cose come corsi di danza in estate?»

«Guardi, c'è anche la danza. È un campo estivo. I bambini fanno ogni genere di attività ricreativa. Mi creda, sua figlia starà benissimo qui con noi».

Studiai il volto della ragazzetta dietro il bancone. Si era scontrata da poco con l'adolescenza e tirando un paio di somme doveva aver perso quella partita. Portava ancora l'apparecchio per i denti, il che la forzava a parlare chinando il mento al petto, e a richiudere subito le labbra. Un orgoglioso cattivo gusto l'aveva convinta a pettinarsi come una bambina di quinta elementare con tanto di frangettone e treccine.

Mi stava sorridendo entusiasta.

Mi voltai a guardare Emma che si era inginocchiata per terra a sfogliare un libro per bambini.

«La retta è di ottantacinque euro al mese giusto?»

«Sì, signora».

Mi avvicinai al bancone con aria complice.

«Sono contrattabili questi ottantacinque euro?».

La ragazzina mi fissò come se non avesse un pensiero che fosse uno nella testa.

«Scherzavo, scherzavo. Se la iscrivo posso lasciarla anche adesso?».

Sorrise a bocca chiusa e si voltò a guardare l'orologio.

«Oggi è giovedì, quindi gli animatori arriveranno fra una mezz'ora, ma se vuole la tengo d'occhio io».

E mi passò un modulo attaccato a una cartellina. Lo compilai inserendo informazioni a caso e glielo ripassai insieme agli ottantacinque euro.

«E ci servirà un certificato di sana e robusta costituzione».

«Come vuoi! Allora vado».

Mi avvicinai a Emma sedendomi a gambe incrociate accanto a lei.

«Siamo d'accordo, scricciolo? Oggi inizia una bella avventura per te... Sei pronta?».

Emma mi rivolse un'occhiata scettica, la bocca leggermente rivolta all'ingiù. Annuì per poi tornare a sfogliare il libro.

«Ti divertirai come una matta... Ho saputo che ti fanno fare danza».

«Non voglio più fare danza».

Stavolta non mi aveva nemmeno degnata di uno sguardo.

«Ok, nessuno ti forza. Anche se con quel tutù stai una meraviglia. Fai quello che ti piace di più».

Le scompigliai i capelli e le rifilai un bacio sulla testa. Uscii dalla struttura ed entrai in macchina. Giò era lì ad aspettarmi.

«Com'è andata?»

«Se non metti in moto all'istante, torno dentro e me la riprendo».

Giò avviò il motore.

«Andiamo ragazzina, fra poco saremo di nuovo tutti insieme, solo che lei si sarà divertita molto più di noi».

«Non lo so se mi piace questa cosa del centro estivo».

«Non deve piacere a te. E poi non possiamo trascinarla di qua e di là, e Caterina è stata chiara, cito testualmente: "Se quella mocciosa ha sgravato una figlia sono affari suoi. Ti ho fatto un favore e mi sta bene, ma non contarci nemmeno lontanamente di farla diventare un'abitudine". Quindi direi che il campo estivo è la nostra opzione migliore, anzi, l'unica».

Annuii. Già mi ero separata da Emma, è vero, ma anche se Caterina era arcigna, Giò si fidava di lei e quindi anch'io. Questa era tutt'altra situazione. L'avevo affidata a dei completi estranei. Dovevo rilassarmi, tutti quanti prima o poi sono costretti a lasciare i figli a qualcun altro. E se c'era una bambina che se la poteva cavare alla grande quella era Emma. Non l'avrebbe sottomessa nemmeno il generale Patton.

Ci fermammo a mangiare in una catena francese di fronte a una pompa di benzina. Colazione con baguette farcite fino a esplodere.

«Giò, ho pensato una cosa».

«Vale a dire?»

«Quei soldi che ho ritrovato a casa di Veronica... Forse potevano essere destinati al tipo che vive a Londra».

«Spiegati meglio».

«Forse ricattava la ragazza, o magari aveva avanzato delle pretese su Emma e lei ha pensato di portargli i soldi per tenerlo buono».

«Come ti è venuto in mente?»

«Ti ricordi lo scatolone a casa degli Incisi? Be', mi sono scervellata. Cosa potevano mai mandare a quello che gli ha messo incinta una figlia di quattordici anni? Non hanno mantenuto nemmeno i rapporti con lei, perché avrebbero dovuto farlo con il padre di Emma? Magari è uno che ricatta, uno che fa il furbo. Loro pagano in contanti, forse nascondendo in mezzo ad altra roba i soldi».

Giò diede un sorso generoso al cappuccino freddo che aveva ordinato.

«Lo sai che, se le cose stanno così, si guadagna una bella posizione nella classifica dei sospettati?»

«Uhm... Non lo so, tutto può essere, ma a me il padre di Veronica non convince per niente».

«E per cosa li avrebbe potuti ricattare? Va bene Veronica, ma gli Incisi?»

«Emma ha detto di non averli mai incontrati prima, magari per abbandono di minore, visto che hanno sbattuto fuori di casa una ragazzina. Magari messo alle strette da questo eventuale ricatto ha pensato bene di eliminare il problema alla radice».

«Mi sembra un tantino rocambolesca come ricostruzione ma se è come dici tu, non ha risolto del tutto il problema...».

«Emma. Lo so. Ma forse siamo arrivati prima che lui potesse prenderla».

«Non mi sento sicuro a lasciarvi andare a Londra da sole. Questa cosa non mi convince, perché, se ti sbagli, potrebbe essere l'ultimo errore che fai».

Sorrisi e diedi un morso al mio panino.

La colazione proseguì con calma, ma senza più discorsi. Rimuginammo sulle nostre ipotesi, che avevano sempre di più l'aspetto di banchine galleggianti, pronte a scomparire negli abissi, qualora fossero state sbagliate.

E noi saremmo colati a picco con loro.

39

Montai in macchina con il cuore a duemila. Avevo investito un centone nel completo che avevo messo. Sembravo davvero una giovane donna in carriera. Pantaloni di lino grigio scuro a palazzo, camicetta avvitata a mezze maniche celeste, scarpe con il tacco e trucco leggero. Tirai giù lo specchietto e mi passai il lucidalabbra. Mi diedi un'occhiata. L'ombretto sfumato faceva risaltare il verde dei miei occhi.

Il palazzo era antico e molto elegante, tutto riservato all'associazione di cui Salvatore era socio fondatore. Mi diressi alla scrivania di una segretaria bionda con i capelli raccolti, giovane e di bell'aspetto.

«Salve, mi sta aspettando Salvatore Viali».

«Lei è?»

«Giuditta Innocenti».

La ragazza mi aveva guardata valutandomi per un istante, e aveva decisamente stabilito che non le piacevo. Digitò un numero sulla tastiera del telefono.

«Il tuo appuntamento è arrivato».

Abbassò la cornetta in modo sgraziato.

«Terzo piano a destra, ultima porta».

Salii le scale due alla volta, e quando arrivai sul pianerottolo del terzo piano mi fermai un attimo a recuperare fiato.

Salvatore mi era venuto incontro e, prima che mi riabituassi alla sua faccia, mi aveva afferrata per le spalle e dato due baci sulle guance.

«Gonna corta... sei cresciuta, è proprio vero», disse, squadrandomi in un modo che mi mise un po' a disagio.

Lo seguii nel suo ufficio. Prima ancora che potessi inquadrare la situazione, aveva girato attorno alla sua scrivania piena di scartoffie e si era lasciato andare sulla poltrona in pelle nera. Guardai la sediolina di metallo dall'altra parte della scrivania e mi sedetti lì.

Qualcosa non mi stava facendo sentire affatto a mio agio, ma non riuscivo a capire bene di cosa si trattasse. Diedi un'occhiata alla porta dell'ufficio che aveva lasciato aperta. La targa in ottone luccicava con intarsiate le lettere che componevano il nome di Salvatore Viali. Tornai a guardare il mio vecchio amico con un sorriso felice, anche se più che una rimpatriata sembrava un colloquio di lavoro.

«Io mi sto per sposare, sono molto innamorato».

Certo che questo era spiazzante.

«Ah! Di nuovo?».

Rise, oscillando con la poltrona a destra e poi a sinistra.

«Di nuovo, sì. Del resto alla mia età che altro potrei fare? Mica posso presentare Sandra come la mia ragazza o come la mia fidanzata... suonerebbe ridicolo, no?»

«Mi sembra un'ottima argomentazione per sposarsi».

Diventò molto serio.

«Tu invece? Hai qualcuno?».

Niente. Stavo provando a scrollarmi di dosso la sensazione del disagio, ma non ci riuscivo, e quella strana conversazione non mi stava per nulla aiutando.

«No, sono ancora su piazza».

Stavo provando a sdrammatizzare, ma a lui doveva essere arrivata in un altro modo.

«Troverai qualcuno, vedrai. Io ora sono molto innamorato».

«Sì, ho capito. Sono felice per te, davvero felice. Congratulazioni».

«Sai, sono stati anni difficili, fra il divorzio e tutti i casini che ne sono seguiti».

«Be', a quanto pare l'hai superata, no?»

«Ho smesso di fumare, sai? È stato difficile smettere. Sono ingrassato. Una delle cose più difficili che abbia mai fatto in vita mia».

In effetti aveva messo su una ventina di chili buoni. Lo guardai. Perché mi sembrava così strano? I riccioli li portava sempre nella stessa maniera disordinata, erano piuttosto brizzolati ma gli donavano. La cicatrice sopra l'occhio destro era sempre lì a regalargli un non so che del dandy. Le labbra socchiuse e i colori terrei del volto. Tutto identico. A parte il modo di guardarmi. All'istituto non mi staccava mai gli occhi di dosso, ora invece lo sguardo gli rimbalzava a destra e a sinistra, come se mi stesse evitando di proposito. Però, quando incrociava i miei occhi, potevo riconoscere lo sguardo della prima volta che avevamo parlato.

«Io non ci riuscirò mai, non ce la posso fare, quelle piccole bastarde mi piacciono troppo. Che diavolo, tanto di qualcosa morirò prima o poi».

Volevo essere ironica, lui invece diventò ancora più serio annuendo.

«Certo, certo».

«Senti Salva, non so come dirti quanto sono felice di rivederti e...».

La segretaria era passata fuori dalla porta e aveva urlato una battuta a un altro collega in corridoio. Mi voltai verso la porta aperta. La ragazza mi aveva guardata con la coda dell'occhio. Poi di nuovo tornai su Salvatore, che si era leggermente sporto a osservare la scena. Perché non aveva chiuso la porta?

«In realtà avrei un favore da chiederti».

«Di che si tratta?».

La poltrona non smetteva di oscillare sotto il suo comando, cigolava con un tono stridulo.

«Ho un'amica che mi ha affidato sua figlia per qualche giorno, però non sta tornando e sono sul punto di denunciare la scomparsa alla polizia. È tutto molto strano e inizio ad aver paura che le sia successo qualcosa. La bambina ha cinque anni, e nessun altro se ne potrebbe occupare. Se le cose dovessero andare per le lunghe, forse dovrei chiederne l'affido. Tu sei diventato importante, cioè guardati, hai un ufficio spettacolare e sei sempre su qualche rivista. Ho bisogno del tuo sostegno, se garantissi per me potrebbe fare la differenza».

Salvatore non aveva smesso di dondolarsi nemmeno per un momento. Ora avevo i suoi occhi incollati addosso, ma era come se non guardasse proprio me. Ero ancora in preda a un disagio che non capivo, e iniziavo ad aver paura di non essere stata abbastanza convincente. Il silenzio durò per un bel pezzo, rotto solo dalla voce acuta della preziosa poltrona di design. Mi scrutava con una certa insistenza.

«Hai un lavoro?»

«Sì, mi hanno appena assunta per la costruzione di un dojo».

«Temporaneo, quindi. Dove vivi?»

«Per ora sono in un monolocale, in affitto. Però, se dovessi occuparmi di Emma, potrei cercare qualcosa di più adatto».

«Uhm, ti capisco gonna corta. Certo che ti capisco. Siamo amici, giusto?».

Ok, era ufficiale, non ci stavo più capendo un cazzo.

«Be', non proprio amici... direi che sei un po' il mio mentore».

Sorrise con un accenno di vanità.

«Ho tanti amici che vogliono adottare o sbrigare qualche pratica, che mi chiedono di dare un'occhiata ai loro documenti, una piccola spintarella d'aiuto... E lo sai che ci tengo a te. Per questo ti devo dare il consiglio migliore in una circostanza del genere. Perché non rinunci?».

La poltrona cigolò, e cigolò ancora. Scossi la testa come a volermi sturare le orecchie.

«Come rinunciare?»

«Ma sì. La bambina verrà seguita dai servizi sociali, e magari la madre salta fuori. Altrimenti, loro sono senz'altro più qualificati di te a prendersene cura... Andiamo, sei anche single».

«Ma dicevamo sempre che la storia di dare i bambini solo alle persone sposate era una gran cazzata».

«Guarda che lo so cosa ti sta succedendo, sai? Capita a tutte, quando iniziate ad avvicinarvi ai trenta: orologio biologico. Non c'è niente di male, ma presto incontrerai un uomo con cui stare. Guardati, sei bellissima, addirittura più bella di quando eri una ragazzina. Avrai una famiglia tua, vera».

Lo sguardo dai miei occhi gli era scivolato sul mio collo per fermarsi insistentemente sul mio seno e finire sulle scartoffie sopra la sua scrivania.

«Non voglio una famiglia, Salvatore. Non è questo. C'è qualcosa con Emma, un legame... Io non posso lasciarla sola con un branco di estranei».

«Lo so quello che hai passato, ma le cose sono cambiate negli ultimi decenni».

«Possono anche andare alla grande per quello che mi riguarda, la possono seguire e darle tutto quello di cui ha bisogno, ma sarebbe comunque sola».

«Senti, gonna corta, ti parlo da amico, non te la daranno mai. Tu non puoi essere una famiglia per lei. Sei tu a essere sola».

«Sì? Be', perché i servizi sociali equivalgono a una famiglia ora? Non le dire a me queste cazzate, per favore. Io sono cresciuta in orfanotrofio, ricordi? Dov'è il quadretto felice in sei suore che seguono quaranta bambine? Poi mi vieni a dire che possono adottare solo mamma e papà perché sennò...».

«Non lo dico io. Lo dice lo Stato. Senti, se mi porti i documenti e denunci la scomparsa della madre, posso darci un'occhiata. Non personalmente s'intende, ma il mio assistente è uno in gamba, il mio braccio destro. Che ne dici?».

Iniziavo a sentirmi confusa, come se mi avessero portata a una festa, bendata e appesa al soffitto per usarmi come pignatta.

Annuii e lui si alzò scoprendo una foto in una cornice d'argento. Abbracciava la segretaria di venticinque anni che sorrideva in macchina con il calore di un freezer. Mi accompagnò scendendo lungo le tre rampe di scale. Ci fermammo di fronte alla porta vetrata che dava sulla strada. Il vento aveva ricominciato a soffiare, lo potevo capire dal rumore che veniva da fuori. All'improvviso mi afferrò la faccia e mi diede due lunghi baci sulle guance mentre io sentivo il rossore salirmi agli zigomi.

«Mi raccomando, gonna corta».

Gli sorrisi poco convinta e uscii.

Quel bacio aveva qualcosa di strano.

40

Il vento caldo mi arrivò in gola togliendomi il respiro. Mi guardai intorno. Ero rimasta d'accordo con Giò che l'avrei chiamato appena finito l'incontro. Avevo pensato che il mio appuntamento con Viali sarebbe potuto andare avanti per ore, e quindi, se non gli avessi telefonato, sarebbe passato lui a prendere Emma. Afferrai il telefonino per riaccenderlo, poi ci ripensai. Mi girai e iniziai a camminare controvento. Avevo bisogno di stare un po' da sola. Camminai e camminai senza scegliere la direzione, senza guardare intorno per orientarmi. Ma dopo un paio d'ore il mio umore non era migliorato e la mia passeggiata a testa bassa mi aveva fatta ritrovare di fronte al bar di Fil. Entrai senza pensarci troppo. L'odore di uova marce tipico di quel posto mi riempì le narici e mi convinsi di essere finalmente a casa.

«Ehi Giud, che fine hai fatto? Mi vuoi far andare fallito?»

«Dammi una boccia di Jack Daniel's e non rompere le palle».

Fil alzò le braccia in segno di resa e si abbassò fino a scomparire sotto il bancone, e da lì sotto mi passò la bottiglia e un bicchiere dal fondo spesso. Li afferrai e mi andai a sedere al tavolo su cui si era sbronzata per l'ultima volta la ragazza che beveva forte. Versai con una certa fretta il liquore, sollevai il bicchiere e, fra me e me, brindai.

«Questo è per te».

Giù tutto d'un fiato.

«Questo è per me».

Giù tutto d'un fiato.

Ancora buon vecchio Jack nel bicchiere. Lo sorseggiai più lentamente. Mi guardai intorno, pochi alcolizzati con in faccia i colori acri della disperazione. Perfetto.

Possibile che si fosse davvero comportato in quel modo? Che lo avesse fatto proprio a me? Lo sapevo bene che i miei problemi erano affar mio ma, in un certo senso, io ero roba sua. Mi aveva fatto credere che ci fossero anche gli eroi su questa terra, e che io avevo avuto la possibilità di conoscerne uno. Per anni avevo pensato a lui come a un uomo straordinario, invece mi ero ritrovata davanti la parodia di un cliché trito e ritrito, banale quanto una scimmia che mangia banane. L'uomo importante, l'uomo di successo... sotto il controllo della segretaria barra sgherro, barra futura moglie, giovanissima e in grado di ridurgli le palle a due piccole noccioline. Mi aveva fatta sentire come una dei tanti che si erano andati a mettere in fila per elemosinare alla corte dei miracoli. Al coglione non era minimamente passato per l'anticamera del cervello che fossi lì anche per lui. Per fargli vedere che ero stata in grado di imparare, ed ero pronta a fare i passi successivi. Non aveva capito che volevo che mi guardasse, che cercavo la sua approvazione.

"Sì, Giud, ora però sei tu quella che sta diventando banale", mi dissi.

"Fanculo", mi risposi.

«Fil! Un'altra!».

Fil girò intorno al bancone e aprì la seconda bottiglia.

«Giud, ci stai dando sotto di brutto. Vuoi parlarne?». Afferrai la bottiglia e versai ancora un bicchiere.

«No. Voglio bere».

Si allontanò senza replicare. Una cosa che gli andava riconosciuta era che Fil il suo lavoro lo sapeva fare bene.

Forse invece non ero stata altro che uno specchio per Salvatore Viali, una ragazzina che lo guardava come si guardano i divi del cinema, pronta a credere a tutto quello che diceva, una piccola e stupida dinamo per il suo ego. Ora non gli servivo più. Era diventato importante e acclamato. Aveva talmente tante lingue infilate su per il culo da chiedersi come facesse ad andarsene al cesso. Patetico quanto un gatto rognoso che guardandosi allo specchio vede un leone.

Mi sentii, per la prima volta in vita mia, abbandonata. E poi arrabbiata con me stessa. Come potevo essere stata tanto stupida da credergli? Da credere veramente che ci fossero persone che fanno le cose per gli altri mosse solo dall'affetto. Stupida Giud. Mi sarebbe bastato anche solo che mi dicesse che stavo provando a fare la cosa giusta, che non poteva aiutarmi, ma che era dalla mia parte, invece mi aveva rifilata al suo assistente, come un fastidio a cui non aveva voglia di pensare.

La seconda boccia era svuotata fino alla metà dell'etichetta scura. Le ore erano passate, fuori era già notte. Lo stomaco pieno di liquore e bile. Posai la testa sul tavolo, gli occhi sul fondo della bottiglia.

> Ha una collezione insuperabile di taglie;
> molte, tutte vuote già da tempo, le bottiglie;
> dorme sul cavallo che non lo sopporta più,
> e si è fatto un mazzo per la pampa su e giù.
> Ogni notte passa
> e getta un fiore a qualche porta,

rosso come il sangue
del suo cuore di una volta;
poi galoppa via fino all'inganno dell'aurora,
dove qualche gaucho
giura di sentirlo ancora,
cantare ancora...

«Cosa stai combinando?».

Giò si era seduto di fronte a me e aveva un'aria furiosa.

«Alla fine penso che il mio amico non ci aiuterà».

«Sei ubriaca».

«Sono tante cose, Giò. Sono stupida, credulona, piagnona, debole e anche ubriaca».

«Sullo stupida concordo in pieno».

«Dov'è Emma?»

«Qui fuori. L'ho lasciata in macchina. Per fortuna si è addormentata e non è costretta a vederti in questo stato».

Mi versai l'ultimo bicchiere, rovesciando la bottiglia in modo da non perdere nemmeno una goccia.

«Come hai fatto a trovarmi?»

«Sei tu che mi hai detto dove andavi a sbronzarti di solito, ricordi?»

«Oh Giò, è un mondo di merda, lo sai? Lo sai che non ci sono eroi? Come si fa a vivere in un mondo senza eroi?».

Giò mi guardò dritto negli occhi. Lo vedevo un tantino sdoppiato ma provai a reggere lo sguardo.

«Se vuoi un eroe, ragazzina, non cercarlo negli altri: diventalo!».

Restai a bocca aperta. Lui invece si era alzato e mi aveva tirata su di forza prendendomi per la manica della camicetta.

Una volta entrato nel mio monolocale, Giò, che aveva portato su Emma in braccio, fece per sistemarla nella tenda.

«No. Nel lettone».

Così fece.

«Vatti a fare una doccia. Io ti metto su un caffè. Magari riusciamo a non farti vomitare anche l'anima».

Mi feci la doccia, fredda. Mi infilai un paio di pantaloncini comodi e una maglietta e, quando uscii dal bagno, sul ripiano c'era una tazza di caffè fumante. Giò invece se n'era andato. Bevvi il caffè e riuscii a non sentirmi male, ma ero ancora sbronza. Mi sdraiai a letto lasciando accesa la luce del bagno, un trucchetto per evitare che la stanza prendesse a girare come un twist. Rughetta, da dentro la tenda rosa emetteva dei lamenti leggeri. Non sapevo che anche le tartarughe potessero piangere.

Il profumo di Emma fra le lenzuola, il rumore sottile del suo respiro.

Quello che aveva detto Giò mi aveva colpita. Era vero, dovevo iniziare a prendere la vita in un altro modo se volevo affrontare tutta quella faccenda. Chiusi gli occhi pensando che all'alba del giorno dopo sarei stata un'altra persona. Avrei tirato fuori le qualità che un tempo mi avevano resa invulnerabile. Non avrei più pianto, non mi sarei più piegata, non mi sarei più lasciata andare all'autocommiserazione. Dovevo tornare la persona che ero stata all'orfanotrofio. Dovevo tornare a essere forte, lasciare andare tutta la debolezza e la paura, scordarmele, reprimerle. Nella notte avrei dovuto seppellire quello che ero diventata.

Dovevo rinascere.

> Ah bandolero stanco,
> stanotte ho pianto
> pensando a te:
> c'è un po' della mia vita
> nella tua vita che se ne va [...]

Strinsi Emma e quell'abbraccio era una promessa. Non l'avrei mai lasciata. Non avrei mai permesso a niente e nessuno di farle del male.

Chiusi gli occhi cercando il sonno.

> [...] dov'è silenzio,
> dov'è silenzio, dove...
> dov'è silenzio,
> dov'è silenzio, dove...

41

«Ok, sono carica, che devo fare?»

«Siediti Giud».

«Sicuro? Non iniziamo con una corsa o con gli addominali?»

«Se fai una corsa adesso, verrai fermata dai crampi fra tre secondi, se invece fai gli addominali, le costole si vendicheranno nell'immediato».

«Allora che facciamo?», dissi, mettendomi seduta per terra dentro la prima parte del prefabbricato che era stata montata.

Giò sorseggiava il suo cappuccino freddo, seduto su un rotolo di materassini blu.

«La prima cosa che faremo sarà parlare».

«Ancora? E che palle!».

«Sei veramente una donna matura, eh? Senti ragazzina, le arti marziali non sono un placebo per farti sentire più sicura di te. Devi capire alcune cose del tuo corpo, e per capirle qualcuno te le deve spiegare. Quindi la prima lezione consisterà nel chiarirti come le arti marziali possono aiutarti in una situazione di pericolo».

«Se non c'è da fare movimento allora posso fumarmi una sigaretta?»

«Non nella mia palestra».

«Per metà siamo nel tuo giardino veramente, mancano ancora due pareti».

«Non insistere, non si discute. Stammi a sentire. Allora, la prima cosa che devi sapere è che anche se sei BruceTiSpaccoIlCuloLee, non hai mai, e dico mai, la vittoria in tasca. Di fronte a uno scontro, può darsi che il tuo avversario sia un tossico da due soldi che non sa nemmeno reggersi in piedi, ma basta che metta a segno un colpo fortunato e ti puoi ritrovare nella merda più nera. Allora, io voglio insegnarti a combattere, o almeno inizieremo da alcune mosse che potrebbero tornarti utili se qualcuno volesse metterti alle strette. Ma in qualunque caso, devi sapere che la cosa migliore che puoi fare è cercare di evitare lo scontro. Scappare, se ne hai la possibilità».

«Altri consigli? Potrei inginocchiarmi e implorare pietà, che te ne sembra come tecnica di combattimento?»

«Non essere stupida. Non scherzo. Anch'io, se ho la possibilità di evitare lo scontro, lo evito. Le percentuali mi danno vincente. Potrei scontrarmi con il tossico e vincere novecentonovantanove volte su mille, ma resta quell'unica possibilità che un aggressore mi faccia finire sotto tre metri di terra».

«Ok, ho capito la prima lezione. Evitare i tossici».

Giò rispose sbuffando rumorosamente, per poi riprendere in mano il discorso.

«Allora, il tuo corpo, come quello di ogni persona, ha delle risorse naturali nei momenti di pericolo. Se sei sotto minaccia si mette in moto il sistema endocrino che fa partire l'epinefrina e la norepinefrina. Queste arrivano poco prima della vera cavalleria, l'adrenalina, che va ad aumentare i battiti cardiaci, alza la pressione e accelera il respiro.

In poche parole è oro per i tuoi muscoli, perché questo processo mette in circolo sangue ossigenato in quantità, il che è di grande aiuto. Sia che tu debba combattere, o correre come una gazzella in caso optassi per la fuga, comunque ti ritroverai ad avere una benzina speciale. Nello stesso momento il cervello rilascia le endorfine. Non ti fanno sentire praticamente niente, sono anestetici perfetti. E questi elementi che l'organismo ti mette a disposizione faranno sì che tu possa combattere, o correre, in un modo che nemmeno penseresti possibile».

«Non vorrei interromperti e tanto meno contraddirti, Giò, ma se fosse come dici tu, saremmo tutti dei piccoli supereroi, invece non ho avuto proprio quest'impressione quando sono stata assalita».

«Sì, lo saremmo. Il fatto è che l'adrenalina non è facile da gestire. Per questo bisogna allenarsi. Nella maggior parte degli individui provoca tremore, perdita della sensibilità agli arti, a volte rende addirittura impossibili azioni motorie complesse come aprire una porta. A causa dell'afflusso di sangue nei maggiori gruppi muscolari, può creare mancanza di equilibrio».

«In poche parole potresti avere i superpoteri invece ti cachi addosso?»

«Be', se vuoi proprio parlare terra terra, sì».

«Mi sa che io rientro in quelli che quando arriva l'adrenalina sentono il netto bisogno di andare al cesso».

«È così per tutti. La maggior parte delle persone non la sa gestire. Come per qualunque altra cosa, bisogna prima imparare, poi potrai sfruttarne i vantaggi. Gli effetti non sono solo fisici, sono anche cognitivi, cioè percepisci le cose come se andassero a un ritmo molto più lento del solito.

Questo invece non è un bene, perché rischia di frenare i pensieri che ti fanno valutare la risposta a un attacco. Ecco perché nelle arti marziali si pratica la filosofia della *non mente*. Ti insegnerò a ripetere e ripetere i gesti fino a quando non diventeranno risposte meccaniche del corpo, così che tu non dovrai fermarti a valutare quale sia la cosa migliore da fare di fronte a questo o a quel colpo. Il tuo corpo lo saprà per te. Che ne dici?»

«Dico che non vedo l'ora di cominciare».

«Per domani pensa a tre situazioni in cui temi di poterti ritrovare, e io ti insegnerò come uscirne, ok?»

«Grazie Giò. Ma è necessario incontrarci alle cinque del mattino?»

«Direi proprio di sì. Ci alleniamo per due ore e poi si lavora al dojo. Prendere o lasciare».

Gli tesi la mano e lui me la strinse. Parlammo ancora per un'oretta e mezza delle filosofie pacifiste, ma mai contraddittorie, delle arti marziali.

Poi entrai in casa e mi affacciai alla camera in cui avevo messo Emma a dormire. Tutto era tranquillo.

Scesi e iniziai a preparare i thermos di caffè e a riscaldare i cornetti e le ciambelle che avevo preso per gli operai.

Ancora non mi ero allenata, e non avevo imparato nulla che potesse aiutarmi veramente in una qualunque situazione di pericolo, eppure, per la prima volta ero sicura che le cose si sarebbero sistemate. Niente mi avrebbe piegata. Mai più.

Guardai fuori dalla finestra della cucina. Il sole si era definitivamente alzato, risucchiando chissà dove tutta l'oscurità della notte.

42

Emma girava in mezzo a scaffali di vestitini graziosi. Aveva insistito per portarsi Rughetta. La tartaruga galleggiava inerte nella sua vaschetta di plastica, e tutto quello sballottamento non le avrebbe certo giovato.

Però Emma ci teneva tanto a non lasciarla da sola in casa, diceva che avrebbe avuto paura che non saremmo tornate più da lei. Non ci voleva una laurea in psicologia per capire cosa l'avesse portata a quel ragionamento, quindi l'assecondai.

Scelsi un paio di vestitini leggeri e un completino scozzese. Con il primo sembrava un raggio di sole. Dei quadratini giallo canarino si intrecciavano per tutto il tessuto, la gonnellina arrivava sotto il ginocchio, dei ricami in pizzo circondavano l'orlo e un corpetto a nido d'ape le disegnava la piccola silhouette.

«Con questo stai benissimo».

Emma si studiò allo specchio, poi lo sguardo le andò a cadere a terra, nell'angolo dove avevamo posato Rughetta.

«Prendiamolo allora, Giud. Non ho più voglia di fare tutte queste prove».

«Ma ne hai provato solo uno».

«Non mi va più».

In effetti il vestito era perfetto per quel che serviva. Certo, era strano che una piccola fanatica in erba come lei non volesse provare tutti quei vestitini dalle gonne ampie.

«Va bene. Prendiamo questo. Andiamo al reparto donna?».

È vero, avevo appena comprato un completo elegante per andare da Salvatore, ma proprio non volevo indossarlo di nuovo. Sapevo che non era stato il vestito a determinare il rifiuto di Viali, e non credevo che gli oggetti potessero portare sfortuna, ma non me la sentivo di rischiare. Passammo alla cassa, poi ci spostammo al piano di sopra. Dovevo trovare qualcosa che mi facesse apparire adulta, seria e raffinata. Più che un abito stavo cercando un miracolo.

Emma si era piazzata su uno scaffale basso accanto a delle magliette ben piegate, tutta ricurva sulla tartarughina. La osservava aprire la bocca e tirare tutto il collo verso l'alto, in un chiaro sintomo di malessere. Mi misi alla ricerca di qualcosa di adatto, e alla fine lo trovai.

Uscii dal camerino con indosso un vestito longuette bianco, che aveva la forma di una camicia dal colletto alla coreana. «Allora che te ne pare?».

Emma mi diede uno sguardo.

«Così sembri grande».

«Io sono grande».

«Uhm...».

«Comunque, vuol dire che è perfetto per noi».

Pagai anche quello con i soldi che aveva messo da parte la ragazza che beveva forte.

Era ora di andarci a preparare a dovere perché stavamo per entrare in scena, e con il pubblico a cui andavamo incontro, non avremmo avuto possibilità di replica. Tutto doveva filare come cacio sui maccheroni.

A casa misi dell'acqua calda dentro una bacinella e ci infilai Emma. La lavai per bene, poi l'asciugai e la vestii con gli ultimi acquisti. Dopo di che, fu il mio turno sotto la doccia. Misi il vestito, mi truccai con colori naturali e sobri. Mi pettinai i capelli con la riga da una parte. Alla fine sembravo proprio una donna adulta. Ottimo. Misi su il caffè e controllai l'orologio. Le tre e trenta. Dovevamo uscire. Avevo appena iniziato a sorseggiare il caffè, ed Emma aveva deciso di chiudere e riaprire gli scuri della finestra. Quando a un certo punto mi accorsi che dalla parete, sopra la testa del letto, filtrava della luce.

Chiamai Emma a bassa voce per farla avvicinare, poi le feci cenno di aspettare sul divano. Andai a controllare. C'era un buco di pochi millimetri, riempito in malo modo con della carta igienica che afferrai con le unghie per tirarla via e guardare dal piccolo foro. Riuscivo a vedere piuttosto bene una porzione dell'appartamento dell'Abominevole. Brutto pervertito. Lo intravidi passare e iniziai a battere con le mani contro la parete.

«Ma che cazzo fai? Ti sei messo a spiare?».

Poi uscii dal monolocale per andare a prendere a calci l'ingresso di casa sua.

«Allora, testa di cazzo?».

L'Abominevole aprì la porta e non appena lo vidi mi ricordai anche che era enorme.

«C'è un buco nella parete. Cosa c'è, sei un guardone?».

L'Abominevole risucchiò della saliva che stava per andargli a colare lungo il mento, fermandosi a mordere con gli incisivi il labbro inferiore. Aveva la faccia ancora più bozzuta di come l'avevo vista l'ultima volta.

«Oh, parlo con te. Non mi puoi mica spiare! E non lo hai

visto che c'è una bambina in casa? Smettila, ti stai facendo uscire il sangue».

L'Abominevole si portò una mano alla bocca, gli incisivi erano affondati dentro la carne. Si sporcò le dita di sangue e poi rimase a fissarle per un istante. Tutto preso da quel nuovo problema mi richiuse la porta in faccia senza nessun complimento. Sferrai un altro calcio.

«Ringrazia che ho fretta. Non finisce qui. Mi hai sentito?».

Tornai dentro casa. L'orologio diceva che era vero, non avevo proprio tempo da perdere. Presi Emma per mano, ma lei oppose resistenza.

«Andiamo è tardi».

«Può venire Rughetta?»

«No tesoro, già ne abbiamo parlato, e hai già contrattato. Non può venire ma, quando torniamo, le fai fare un bagno nella bacinella, ricordi?».

Emma annuì ma si capiva che non era contenta.

In macchina l'atmosfera era piuttosto tesa. Io ero tesa.

«Hai capito tutto quello che devi dire?»

«Sì Giud».

«Vuoi ripetere un'altra volta?»

«Uffa, ho detto che lo so».

«Va bene, va bene. Solo che è molto importante. L'hai capito, vero?»

«Sì».

Parcheggiai. Scesi e afferrai la mano di Emma con una certa forza. Diciamo che non ci avrebbe separato nemmeno l'uragano Ivan, se fosse passato di lì.

«Giò, che ci fai da queste parti?»

«Ti ho portato questi».

E mi passò una cartellina blu con dentro un plico di dodici fogli.

«Cos'è?»

«Il tuo contratto di lavoro. Basta che firmi. Poi sarai assunta a tempo indeterminato come segretaria per una palestra di ju jitsu».

Rimasi senza parole.

Giò mi aveva passato una biro e si era girato offrendomi la schiena.

«Firma».

Aprii la cartellina e piazzai i fogli fra le scapole di Giò. Firmai e gli diedi una pacca.

«Bene, ora posso dirti che lavorerai per dieci euro al mese, nove ore al giorno sette giorni su sette... Hai fatto un affare».

Sorrise soddisfatto. Io, invece, con dolcezza.

«Grazie».

«Ehi ragazze, andate a fare la vostra magia, va bene?». Emma gli sorrise e poi strinse ancora di più la presa.

Alla fine varcammo la porta della Questura.

Pronte a denunciare la scomparsa di Veronica Incisi.

Determinate a lottare per rimanere insieme.

43

L'addetto all'ufficio denunce rimase a guardarci per un bel pezzo. Gli avevo appena raccontato la storiella che avevo rifilato a Viali, non c'era motivo per dubitare di quello che stavo dicendo.

Lui fissava noi, io fissavo lui, Emma si guardava le scarpette gialle e lucide ciondolare fra le gambe della sedia.

Alla fine prese una decisione.

«Andate al piano di sopra, all'ufficio anticrimine per minori, fra poco vi ricevono».

«Anticrimine?»

«È la procedura signora. Io intanto redigo la denuncia di scomparsa».

Detto questo, spostò lo sguardo sul computer.

Presa la manina di Emma mi avviai al terzo piano.

Ci sedemmo composte sulle panche nel corridoio d'attesa. Cercai qualcosa da dire per distrarre Emma, ma non mi venne in mente nulla e quindi restammo in silenzio. Dopo una buona mezz'ora si avvicinò a noi un poliziotto in divisa.

«Signora Innocenti?»

«Sono io», risposi alzandomi in piedi.

«L'ispettore l'aspetta».

Entrai nell'ufficio dell'ispettore Golia con Emma al seguito.

«S'accomodi».

Era un uomo di bell'aspetto, sulla cinquantina. I capelli biondo cenere e le iridi chiare, quasi trasparenti. Aveva uno spiccato accento del Sud e il tono autoritario di chi non è abituato a discutere ma a comandare.

Mi misi a sedere su una delle due sedie di plastica.

L'aria condizionata viaggiava a una temperatura gradevole e muoveva appena il foglio di carta che l'uomo teneva in mano.

Emma aveva preso a fare rumori poco eleganti con le labbra.

«E non ci sono altri parenti?», ruppe il silenzio. «Parenti veri, intendo».

«Sono stata dai genitori di Veronica ma non hanno intenzione di entrare in questa faccenda. Sapevo già che non erano in buoni rapporti. Se devo essere sincera non mi ha sorpreso la loro indifferenza».

«Capisco... è un mese mi ha detto?»

«Sì, all'incirca. Succede spesso che mi lasci Emma. Non mi è sembrato strano. Però, ora come ora, credo che sia passato troppo tempo e forse anch'io ho aspettato troppo. Era comunque strano che non si fosse fatta sentire quella sera stessa. Forse potrebbe esserle successo qualcosa già allora, dopo essere stata in quel bar».

«E tu, piccolina, non ti ricordi cosa ti ha detto la mamma quando è andata via?»

«Mi ha detto di fare la brava e non disturbare zia Giud».

«E la signora lavora presso questo locale, l'All-In?»

«Sì, c'è un bel clima lì, nonostante tutto. Per le ragazze è molto familiare... non credo che abbia avuto problemi con nessuno».

«E lei pure fa questo mestiere?», mi chiese con un tono accusatorio.

Mi passai una mano dietro il collo. Era bagnato. Ero agitata. Potevo e dovevo calmarmi.

«No, no... Io sono una segretaria, mi hanno assunto da poco in una palestra, se vuole ho i documenti».

«E me li faccia vedere».

Glieli passai. Aprì la cartellina buttandoci appena uno sguardo.

«E come ha detto che vi siete conosciute lei e la signora Incisi?»

«Al Valentino. Ormai saranno tre anni buoni. Io andavo a correre. Mi aveva colpito perché era molto giovane ed era sempre lei a portare la piccola ai giochi. Una volta mi sono fermata a parlarle e così abbiamo fatto amicizia. Tutto qua».

«E aveva una relazione sentimentale, ultimamente, la signora Incisi?»

«Qualche amore ogni tanto, nulla di così serio».

«A te starebbe bene, piccolina, rimanere con l'amica di mamma?».

Emma sbollò le labbra che aveva tenuto serrate. Sentii un fremito.

«Certo. Zia Giud con me è la migliore».

Brava bambina, le era uscita esattamente come l'avevamo provata.

«Piccolina, vattene un attimo fuori e siediti ad aspettare».

Emma mi guardò e io annuii, così uscì e io rimasi sola con l'ispettore.

«Signora Innocenti, le dico cosa succede ora. Io, secondo l'articolo 403 del codice civile, procedo con l'affido».

Annuii, ma com'era ovvio, non avevo la più pallida idea di quali fossero i contenuti dell'articolo 403.

«Devo telefonare al sindaco. Vuole che le spieghi cosa potrebbe fare il sindaco?»

«Sì, ma per favore sia chiaro».

«Il sindaco, o farà decreto d'affidamento presso una struttura di prima accoglienza, oppure sceglie che per il momento la bambina può restare con lei e rimandare il tutto alla decisione del giudice».

Incrociai le mani come quando da piccola mi mettevo a pregare.

«E io, intanto, scrivo al tribunale dei minori che decide la nomina del tutore. Lei la vuole tenere con sé questa bambina?»

«Sì, certo».

«E allora ci scrivo il suo nome».

«Non ho capito. Posso tenerla con me?»

«Signora Innocenti, le ho appena detto che lo deve decidere il sindaco. Mo' lo chiamiamo, va bene?».

Annuii.

«Mi faccia la cortesia, aspetti fuori. La chiamo appena ho finito di parlarci».

Mi alzai. Una volta arrivata alla porta mi girai verso l'ispettore.

«Gli dica di lasciarla con me».

«Signora Innocenti, si accomodi fuori, con gentilezza, su».

Obbedii. Emma, di fronte a me, si stava mettendo tutto l'indice dentro l'orecchio. Mi sedetti accanto a lei e la baciai per sentirmi meglio.

In poco meno di dieci minuti l'ispettore mi aveva fatta

tornare nel suo ufficio, aveva un sorriso da santo stampato in faccia.

«Non è stato facile, ma l'ho convinto che per ora è meglio non separarvi... è una cosa provvisoria però. È il magistrato che deve decidere, va bene?».

Mi alzai che avevo una gran voglia di dargli un bacio. Mi limitai a tendergli la mano che lui strinse con una presa ferrea.

«Grazie ispettore. Ha fatto una gran cosa oggi».

Sorrise felice.

«Va bene, va bene. Dovere, signora. S'accomodi fuori, e mentre aspettate mi compili questo modulo con tutti i suoi recapiti, ché la dobbiamo contattare».

In corridoio pensai e ripensai a quello che poteva chiederci il giudice, e se ci eravamo lasciate alle spalle qualcosa che avrebbe potuto tradirci. Sicuramente dovevo avvertire il Rabbino che la polizia sarebbe andata a bussare alla sua porta, così avrebbe potuto reggermi il gioco e regolarsi per i suoi affari. Sarebbe stato meglio fare un salto anche da Fil. Potevo solo sperare che gli Incisi soprassedessero sulla natura delle mie allegre visite, ma anche se non l'avessero fatto, sarebbe stata la loro versione contro la mia.

Emma si era sdraiata sulla panca, io le accarezzavo i capelli.

«Signora Innocenti, ecco i suoi documenti. Mi mette una firma?».

Gli sorrisi, firmai, presi Emma per mano e uscimmo dalla Questura.

Il primo round era nostro. Dovevamo rimanere in piedi. Evitare i colpi. La sua mano doveva restare nella mia. A tutti i costi.

44

Dopo la tappa in Questura le nostre giornate avevano iniziato ad avere un ritmo più o meno regolare. Sveglia alle quattro di mattina, preparare la borsa con il cambio, nell'oscurità, cercando di fare meno rumore possibile per non svegliare Emma. Arrivare puntuale alle cinque meno dieci al dojo. Piazzare la bambina a letto. Allenamento. Portare Emma al campo estivo. Lavorare al cantiere. Recuperare Emma dal campo sportivo. Tornare a casa. Cenare. Guardare Leone cane fifone. Stramazzare a letto.

Avevo contattato il Rabbino e Fil. Nessuno avrebbe parlato di me durante i colloqui con la polizia. Eravamo d'accordo che per loro ero un'estranea.

Gli allenamenti andavano bene, anche se erano piuttosto duri. Puntavano sulla resistenza fisica e lavoravo sul fiato, che per una fumatrice come me era piuttosto difficile. Avevo praticamente imparato come sfruttare un'aggressione diretta per mandare il mio avversario a terra in tre modi diversi. Se invece mi avesse presa alle spalle, sapevo che avrei dovuto piazzargli una gomitata al plesso solare, scansarmi sul lato e caricare la gamba per far atterrare il piede di taglio sulla rotula e dislocarla, poi di nuovo mandarlo a terra. Tutto quello che mi stava insegnando Giò era studiato per darmi una possibilità di fuga, e farmi sentire più sicura di me.

Erano passati quindici giorni dalla denuncia e dalla richiesta d'affido. Tenevo il cellulare sempre a portata di mano, ma il giudice ancora non si era fatto sentire.

Quella mattina, in particolare, l'allenamento era stato devastante, sentivo le gambe solide quanto una gelatina.

«Per te è un problema se invece della doccia, oggi faccio il bagno? È una vita che non mi sdraio in una vasca».

«Fa' pure, te lo sei guadagnato. Non ho mai visto nessuno imparare tutte quelle leve in così poco tempo. Oggi porto io Emma al campo. Tu fa' le cose con calma».

Restai seduta sul bordo della vasca con il telefono della doccia in mano, mentre il bagnoschiuma si gonfiava sotto il getto d'acqua. Mi spogliai ed entrai dentro quella piccola nuvola calda e profumata. I muscoli sembrarono sciogliersi. Chiusi gli occhi e, piano piano, senza volerlo, mi addormentai.

Sognai, dopo anni che mi ero lasciata quell'incubo alle spalle, l'orfanotrofio.

Ero in castigo dentro lo sgabuzzino buio. Ci rinchiudevano lì quando facevamo qualcosa che, a loro dire, era sbagliato. Aspettavo. Con la certezza che, quando mi fosse venuta a prendere, la suora mi avrebbe portata dalla madre superiora pronta nel suo ufficio per punirmi. Non era rimanere al buio la cosa che mi faceva paura, né la punizione in sé per sé, che in genere consisteva in bacchettate a sorpresa o sulle mani o sulle gambe. Nel sogno, come nella realtà, la cosa più terrificante era l'attesa, la consapevolezza di dover essere punita, le fantasie che prendevano corpo su cosa mi avrebbero potuto fare, l'ansia che cresceva insieme alla paura.

Comunque ero lì, con gli occhi aperti a guardare la parete buia, quando Benedetta aprì la porta facendo filtrare la luce, vestita come l'ultima volta che l'avevo vista.

«Giuditta vieni, sono venuta a liberarti».

«No, va' via. Puniranno anche te».

«Non preoccuparti, possiamo scappare. Vieni».

E, senza aspettare la mia risposta, aveva preso a correre. Sentivo l'eco delle scarpe di vernice. Uscendo dallo sgabuzzino per seguirla, mi ero ritrovata nel corridoio di marmo, lungo e buio. Non vedevo Benedetta ma sentivo i suoi passi, e iniziai a rincorrere quei suoni. Giravo per tutto l'orfanotrofio con il terrore di essere scoperta. Ogni tanto sentivo Benedetta ridere, ma per quanto corressi forte, non la raggiungevo mai. A un certo punto, scendendo le scale verso l'uscita, sentii la sua vocina.

«Sono qui. Esci, è bellissimo».

La suora alla guardiola era quella che più mi spaventava. Era vecchia, incartapecorita e puzzava terribilmente di naftalina e caffè. Quando parlava, ci alitava in faccia, sapendo di provocare disgusto, e per evitare che ci ritraessimo, immobilizzava le guance bloccandole con dei pizzicotti potenti, stringendo con le sue falangi ossute.

Era nella guardiola, e masticava chicchi di caffè sfogliando una rivista. Io mi chinavo carponi e procedevo un millimetro alla volta, cercando di non fare rumore. Dal portone d'ingresso filtrava il sole, troppo, accecante. Sentivo Benedetta che continuava a dire: «Esci Giuditta, è bellissimo».

Ma quando riuscivo a varcare la soglia, chiudevo gli occhi per un istante perché la luce era troppo intensa e quando li riaprivo ero in ginocchio nell'ufficio della madre superiora. Lei era di spalle nella sua poltrona enorme dalla quale si vedeva soltanto il righello di legno che si muoveva su e giù a colpire il palmo della sua mano. Ma questa volta, quando si alzò in piedi, non era la madre superiora, ma la ragazza che beveva forte. Indossava i pantaloncini in PVC, la camicia bianca, gli stivali alti e la parrucca blu. Continuava a sbattere il righello contro la mano, e mi si avvicinava con un'aria maliziosa. Nelle mie orecchie aveva preso a crescere il rumore incessante del fiume.

La ragazza che beveva forte mi posò la punta del righello sotto il mento, e me lo alzò fino a quando non mi ritrovai costretta a guardarla negli occhi. Sorrise. Mosse le labbra senza emettere un suono.

«Non ti capisco».

«Guarda meglio».

E ricominciò a muovere la bocca. Ma più lo faceva, più le lacrime mi offuscavano la visuale, e meno capivo. Continuavo a piangere e piangere, tanto che l'ufficio della madre superiora iniziò ad allagarsi, e io ad annegare. La ragazza che beveva forte era scesa in apnea con me, la parrucca blu le si era staccata dal cranio rasato. Mi aveva bloccato la faccia pizzicandomi le guance e impedendomi di risalire in superficie.

«Non ti lascio andare fino a quando non capisci». La voce le era uscita distorta.

Poi riprese a ripetere la stessa cosa all'infinito, senza più emettere un suono, solo grosse bolle d'aria le uscivano dalla bocca rossa e lucida.

Mi svegliai di colpo cercando l'aria. Ingoiai acqua. Ero scivolata sul fondo della vasca. Mi misi a sedere, tossendo e recuperando aria a fatica. Richiusi i rubinetti. L'acqua era uscita dalla vasca e aveva allagato il pavimento. Ci volle un po' prima che mi calmassi, però ora, grazie a quell'incubo, sapevo cosa stava urlando la ragazza che beveva forte quella notte sul ponte.

Scappa!

Stava urlando *Scappa!*

45

Uno squillo, poi il secondo, prima che mi arrivasse al cervello l'impulso di andare a rispondere. Uscii di fretta dal bagno e afferrai il cellulare che avevo lasciato sul comodino.

«Pronto?»

«Parlo con la signora Giuditta Innocenti?»

«Sono io. Mi dica».

«Sono la segretaria del giudice Orlando. Lei ha inoltrato una richiesta d'affido per Emma Incisi. Il giudice la riceverà al tribunale dei minori alle undici di domani. Porti la bambina».

«Perfetto. Perfetto».

Restai seduta sul materasso con il telefonino all'orecchio per un buon lasso di tempo. Sentivo il corpo rilasciare adrenalina. Ora potevo riconoscerla, così come potevo capire che il mio cervello aveva attivato le dinamiche che si innescano di fronte a un pericolo. Di lì a poco avrei saputo se mi avrebbero o meno lasciato Emma.

Quando Giò entrò nella stanza, ero ancora così, immobile con indosso solo un asciugamano di quelli piccoli.

«Che succede?».

Mi voltai verso di lui. Aveva il volto illuminato dal sole e gli occhi azzurri m'interrogavano preoccupati.

«Dobbiamo andare a riprendere Emma al centro estivo. Il giudice ci riceve domani. Voglio stare con lei oggi».

«Ok, sta' calma. Ti accompagno a prenderla».

Quando Emma spuntò fuori dal giardinetto in cui stavano organizzando un round di ruba bandiera, le andai incontro e la presi per mano.

«C'ho pensato bene e credo che oggi dovremmo proprio fare qualcosa fra di noi, che dici?».

I bambini sono peggio degli animali. Lo sentono quando qualcosa non va, infatti Emma mi stava guardando con una buona dose di sospetto. Giò venne in mio soccorso.

«Allora? Che vuoi fare piccoletta?».

Lei si girò verso di lui e gli afferrò la mano.

«Voglio andare da Rughetta».

Camminammo uniti fino alla macchina.

La tartaruga aveva la bocca spalancata e ogni tanto lanciava uno dei suoi urli striduli. Si muoveva poco e male. Dopo qualche tentativo fallimentare di Emma per farla reagire, Giò prese la situazione in mano.

«Ok, sai che penso?».

Emma scosse la testa. La sua espressione non lasciava dubbi sul suo stato d'animo: era triste.

«Credo che qui la nostra amica abbia bisogno di essere visitata da un dottore. Così lui ci dice come possiamo farla star meglio, e se te la senti, tu potresti farle da infermiera, che ne pensi?».

Emma sorrise tutta sollevata. Quell'uomo era un prestigiatore di una certa abilità, di sicuro io non riuscivo a vedere il trucco, ma la sua magia mi piaceva.

Mi collegai a internet per trovare un veterinario che se la cavasse con le tartarughe e, una volta preso l'indirizzo, ci avviammo.

Per tutto il tempo Emma aveva canticchiato a Rughetta una canzoncina sul fatto che avrebbe guarito lei la sua bua. Ci precedeva, camminando con il recipiente della tartaruga in mano. Mi accostai a Giò stando attenta a non farmi sentire da lei.

«E se ci dice che non ce la può fare?»

«Gliene prendiamo un'altra e la spacciamo per Rughetta».

«Sei un genio!».

Il veterinario era un uomo piuttosto severo, slanciato, e con un aspetto distinto. Prese Rughetta e la sistemò su un lettino di metallo adatto a cani di grossa taglia. Emma aveva appoggiato tutte e due le mani sul ripiano, arrivava appena a sbirciare con gli enormi occhi nocciola. Il dottore punzecchiò la nostra povera amica sulle zampette, la reazione era lenta e stanca, poi la tirò su tenendola fra l'indice e il pollice, la guardò negli occhi, e fece pressione sul guscio squamato. Lei alzò un po' la testolina.

«La bambina può uscire?».

Feci un cenno col capo a Giò che la prese per mano e la portò via. Appena la porta si richiuse alle loro spalle, l'espressione dell'uomo si fece ancora più severa.

«Queste sono tartarughe tropicali. La state tenendo in acqua fredda».

Abbassai lo sguardo in piena ammissione di colpa.

«Voglio dire, non si può andare avanti in questo modo! Quando si decide di prendere un animale da compagnia bisogna anche informarsi su ciò di cui ha bisogno».

Tenni il capo chino, sperando che quella ramanzina non durasse in eterno.

«Questa è tortura, lo sa? Che cosa pensate, che sono carini da guardare? Non sono pupazzi. Hanno le loro necessità, che cosa crede?»

«Dottore, lo giuro, non lo sapevo. Credevo che l'acqua fresca le facesse bene visto che fuori fa caldo».

«Non lo sapeva... La state uccidendo. È tanto difficile collegarsi a internet e fare una ricerca, vero? Se ci fosse una giustizia le potrei dire che la legge non ammette ignoranza, ma qui non si tutelano le persone, figuriamoci le tartarughe. Vi prescrivo delle gocce da somministrarle due volte al giorno, e dovete comprarle un acquario, con un termostato che tenga la temperatura fra i ventisette e i trenta gradi. Le servirà anche il ricircolo dell'acqua. E datele dei pezzettini molto piccoli di pollo crudo, una volta al giorno, al posto dei gamberetti secchi. Proviamo a renderla più forte».

«Se la caverà?».

Il veterinario indurì la mandibola e incrociò le braccia scuotendo la testa.

«Non posso garantirlo. È messa male. Intanto le faccio un'iniezione per aiutarla con la temperatura interna, poi possiamo solo incrociare le dita».

Mi staccò la ricetta e mi mandò via rifiutando i miei soldi. Mi fece sentire una merda.

Andammo subito a comprare tutto ciò di cui Rughetta aveva bisogno, spendendo più di cento euro per un acquario in vetro molto bello e piuttosto grande. Aveva anche una piccola grotta di plastica.

A casa lo preparammo con un fondale di sabbiolina. Lo riempimmo d'acqua in modo che Rughetta potesse nuotare, secondo le istruzioni del ragazzo del negozio. Attaccammo la presa alla corrente e il ricircolo iniziò a rumoreggiare. Tutto era pronto. Emma testò il calore dell'acqua con un dito, e poi posò delicatamente Rughetta sulla superficie dell'acqua. La tartaruga galleggiò facendo un paio di giri per inerzia sulla superficie, poi, molto stancamente, si avviò sul piccolo scoglio a pelo d'acqua e lì rimase. Stava diventando una giornata deprimente, e non era così che avrei voluto trascorrere quei momenti. Allora proposi di andarcene tutti al cinema a vedere un cartone animato uscito da poco.

Optammo per un multiplex e prendemmo due porzioni giganti di pop-corn e Coca-Cola.

La giornata, alla fine, era migliorata, e quando fu il momento di mettere Emma nella tenda, la ragazzina era bella che esausta. Io e Giò restammo un po' a parlare sul mio letto, rivedendo quello che avrei dovuto dire al giudice. La mattina sarebbe stato necessario ripassare la storiella anche con Emma. Rimanemmo d'accordo che ci sarebbe passato a prendere per le otto e un quarto. Ci salutammo, e alla fine il piccolo monolocale rimase nel silenzio. Solo il rumoreggiare meccanico del ricircolo dell'acqua di Rughetta, che non mostrava cenni di miglioramento.

Mi sdraiai sul materasso al buio, guardando il cielo fuori dalla finestra. Le luci della città arrivavano fino alle stelle, rendendole per lo più invisibili. Mi domandai se stavo facendo bene a chiedere l'affido di Emma. Non ero stata in grado nemmeno di prendermi cura di una tartaruga di cinque centimetri.

"Imparerai Giud, non devi far altro che imparare", mi risposi un attimo prima di addormentarmi.

46

Il tribunale dei minori di Torino è un palazzo grigio dalle vetrate austere e l'aspetto squallido. Io, Giò ed Emma eravamo in piedi di fronte al cancello d'ingresso con il naso all'insù, bloccati prima di entrare in scena. Tutti e tre ci eravamo messi gli abiti delle grandi occasioni. Giò il suo completo blu, Emma il vestitino giallo e io indossavo il mio ultimo acquisto. Il vento caldo di quell'estate soffiava basso, muovendo la polvere sul cemento. Dentro il petto mi si agitava una specie di Alien, pronto a venire fuori, se non mi avessero dato l'affido di Emma.

Mi avvicinai alla portineria, chiedendo le indicazioni per raggiungere il giudice Orlando. Non ascoltai per nulla quello che disse il tipo dietro la guardiola, confidando che Giò stesse memorizzando tutto. Ero concentrata sul mio obiettivo.

Non ci volle molto per arrivare di fronte alla porta del giudice. Nel corridoio, panche in legno per l'attesa. Giò e la piccola si misero seduti composti. Un silenzio irreale era calato fra di noi, solo sguardi che dichiaravano i nostri stati d'animo come insegne al neon.

Mi sentivo esattamente come un coniglio nell'erba alta. Immobile, mentre vede passare l'ombra del falco predatore.

Bussai un paio di volte. La voce femminile mi invitò a entrare.

Il giudice Orlando era una donna sulla quarantina, minuta e allegra. Aveva la testa gonfia di ricci e due bellissimi occhi scuri che non la smettevano di sorridermi. Accanto a lei, all'angolo, un uomo leggermente più giovane. Indossava un completo di poliestere marrone. Il giudice mi fece cenno di avvicinarmi alla sua scrivania di mogano pregiato. Sulle pareti tante piccole cornici incastonavano disegni di bambini. Un ufficio elegante, tutto in legno scuro. Le tende pesanti coprivano parte delle vetrate. Mi accomodai, muovendomi piano e nel modo più educato possibile.

Il giudice prese da una pila di fascicoli quello con su scritto: "Emma Incisi".

Ok. Mio malgrado dovevo essere pronta.

«Signora Innocenti, lei ha in custodia questa bambina da un mese e mezzo, giusto? Mi dica, come sta andando?»

«Direi bene, benissimo. Io e Emma siamo abituate a stare insieme, la madre fa un lavoro poco adatto a una bambina, e quindi me la affidava molto spesso di sera».

Il giudice aveva posato le mani sulla scrivania e continuava a sorridermi con un calore che mi faceva sentire al sicuro.

«Bene, bene. Ho visto che la bambina non ha mai frequentato un asilo, lei sa come mai?»

«Sì. Veronica, come le ho detto, lavorava di notte per lo più. La mattina dormiva e quindi...».

«Insomma non le andava di svegliarsi».

Mi strinsi nelle spalle.

«Da quanto ci ha detto, i nonni non vogliono accudire la bambina. Hanno ricevuto una nostra visita».

Il mio respiro si era letteralmente smorzato. Rimasi in apnea mentre la Orlando dava enfasi a quella frase con un silenzio che avrebbe potuto farmi venire un attacco cardiaco.

«Aveva ragione. Non ne vogliono sapere, e legalmente io non li posso obbligare, anche perché non credo sarebbe un bene per Emma stare in un ambiente a lei ostile».

«Sono d'accordo, giudice. Io la adoro. Non le faccio mancare nulla».

Ancora una volta mi rivolse un sorriso dolce. Poi sfogliò le pagine del nostro fascicolo.

«Vedo che ha appena ottenuto un impiego a tempo indeterminato. Complimenti».

Sorrisi anch'io.

«Lei non è sposata. Ha un compagno in questo momento?».

Ecco, a quel punto il mio cervello andò in blackout, e il mio sistema di supporto in avaria.

«Sto per sposarmi!».

Il giudice raccolse i fogli e mi guardò allargando ancora di più il suo già ampio sorriso.

«Congratulazioni! Bene, bene. Il suo compagno è venuto qui oggi?»

«Certo giudice».

«Possiamo farlo entrare?»

«Lo chiamo subito».

Mi alzai e andai dritta da Giò. Mi avvicinai alla sua spalla.

«Il giudice ti vuole parlare. Non farmi domande ma sappi che ci stiamo per sposare e che siamo fidanzati da due anni».

Giò mi guardò spaesato, e per la prima volta da quando lo avevo conosciuto, riconobbi nei suoi occhi la paura.

Così ci trovammo tutti e due seduti di fronte al giudice

Orlando, che per un attimo lo guardò con aria perplessa. Certo, c'era una certa differenza di età, ma che diavolo, era sempre meglio di niente.

«Congratulazioni signor...».

«Buongiorno giudice, sono Giovanni Rietto».

«Rietto? Ma non è anche il suo datore di lavoro?», chiese andando a controllare il mio contratto.

«Già, sì. Vede, lui voleva farmi entrare in società, ma diciamo che ho preferito che rimanesse una cosa sua».

La Orlando scosse i ricci e strizzò gli occhi scrutandoci.

«Uhm... E così siete disposti, come coppia, a prendere in affido la figlia di questa vostra amica».

«Per ora la prenderei io, poi, se Veronica non dovesse tornare, potremmo fare richiesta d'adozione».

«Certo, certo. Devo essere sincera con lei, signora Innocenti. Il fatto che si stia per sposare per noi è una buona notizia. Lo Stato tiene in considerazione l'ambiente dove cresce un bambino e i modelli a cui può fare riferimento».

Mi girai entusiasta verso Giò. Aveva un sorriso tirato quanto una lenza a cui ha abboccato uno squalo bianco.

«Ora siate gentili, lasciatemi parlare un po' da sola con la bambina».

«Va bene. La vado a chiamare».

Ci alzammo e facemmo entrare Emma. La porta ci si richiuse in faccia, e scoprii che era fatta di un materiale spessissimo, perché non riuscivo in nessuno modo a origliare.

«Che ti è preso?»

«Il panico. Tu non hai sentito come mi ha chiesto se avevo un compagno... Non so da dove m'è uscito fuori che ci stiamo per sposare. Senti, intanto otteniamo l'affido, poi pensiamo a cosa inventarci».

Mi ero spostata con l'orecchio dalla porta alla parete, ma era impossibile sentire anche solo una sillaba. Alla fine rinunciai e mi misi a sedere accanto a Giò.

«Grazie per avermi retto il gioco».

«Avevo alternative?»

«Secondo te è normale che ci mettano tanto? E se crolla? Se dice tutto?»

«Emma è una tosta. L'abbiamo preparata. Ora devi fidarti di lei».

Annuii continuando a fissare l'enorme porta di legno scuro. Passarono tre quarti d'ora buoni, prima che il giovane uomo ci venisse a chiamare. Rientrammo e ci sedemmo. Emma si alzò per farmi accomodare e poi salirmi in braccio.

Il giudice Orlando non sorrideva più.

«Bene, signora Incisi, la sua richiesta di affido è stata valutata. Ora le spiego cosa succederà».

Strinsi Emma fra le mie braccia.

«Abbiamo a che fare con una scomparsa. La Procura la sta trattando come un allontanamento volontario, cosa che fanno praticamente sempre quando c'è di mezzo un adulto sano. La sua posizione andrà chiarita essendo lei, a quanto pare, l'unica persona che avesse rapporti frequenti con la signora Incisi. Poi riceverà una visita da parte dei servizi sociali che faranno delle verifiche sul suo ambiente domestico».

«Se posso, giudice, potreste venire direttamente a casa mia. Io e Giuditta praticamente conviviamo e il suo appartamento lo usiamo solo come appoggio in città».

«Va bene, signor Rietto. Ci lasci il suo indirizzo e organizzeremo due visite in una giornata sola. Come ho già spiegato anche a Emma, per il momento, mentre sviluppiamo le indagini, la bambina verrà sistemata in un istituto di prima accoglienza».

Lo stomaco. Quelle parole avevano avuto l'effetto di una pugnalata allo stomaco.

«Una volta appurata la sua posizione e l'ambiente in cui vive, decideremo se è o meno il caso di affidarle la bambina. Il signor Geometri qui», e lo indicò, «è l'assistente sociale che prenderà in consegna la bambina con effetto immediato».

Emma si girò verso di me con l'aria di chi non aveva capito nulla.

«Non... non posso tenerla io?»

«No, signora Innocenti. È quello che le sto dicendo. Sarò sincera. Non vorrei separarvi, ma devo fare il mio lavoro, e non è mia abitudine limitarmi a dare un'occhiata a due persone per capire se è il caso di affidargli un minore. Lei capisce che è a tutela di Emma?».

Annuii, ma l'unica cosa che capivo era che la stavo perdendo.

«Però posso fare in modo che tutti gli accertamenti vengano fatti con una certa sollecitudine».

«Potrò vederla, oppure...».

«Le farò avere l'indirizzo dell'istituto a cui sarà affidata e loro le daranno degli orari di visita».

«Posso parlare con Emma da sola per un attimo?».

La Orlando mi sorrise con dolcezza e si alzò, e con lei l'assistente sociale, Giò mi diede due pacche sulla schiena e uscì anche lui.

Emma si girò verso di me.

«Le ho raccontato tutto quello che mi avete detto».

Le accarezzai la testa mandando indietro i capelli.

«Sei stata bravissima Emma, davvero molto brava. Sai che in questi giorni ogni tanto sei andata a dormire dall'amica di Giò?».

Emma annuì.

«Bene. Ora andrai a dormire da questi signori in una casa piena di giocattoli, e prima che tu te ne possa accorgere, io e Giò verremo a prenderti, va bene?».

Non le andava bene. Era imbronciata e mi aveva gettato le braccia al collo affondando la testolina nella mia spalla. In un attimo esplose il pianto.

«No Giud, non mandarmi via. No, per favore. Per favore. Non faccio nemmeno un capriccio, per favore Giud».

Le presi le spalle e la tirai indietro, in modo che mi guardasse bene in faccia. Le asciugai le lacrime sulle guance.

«Non ti mando via. Questa cosa non la posso decidere io Emma, però posso fare di tutto perché le cose tornino come prima».

Le tesi un mignolo della mano sinistra.

«Dammi il tuo».

Mi diede il suo mignoletto e lo strinsi con il mio.

«Parola di fata. Ti vengo a riprendere in men che non si dica, ok? E guarda che "parola di fata" è il giuramento più solenne di tutti».

Emma si era calmata. Aveva ancora il faccino rosso e l'aspetto spaesato, ma non piangeva più.

«Vieni, andiamo».

Uscimmo dalla stanza. Erano tutti là fuori ad aspettarci. Mi avvicinai al giudice.

«Faccia quello che deve. Ma lo faccia in fretta».

La donna mi posò una mano sul braccio accarezzandomi.

«Glielo prometto».

L'assistente sociale prese la manina di Emma. Mi inginocchiai a baciarle la testa. Anche Giò le diede un bacio.

«Ci vediamo».

Giò mi mise una mano intorno alle spalle. Feci in tempo a fare tre passi che dietro di noi Emma aveva iniziato a emettere una *uuuuhh* prolungata, per poi esplodere in un pianto disperato. Il braccio di Giò mi costringeva ad andare avanti senza voltarmi.

La voce di Emma, intanto, si era aggrappata alla mia colonna vertebrale, cercando di strapparla via.

«Giud no! Non lasciarmi, Giud! Giud!!!».

47

«Senti cos'ho in mente: andiamo a casa e prendiamo i soldi che aveva messo da parte Veronica. Sono tanti, quasi cinquantamila. Domani andiamo a trovare Emma alla casa-famiglia, la prendiamo e ce ne andiamo via, scappiamo ai tropici... Possiamo ricominciare da capo e lasciarci alle spalle tutto e tutti».

Giò continuò a guidare la macchina senza degnarmi nemmeno di uno sguardo.

«Lascia stare, queste sono fantasie».

«Me l'hai detto tu. La fuga è la cosa migliore, evita lo scontro perché potresti perdere... Indovina? Abbiamo appena perso».

«Non abbiamo perso proprio niente. Sono solo scosse d'assestamento. Tutto si sistema».

«Sì? Me lo puoi garantire? Come mi avevi garantito che denunciando tutto le cose sarebbero migliorate?»

«Miglioreranno».

«È colpa tua! E io sono stata una stupida a fidarmi, a te non importa un cazzo».

Giò fermò la macchina di colpo, accostando bruscamente sul ciglio della strada.

Mi girai verso il finestrino dandogli le spalle. Alla fine la macchina riprese il suo percorso e noi restammo in silenzio.

Quando arrivammo sotto casa mia, scesi sbattendo lo sportello e m'infilai nel palazzo. Arrivata di fronte alla porta mi sentivo così arrabbiata... e quella sensazione di impotenza poteva anche farmi impazzire. Decisi di chiamare Viali. Era stato un coglione, ma forse se strisciavo a dovere...

«Ehi Salva, ciao. Vi ho spedito il fascicolo. È arrivato?»

«Ciao gonna corta, sì. Ce l'ha il mio assistente».

«Ti ha detto qualcosa?»

«Te lo passo, poi se vuoi parliamo noi, ok?»

«Ok, grazie».

In attesa, una canzone dei Beatles.

«Salve, parlo con la signora Innocenti?»

«Sono io. Che ne pensi?»

«Signora, le devo dire che il caso è piuttosto al limite. Non saprei proprio come la potremmo aiutare. Tutto sta al giudice che ora ha in mano il caso».

«Sì. Puoi dirmi anche qualcosa che non so già da sola?»

«Mi dispiace. Mi sembra una brava persona e lo so che per lei è importante, ma dobbiamo scegliere le questioni a cui dare priorità, e onestamente il suo caso non rientra... Mi dispiace».

La voce dell'assistente era sincera e imbarazzata. Non era colpa sua e lo sapevo.

«Mi puoi ripassare Salvatore?»

«Aspetti in linea e... in bocca al lupo».

«Crepi».

Ancora Beatles.

«Gonna corta?»

«Salva, quando sono venuta da te credevo che avresti almeno dato un'occhiata al fascicolo, credevo che saresti stato orgoglioso della mia decisione».

Un istante di silenzio.

«Ma... certo che sono orgoglioso di te... Solo che... il mio assistente è molo bravo, e se lui dice che non possiamo fare nulla... Te l'ho detto, è meglio se rinunci, rischi di perderci una marea di tempo per non ottenere nulla».

«Ho capito, ho capito... Mi devi un bacio».

«Come?».

Riagganciai.

Forse quel bacio già me lo aveva dato quel giorno davanti all'uscita del suo studio. Ora più che mai, mi ribolliva sulle guance. Che si godesse pure i suoi trenta miseri denari. Lanciai il cellulare contro la parete, ammaccandola. Lo sguardo mi andò a cadere sul buco fatto dall'Abominevole. In un attimo ero in piedi a bussare con tutt'e due le mani alla sua porta.

«Apri stronzo. Apri!».

L'Abominevole spalancò la porta, con la testa sfiorava lo stipite. Aveva un'espressione neutra sul volto ammaccato.

Lo spinsi senza spostarlo di un millimetro.

«Vaffanculo! Vaffanculo! Pervertito. Perché mi spii? Perché mi spii?»

«Scusa».

«Vuoi che ti cavo gli occhi? Vuoi questo?».

Avevo preso a dargli pugni sul petto e sulla pancia. L'espressione dell'Abominevole rimaneva impassibile, solo un accenno di sorriso gli era affiorato sulle labbra. Presi a dargli dei calci sugli stinchi ma lui non faceva altro che guardarmi senza muovere un muscolo. Dal fondo del corridoio, Giò iniziò a chiamarmi e a intimarmi di smettere. Alla fine mi raggiunse, mi afferrò per la vita e mi trascinò via, giù per le scale, fino a quando non fummo per strada.

«Che ti prende?»

«Ho voglia di bere».

«Sei libera di fare quello che vuoi, Giud».

Lo guardai. Avevo ancora il fiatone.

«Non voglio bere».

«Bene».

«Bene... Scusa. Non è vero che non te ne frega niente, lo so. Ero solo arrabbiata».

«Ora sei calma?».

Annuii.

«Che ne dici se ti offro una cena al giapponese e ne parliamo?»

«Ok».

Andammo in un ristorante dove potevi mangiare tutto quello che passava su un nastro scorrevole per sedici euro. Mi stavo calmando e, piano, piano, riuscii a riordinare le idee.

«Credi davvero che me la ridaranno?»

«Che se la tengono a fare? Non hai precedenti penali, sempre che il tuo vicino non decida di denunciarti proprio ora... Hai un buon lavoro, e poi, hai un fidanzato straordinario».

Gli sorrisi addentando un pezzo di salmone.

«Devi solo stare calma, organizzare le idee e seguire un piano, che si riduce a rendere il tuo monolocale un buco accettabile, portare le vostre cose a casa mia, andare a trovare Emma e cercare di fare meno casino possibile».

«Stavo pensando che dovrei approfittare di questo periodo in cui Emma non c'è per andare a Londra e parlare con suo padre. Magari potrei scoprire qualcosa sugli Incisi e passare l'informazione alla polizia».

Giò s'ingobbì sulla sua ciotolina di riso e verdure. Sapevo che quell'idea non gli andava a genio, ma sapevo anche che non potevamo continuare a far finta che non fosse successo nulla... che non ci fosse nessun pericolo.

«Ora mangiamo. È stata una giornata difficile. Da domani potremo metterci a ragionare anche su questo».

48

Avevo passato la mattinata a casa di Giò. Il dojo era quasi pronto. Ero rimasta in attesa al telefono per ore, e ancora nessuno mi aveva dato l'indirizzo del centro di prima accoglienza a cui era stata affidata Emma. Alla fine, verso l'una, una donna dall'altra parte della cornetta mi annunciò, con un tono così affannato da farmi immaginare che fosse appena riemersa da un cumulo di scartoffie, che Emma si trovava nell'istituto Madre Margherita Lenzi, sotto la custodia delle giuseppine.

«Suore?»

«Sì signora, ha visto? È in ottime mani. Non c'era da preoccuparsi».

«No, ci dev'essere un errore».

«Emma Incisi, nessun errore».

«Lei mi sta dicendo che nel ventunesimo secolo, in uno Stato laico, il tribunale affida i bambini alle suore?»

«Anche ai preti, dipende...».

Scesi le scale e mi fiondai in giardino.

«Giò, devo andare subito da Emma».

«Calmati Giud. Cos'è successo?»

«L'hanno data alle suore».

«Che dici?»

«È dalle suore, capisci?»

«Giud no, non capisco».

«Devono vederci, devono sapere che è protetta. Non puoi capire... fai solo quello che ti dico. Prendi l'auto».

Gli passai il foglio in cui mi ero appuntata l'indirizzo dell'istituto.

In macchina continuavo a contorcermi le mani e mordermi le labbra, non lasciando grandi dubbi su quale fosse il mio stato d'animo.

«Ehi ragazzina, guarda che non le faranno niente. Non devi aver paura».

«Non hai idea di quello che possono farle. Le avranno dato da bere?»

«Certo».

«Certo un cazzo. A me non hanno dato da bere dopo le quattro di pomeriggio, tutti i giorni fino a dodici anni».

«E perché mai l'avrebbero fatto?»

«Prevenzione. Non volevano che ci pisciassimo a letto. Quando ci fu un cambio di madre superiora, cambiò anche questa politica. Ci davano da bere pure a cena, e poi ci mettevano delle scodelle sotto i letti, così potevamo pisciare lì se avessimo avuto bisogno durante la notte. La camerata puzzava di latrina e quella è stata una delle cose migliori della mia vita lì dentro».

«Le cose cambiano, Giud».

«Ma le persone no. Quello che so è che devono vederci e devono avere paura di noi. Perché un bambino solo è un bambino indifeso, e alcune persone quando vedono qualcosa di fragile sentono una voglia irrefrenabile di romperla».

Quando fummo di fronte al Madre Margherita Lenzi, guardai la villa rosa salmone circondata da alte mura, cosparse di vetri rotti per evitare qualunque incursione. In un angolo delle mura di cinta, la statua di una madonna, la cui aureola era fatta di filo spinato. Citofonammo.

«Il signore sia con voi. Posso essere utile?»

«È sempre nei nostri cuori», risposi con un tono così dolce da sorprendere Giò.

«Buongiorno sorella, sono venuta per dare un bacio alla nuova bambina, Emma Incisi, e a consegnarvi una donazione per l'opera pia che state conducendo per il mio angelo».

Nessuna risposta. Il cancello si aprì ronzando. Giò mi stava guardando come se cercasse di capire se fossi davvero io o qualcuno che mi somigliava parecchio.

Salimmo i dieci gradini che portavano all'ingresso, una vetrata scura intervallata da sbarre d'ottone lucidate a dovere. La suora del citofono ci aspettava in piedi nell'ingresso. Dai lineamenti e dall'accento si capiva che doveva venire dall'Est. Era giovane e non sarebbe stata nemmeno brutta ma, con il vestito clericale, non mi appariva niente di più di una figura luttuosa.

«Salve sorella, potremmo parlare con la madre superiora o è impegnata?»

«Vi riceverà subito».

«E posso vedere Emma?»

«La vado a prendere».

Sorrise con il capo chino e gli occhi a terra. La seguimmo per un tragitto di breve durata, finché ci trovammo dentro l'ufficio della madre superiora. La donna era grassa, ficcata dentro la sua poltrona come una mucca in una di quelle gabbie costrittrici fatte apposta per l'ingrasso. Le sorrisi amorevolmente e mi sedetti. L'ufficio era buio e l'enorme ritratto dalle tinte scure, che raffigurava la matrona dell'istituto in un'espressione di severo giudizio, non rendeva per nulla più luminosa la stanza. L'unico orpello sulla scrivania era una statua robusta, in scala ridotta, della *Pietà* di Michelangelo.

Non disse niente. Ci osservava da dietro un paio di occhiali spessi con un'enorme montatura a tartaruga.

«Non sa quanto apprezzi quello che state facendo per Emma. E siamo qui, io e il mio futuro marito, per farle sapere che, anche se la bambina è di passaggio nel vostro istituto, vorremmo appoggiarvi in maniera sostanziale».

Il viso molle della donna finalmente si mosse, dissuadendomi dall'idea che in realtà fosse impagliata. Sorrise mostrando una dentiera di pessima fattura, i cui denti finti erano ingialliti dalla nicotina.

«Prima però vorrei salutare Emma».

Le labbra della donna schioccarono contro gli incisivi di ceramica.

«È qua fuori, vi aspetta. Però voi lo sapete che ci sono degli orari e dei giorni stabiliti per le visite. Oggi facciamo un'eccezione. Siete brave persone. Si vede».

«Grazie madre».

Sorrisi come se mi avesse appena toccato lo Spirito Santo e mi alzai per andare da Emma.

Fuori la luce non era molto più allegra, tanto buio in mezzo al marmo color ambra. Emma era in piedi, e indossava un grembiulino celeste con ricamato sul petto un cuore dai bordi bianchi. Non mi guardava negli occhi. Mi inginocchiai di fronte a lei e l'abbracciai.

«Ehi piccola, come ti stanno trattando?».

Emma alzò lo sguardo, ma non era rivolto a me. Stava

puntando qualcuno alle mie spalle. Mi girai. La grassa madre superiora era in piedi sulla porta e fissava la bambina con una chiara minaccia negli occhi. Intervenne Giò.

«Madre, lasciamole sole. Intanto potrebbe darmi gli estremi per compilare l'assegno».

Il donnone s'inumidì le labbra, e con una manovra di tre passi riuscì a girare su se stessa per riavviarsi nel suo ufficio. Giò ci strizzò l'occhio.

Finalmente Emma mi guardò.

«Giud? Mamma se ne è andata perché sono cattiva?».

Le brutte abitudini, a quanto pareva, erano dure a morire. Sapevo da dove veniva quel dubbio. Le strinsi le spalle.

«Oh Emma, questa è una cosa davvero cattiva da dire... Tua madre ti ama in un modo talmente grande, che nessuno è riuscito a trovare una parola per dirlo. Però tu lo sai, lo senti qui, vero?».

Le posai la mano sul ricamino a forma di cuore.

Emma annuì.

«E tu, Giud?»

«Anche io ti amo tantissimo. Sai, prima non sorridevo mai, mai, mai. Da quando ti conosco invece tutti i giorni mi sveglio col sorriso sulla faccia, e lì resta fino a quando non vado a dormire».

«Per quanto devo stare qui? Non mi piace».

«Senti, si tratta di pochi giorni. Tu mi sembri una ragazza forte, giusto?».

Emma s'impettì tutta. Le era piaciuto sentirsi chiamare "ragazza" e fece cenno di sì con la testa.

«Lo immaginavo. Allora fa' così: resisti. E quando ti dicono qualcosa che non ti sembra giusto, non ascoltarle più. Concentrati sul tuo cuoricino, lui sa sempre la verità, così come sa che la tua mamma ti vuole un bene supergalattico».

Emma mi abbracciò stringendomi con tutte le sue forze.

«Sarò forte, Giud».

«Così mi piaci».

Le scombinai i capelli rimettendomi in piedi.

«Ora aspetta qui, devo dire due cosette alla madre superiora».

Nell'ufficio, Giò stava passando un assegno alla donna. Mi accomodai di fronte a lei fissandola. E lei a sua volta mi guardava, perfettamente cosciente di quello che mi aveva riferito Emma, ma per nulla preoccupata. Aveva il coltello dalla parte del manico e lo sapeva.

«Madre, il suo lavoro è difficile e pesante, vero?».

Il donnone annuì facendo muovere il sottomento flaccido.

«Lo so, lo so... Però vede, anche se capisco le sue difficoltà, sarei felice che lei capisse le mie... Emma ha appena subito una perdita difficile, perciò, se si potesse evitare di dirle che sua madre l'ha abbandonata perché lei non obbedisce sarebbe fantastico, non trova?»

«I bambini hanno tanta fantasia, signora...».

«Gli adulti invece no madre. Innocenti, mi chiamo Giuditta Innocenti».

Sorrise appoggiandosi allo schienale. Ora mi guardava in tutt'altro modo. Come se potesse esercitare un nuovo potere contro di me.

Mi alzai posando le mani sulla scrivania, con un sorriso, digrignato a mostrare i denti, che smorzò l'aria di superiorità che aveva appena assunto.

«Se qualcuno la tocca, o le parla come non dovrebbe,

madre, non ci sarà un buco abbastanza nascosto dove potrà rintanarsi. Perché verrò a prenderla e a farle vedere quanto mi è piaciuto l'orfanotrofio».

Giò si alzò aggiustandosi la giacca.

«L'abbiamo pagata. Non mi faccia innervosire perché, se devo, la distruggo».

La donna rimase con la bocca aperta, la dentiera le si scollò leggermente, cedendo di qualche millimetro. Uscimmo e salutammo Emma abbracciandola forte.

Fuori, il vento caldo ci travolse pungendo la pelle. Camminavamo in silenzio l'uno accanto all'altra. Giò mi prese il collo con un tocco delicato e mi girò in modo che fossimo faccia a faccia.

«Ci ha visto, quella suora ci ha visto. Emma non è da sola, ora lo sanno. Presto starà di nuovo con noi. Non le faranno proprio niente».

Gli afferrai il bavero della giacca.

«Promettimelo».

«Te lo prometto».

49

Stavo buttando i vestiti alla rinfusa dentro la sacca, quando Giò entrò nel monolocale ancora con il fiatone.

«Si può sapere che succede? Al telefono parlavi così in fretta che non ho capito niente».

«Te l'ho detto. Hanno chiamato il giudice, dicendo che Emma era troppo sconvolta dopo il nostro incontro e che sarebbe stato meglio non farcela vedere fino alla decisione sull'affido».

Giò mi si avvicinò guardando la sacca, mentre io continuavo a fare avanti e indietro per ficcarci dentro spazzolino, dentifricio e mutande pulite.

«Il giudice mi ha chiamata per dirmi che ha sospeso le visite fino a quando non ci riceverà».

«E che c'entra andare fino a Londra?», mi chiese bloccandomi il braccio e costringendomi a fermarmi per un istante.

«C'entra eccome. Quello è il padre. Se vado lì e gli spiego la situazione, magari viene a reclamare la patria potestà. Non gliela possiamo lasciare, Giò. Costi quel che costi. Anche se vuol dire che non starà con noi».

«Non mi piace».

«Oh, se è per questo, non piace per niente nemmeno a me. Ma mi piace ancora meno l'idea di lasciarla da quelle stronze perfide».

«Quanto starai via?», mi chiese mollando la presa e lasciandomi libera di chiudere la sacca che m'infilai a tracolla.

«Torno domani in mattinata».

«Hai intenzione di fare le cose di gran fretta».

«Per forza, il giudice mi ha detto che verranno quelli dei servizi sociali a vedere casa mia prima di pranzo e poi andiamo da te».

«Va bene, allora metterò in stand-by gli operai per domani».

«A proposito, non è che prendi dello stucco e chiudi quel buco sulla parete?».

Giò si girò a guardare il foro rattoppato con la carta igienica.

«Va bene. Vedo quello che posso fare».

«E già che ci sei, potresti sistemare un po', in modo che non sembri la topaia che è?».

Si guardò intorno. I vestiti erano di nuovo in giro per tutto il monolocale, e nel lavabo si erano nuovamente accumulati piatti e pentole. Per fortuna da lì non poteva vedere com'era messo il bagno. Sospirò.

«Va bene, va bene... Ti accompagno all'aeroporto».

Presi mille euro dalla borsa sotto il divano e me li ficcai in tasca. Diedi uno sguardo in giro e poi uscimmo.

La città aveva ricominciato a ripopolarsi, oramai l'estate era agli sgoccioli. Almeno sul calendario, perché il termostato non ne voleva proprio sapere di scendere sotto i trentotto gradi.

«Da dove viene questo vento?»

«Mah, verrà dall'Africa».

«Non vedo l'ora che se ne ritorni indietro... non lo sopporto più».

All'aeroporto esitai un attimo prima di scendere dalla macchina.

«Stai attenta Giud, non sai da chi stai andando... Non te lo dimenticare».

«Già. Auguriamoci che tutto vada per il meglio».

«Ti ho preso questo».

Mi diede un cellulare di ultima generazione, con il touchscreen.

«Perché?»

«Per sentirmi più sicuro. C'è da ammetterlo, i nostri hanno fatto il loro tempo e potrebbero abbandonarci da un momento all'altro. Ne ho preso uno anche per me».

«Grazie».

«Di nulla».

Così lo salutai e m'incamminai verso gli sportelli della compagnia aerea. Comprai un biglietto di andata e ritorno. Il mio volo sarebbe partito alle dodici. Uscii a fumarmi una sigaretta. Non pensavo più a nulla. Guardavo il cielo terso sopra di me, ma nei miei occhi avevo il visetto smarrito di Emma nell'androne dell'istituto. Mi concentrai, costringendomi a non cedere al pianto. Mi avrebbe fatta sentire meglio, avrei sfogato il peso che mi portavo dentro. Però quel fardello era anche la mia forza, mi ribolliva nelle vene, trasformandosi in un'energia cieca pronta a detonare.

Sull'aereo rimuginai su cosa avrei potuto dire all'uomo che stavo andando a conoscere. Su come annunciargli la morte di Veronica e aggiornarlo sulla situazione di Emma. Poi mi venne in mente che non avevo idea di chi fosse, se si trattava solo di un ragazzo, oppure di un uomo adulto che magari si era approfittato di una ragazzina di quattordici anni. Non aveva più senso farsi domande, di lì a poco sarei stata faccia a faccia con lui.

Durante la discesa, l'aereo prese a sobbalzare attraversando nuvole dense e scure. I lampi venavano le nubi, troppo vicini per i miei gusti.

Atterrammo con poca eleganza. Aprii la sacca, presi una felpa che per fortuna avevo portato con me e la infilai. Uscendo dall'aeroporto, l'Inghilterra mi accolse confermando i luoghi comuni che la perseguitavano. Il tempo era grigio e il cielo precipitava in quello che aveva tutta l'aria di essere il remake del diluvio universale. Mi fiondai dentro un taxi. Parlavo inglese talmente male che non mi avrebbero capita nemmeno a gesti. Poteva essere un problema.

Il tassista provò a chiedermi qualcosa, con ogni probabilità l'indirizzo a cui ero diretta. Gli passai il foglio di carta su cui lo avevo appuntato. Ribatté qualcosa che non capii, e gli indicai di nuovo l'indirizzo. Scosse la testa e borbottò. Alla fine avviò il motore e prese l'autostrada. La macchina costeggiava campagne talmente zuppe che l'acqua ristagnava dandogli l'aspetto delle risaie. Il verde, sotto il riverbero della luce del sole filtrata dalle nubi, si intensificava scurendosi. La macchina viaggiò per più di tre ore e allora capii perché il tassista aveva cercato di obiettare qualcosa. Forse mi stava consigliando di prendere un treno. Comunque alla fine entrammo in una cittadina microscopica dalle case di mattoni rossi. La pioggia la stava battendo a dovere e, a vederla così, sembrava la via di un set posticcio, dove al lato delle insegne dei barbieri girava il tubo bianco con la striscia rossa. Appena fuori dal piccolo centro abitato, le case erano sempre uguali e rigorosamente in fila, si distinguevano dalle altre per l'aumento notevole di dimensioni, mentre i piccoli giardini si allargavano a dismisura diventando veri e propri parchi. La macchina si arrestò di fronte a una di quelle enormi ville. Il tassista mi disse qualcosa. Ci guardammo dallo specchietto retrovisore. Ripeté la frase indicandomi il tassametro che mi annunciava che avrei pagato di più la corsa in taxi che la tratta Torino-Londra. Sganciai a malincuore quello che gli dovevo. Provò a ribattere continuando a scandire:

«No euro, no euro».

Tirai su le spalle e credo che mi beccai una serie di insulti, questa volta non in inglese ma, sospetto, in pakistano. Scesi dalla macchina.

Visto che il cancello era aperto, mi incamminai per il viale sterrato che conduceva all'ingresso, bagnandomi per bene. Ero piuttosto confusa, ma stavo facendo quello che andava fatto. Spinsi con l'indice il campanello al lato del portone. La pioggia si era intensificata ulteriormente e faceva un gran baccano. Il vento me la spingeva contro rendendo del tutto vano il riparo del portico.

Mi aprì un ragazzo sui vent'anni, alto e snello, il volto pulito pieno di lentiggini, l'ossatura squadrata ammorbidita da un sorriso.

«Hi».

«Ciao, non so se sei tu quello che cerco... Per caso conosci Veronica Incisi?».

Il sorriso si smorzò in maniera inequivocabile. Il pallore naturale della sua carnagione si fece cadaverico. Arretrò di qualche passo.

La conosceva.

La conosceva eccome.

50

Restammo a guardarci per un bel pezzo. Alla fine presi il coraggio che mi ci voleva per compiere il primo passo ed entrare dentro la casa che poteva anche essere il covo in cui si era rintanato il nostro aggressore dopo aver ucciso Veronica. Il ragazzo era rimasto a fissare un punto indefinito fuori dalla porta, la bocca mezza aperta e gli occhi un po' strabuzzati.

«Ci sei?».

Finalmente si riprese. E mi rivolse quello sguardo sbigottito che non lo aveva ancora abbandonato. Gli porsi la mano.

«Ciao, io sono Giuditta».

Meccanicamente piegò il braccio, e mi afferrò la mano con una presa solida quanto uno straccio.

«Tu ce l'hai un nome?»

«...Certo, piacere... Giulio».

Iniziava a recuperare lucidità. Richiuse la porta e anche la bocca. I suoi occhi avevano preso a guardarmi sul serio, e, dallo stupore, il suo viso era passato al sospetto.

«Senti Giulio, sono venuta da Torino apposta per parlarti. So che non ti ho dato un preavviso e può sembrare che piombi qui dal nulla... però ho bisogno di dirti delle cose, e tu le devi assolutamente ascoltare».

«Lei è zuppa».

Abbassai lo sguardo. I miei piedi erano circondati da una piccola pozzanghera.

«Ops».

«Se vuole può usare il bagno, è al piano di sopra».

«Grazie, forse è meglio».

Salimmo delle scale di legno scuro. La casa aveva un arredo d'altri tempi. Il mobilio era in stile vittoriano. Il bagno di mattonelle blu intenso, e anche lì i mobili erano di ebano lucido e pregiato.

«Può farsi una doccia. Sotto il lavabo troverà degli asciugamani puliti. Io vado a preparare il tè».

«Per me un caffè, se non ti crea problemi».

«Nessun problema, signora».

«Giulio, diamoci del tu... credo che non ci siano i presupposti per il lei».

Aggrottò un po' le sopracciglia.

«Come preferisci».

Se ne andò e io chiusi a chiave la porta. Mi spogliai rapidamente e mi infilai sotto la doccia. L'acqua calda mi sembrò un miracolo. Una volta che il mio corpo ebbe riacquistato una temperatura decente, iniziai a farmi un paio di domande. Il ragazzo era sconvolto. Se ero stata io a fargli quell'effetto, allora quella non era la prima volta che vedeva la mia faccia, e non era un buon segno. Ma forse era stato solo il nome di Veronica a prenderlo in contropiede. Chiusi l'acqua e iniziai a frizionarmi il corpo con un telo.

In ogni caso la sua reazione non mi era piaciuta. Se era lui l'uomo che ci aveva segregate, potevo anche iniziare a snocciolare un paio di preghiere e vedere se qualcuno le ascoltava. Mi infilai dei jeans asciutti e una maglia leggera, a maniche lunghe. Con i capelli ancora bagnati presi le scale. Se mi avesse aggredita, potevo contare sulle nuove tecniche di difesa che mi aveva insegnato Giò. Certo non ero un'esperta, ma meglio di niente...

«Come va?».

Mi girai di scatto alzando la posizione di guardia. Il ragazzetto aveva in mano un vassoio d'argento con sopra una zuccheriera e due tazze di un servizio floreale in ceramica. Rimase a guardarmi per un istante.

«Possiamo accomodarci in sala. Se mi vuoi seguire».

Mi diede le spalle e io mi rilassai. Il salone era pesante e triste. Alle pareti, teste impagliate di animali sorpresi nei boschi e vecchi moschetti. Dei quadri rappresentavano cani da punta. Di fronte a una vetrata tre metri per tre che si affacciava sul parco tormentato dalla pioggia, un divano e due poltrone dai ricami crema e rosso vermiglio. Un grande camino con sopra l'infelice testa di un alce dava l'idea di essere il passaggio buio per un altro mondo. Il ragazzo posò il vassoio sul tavolino d'avorio fra la vetrata e il divano.

Io mi sedetti su una poltrona, lui s'accomodò composto sul divano. Presi la mia tazza e lasciai cadere un paio di zollette di zucchero di canna dentro la fanghiglia di caffè all'americana.

Lui prese la sua e la strinse tra le mani.

«Cosa sei venuta a fare?»

«Sono successe delle cose brutte e, arrivati al punto a cui siamo arrivati, ho pensato che tu dovessi essere informato».

«Te lo chiedo un'altra volta: cosa sei venuta a fare a casa mia?».

Il tono del ragazzo si era fatto ostile. Non ero un'ospite gradita.

«È per Veronica... Non so se hai saputo cosa le è successo...».

Strinse i denti, e la mandibola diventò ancora più quadrata, rendendo duro il suo viso.

«Sono stato informato».

«Be', io ero con lei... se hai qualche domanda...».

Posò la tazza. Anch'io posai la mia per prendere una sigaretta e accenderla velocemente.

«Ha sofferto?».

Abbassai lo sguardo sul posacenere massiccio in cristallo.

«Sì».

Lo guardai. Intorno agli occhi si era addensato un rossore intenso.

«Perché sei qui?»

«Non sono venuta per parlarti di Veronica. Sono venuta per Emma».

Lo sguardo gli si abbassò ulteriormente, e dal tavolino scivolò sui suoi piedi. Con una mano si nascose il volto toccandosi la fronte.

«Cosa vuoi?»

«Voglio solo che tu sappia cosa sta succedendo a tua figlia. Ho provato a chiedere l'affido, visto che i nonni non ne vogliono sapere di crescerla».

Per un istante tornò a guardarmi con un lampo di sorpresa negli occhi, ma non resse lo sguardo nemmeno per un secondo.

«Però non so cosa potrebbe decidere il giudice. Per ora l'ha affidata a un istituto di suore... Emma non sta bene lì. È tua figlia. Tu hai dei diritti, se vieni con me possiamo fare in modo di fartela riavere».

Il rossore dagli occhi si era allargato a buona parte del

volto espandendosi sulle tempie e conquistando le gote per intero.

«Non posso».

Bisbigliò.

«Che vuol dire non puoi?»

«Se la vedo, io muoio...».

«Che cazzo dici? Ma che cazzo vi prende a tutti? Perché avete paura? Cos'ha Emma...».

La mano sulla fronte ormai gli copriva totalmente il volto.

«Senti Giulio, tanto per essere chiara, ho fatto l'impensabile per evitare che Emma finisse esattamente dove si trova adesso e, che ti piaccia o no, hai dei doveri... Sei comodo nella tua villa gigante? Sappi che invece tua figlia è in un istituto, in mano a gente che le sta dicendo che è colpa sua se la mamma l'ha lasciata».

«Non è casa mia. Sono il custode».

«E chi se ne frega! O mi dici cosa cazzo sta succedendo o ti prendo a calci in culo fino all'aeroporto e, una volta scesi a Torino, continuo a prenderti a calci in culo fino all'istituto dove sta Emma».

Se c'è una cosa di cui mi pento è di aver fatto quella domanda. Mi sarei dovuta alzare dalla poltrona e andarmene via per sempre. Invece la feci e quello che sentii quel giorno, pagherei qualunque prezzo pur di dimenticarlo.

Giulio si levò la mano dalla fronte e mi guardò in faccia, gli occhi lividi e tristi.

E poi iniziò a parlare.

51

«Il suo piede sottile, sulla mezza punta che fa pressione sul pavimento del portico, facendo muovere le ossa sotto pelle, dando una leggera spinta costante al dondolo. Questa è la prima cosa che ricordo.

Mi sentivo emozionato. Eravamo rimasti soli a casa, e anche se sapevo che non era un bel pensiero, ero felice di rimanere con lei.

Era la notte di San Lorenzo, e stavamo col naso all'insù ad aspettare le stelle cadenti. Lei succhiava una collanina fatta di cerchietti di zucchero rosa, celesti e gialli. Dalla sua bocca, piccoli rumori si aggiungevano ai suoni dei grilli e delle cicale e, ogni tanto, al lamento elettrico delle falene che rimanevano incastrate nella lampada anti insetto, attirate dalla luce blu e bruciate dalla serpentina. Le ali prendevano fuoco facendoci arrivare rapide zaffate di fumo alle narici.

Il suo ginocchio strusciava contro il mio nell'andirivieni del dondolo. Mi concentravo molto su quel contatto. Ero tutto attento a sentire la sua pelle sulla mia. Ma pensavo che lei non lo sapeva, che non c'era bisogno di scansarmi, di vergognarmi. Non lo poteva sapere nessuno quello che pensavo.

Le luci in casa erano rimaste accese e la illuminavano con

un bagliore delicato. Ma non la guardavo a lungo. Solo ogni tanto mi giravo a darle un'occhiata, e lei era tutta presa a fare rumore succhiando le sue caramelline e ad aspettare che qualcosa dal cielo cadesse giù. Il suo viso era ancora quello della bambina che era appena stata. I capelli li aveva raccolti qualche giorno prima con due trecce alla francese. Non voleva disfarle ma i ciuffi le uscivano scompigliati dall'acconciatura.

Le sue cosce erano bagnate di caldo e umidità. Così come alla base del collo, la pelle era lucida. I suoi odori si stavano intensificando tanto da farmi pensare che forse era meglio alzarmi da quel dondolo. Invece restai.

"Altri cinque minuti", mi ero detto.

Poi però le stelle iniziarono a cadere. La prima era gigante, e nel cadere sembrava che avesse dato una specie di segnale alle altre, perché tutte iniziarono a striare il cielo. Veronica scattò in ginocchio sul dondolo e per sporgersi affondò le mani sulla mia gamba, costringendomi a chiudere gli occhi dal dolore.

"Contale, contale... Dobbiamo sapere quanti desideri abbiamo".

Aveva il collo totalmente inarcato verso l'alto. Io invece non riuscivo più a respirare. Da quella posizione decise di sedermisi in braccio, e con i piedi ricominciò a spingere il dondolo.

"Quante saranno state? Cento?"

"Può darsi".

Mentre lo dicevo, le mani, senza che io glielo ordinassi, mi erano andate a finire sulla spigolosità delle sue ginocchia, e facevano su e giù fino alle cosce nel movimento imposto dal dondolo. Le dita scivolavano sulla sua pelle ba-

gnata, e potevo solo sperare che non si accorgesse di quello che mi stava succedendo mentre continuava a strusciarmisi addosso.
"Ora devi alzarti e andartene in casa", mi ordinai.
"Un altro po' poi vado", mi giustificai.
"Io mica lo so se ce li ho cento desideri".
Una falena si scontrò contro la serpentina elettrica. Zaffata di bruciato fra gli odori di Veronica.
Le risposi dopo un po' con la voce strozzata.
"Io invece ne ho uno grandissimo. Potrei usare cento stelle per realizzarlo".
Lei si girò di scatto mettendomi un braccio intorno al collo con un sorriso a denti stretti, in modo che la collanina non le sfuggisse dalla bocca.
"Quale?"
"Un bacio".
"Un bacio vero? Da chi lo vuoi?".
Pensai che avrei dovuto alzarmi, togliermela di dosso e correre a rintanarmi in casa. Ma Veronica aveva chiuso gli occhi e aperto le labbra, facendo scivolare via le tre caramelle che teneva ostaggio in bocca. Mi baciò senza ritegno, muovendo la lingua con sgraziata passione, riempiendomi del sapore che aveva in bocca, che era quello delle leccornie per bambini.
"Non faccio altro", pensai, "soltanto un bacio".
Poi si girò e continuò a strusciarsi, spingendo sempre più forte il dondolo.

Non lo so nemmeno io come le mie dita finirono dentro le sue mutandine, e ancora non capisco come presi la decisione di spingere giù l'elastico fino a farle calare sulle ginocchia. Ma lo avevo fatto, e avevo anche iniziato a spingermi dentro di lei mentre guardavo la sua schiena punteggiata da gocce di sudore. Ogni tanto una scivolava giù trascinandosi dietro le altre e scomparendo sotto il vestitino leggero, il vestitino bianco con i ricami a fiori. Dal riflesso sul vetro della portafinestra potevo guardarla in faccia. Aveva gli occhi al cielo, ancora a cercare stelle, mentre il respiro si affannava e la voce un po' soffocata mi chiedeva di fare piano, di non farle male.

Io non mi preoccupavo di nient'altro che di farmi strada dentro di lei, aprendola, spingendomi nel suo ventre chiuso.

Il suo corpo si muoveva piano nel lento ritmo regolare della colpa.

Io pensavo, come un idiota: "Altri cinque minuti, poi mi sposto, poi me ne vado, poi sarà come se non fosse successo niente...".

Ma stava succedendo tutto. Tutto era già successo.

Sentii gli spasmi del suo corpo, poi qualcosa sciogliersi e colarmi addosso per far scattare anche me, appoggiato con la fronte alla sua colonna vertebrale, fino a farmi irrigidire all'indietro, guardandola nel riflesso. Aveva la bocca spalancata come se potesse ingoiare il cielo e le stelle e il mondo intero. Ma il mondo non svanì quella notte nella sua gola.

La macchina di mamma e papà prese il vialetto. Veronica mi fece sgusciare via da lei e corse in camera sua. Io ci misi un attimo, però scappai anch'io prima che i nostri genitori scendessero dalla macchina.

Ma era tardi per scappare, ed era tardi perché non avessero visto... era tardi per qualunque cosa. Mi chiusi la porta della camera alle spalle. Dall'altra parte del muro sentivo Veronica trascinare la sedia davanti alla porta in modo

da bloccare la maniglia. Papà stava già bussando come una furia e mamma piangeva.
Una sola volta. È successo una sola volta».

Il cuore mi si era spezzato. Di fronte a me avevo il fratello della ragazza che beveva forte. Il padre di Emma. Un ragazzo di vent'anni, piegato in maniera irreversibile da una colpa il cui solo nome fa paura.
Emma era la figlia di un incesto.

52

Provai ad alzarmi, ma le ginocchia non ressero il mio peso e mi accasciai di nuovo sulla poltrona. Allora mi presi un attimo per recuperare e riprovare. Alla fine riuscii a mettermi in piedi.

Feci dei passi verso la finestra, poggiai le mani sul vetro freddo. La pioggia cadeva severa e il sole calava dietro le nubi scure andando a levare ogni bagliore di luce dal paesaggio.

Restai così, dandogli le spalle.

«E poi... cos'è successo?»

«Mamma e papà ci hanno separati immediatamente. Mi hanno mandato a Londra, per imparare la lingua... Una vacanza studio. Intanto Veronica era rimasta a casa, sola con loro due. Deve essere stato tremendo».

«Quando ha scoperto di essere incinta?»

«Ci è voluto un po'. Non le sapeva certe cose, lo ha capito mamma quando era già al quarto mese avanzato... troppo tardi per intervenire. Hanno provato a farle dare via la bambina, ma Veronica non ha voluto sentire ragioni. L'hanno tenuta in casa fino al parto, poi le hanno preso un posto in affitto e hanno pagato le spese fino al compimento dei diciotto anni. Non l'hanno mai più voluta vedere».

«A te invece com'è andata?»

«La vacanza studio si è trasformata nell'iscrizione a una scuola e alla fine sono rimasto a Londra. Lavoro qui, per quattro mesi l'anno faccio da custode in questa casa. I miei mi sostengono economicamente. Non mi hanno mai incolpato per quello che è successo. Per Veronica invece non è andata allo stesso modo. Se non ci fosse stata Emma, forse...».

«Hai lasciato che pagasse anche per te?»

«Sono un vigliacco, pensi che non lo sappia? Ma credimi, non c'è un giorno in cui non pago per quello che ho fatto... E il prezzo è rivivere e rivivere quei momenti cercando di immaginare di essermi alzato alla prima stella cadente e di essere andato in camera mia per non uscirne più. Ma anche oggi, anche ora che è morta, anche in questa situazione in cui vedo chiaramente che è tragico e terribile ciò che quella notte ha innescato nelle nostre vite, io non capisco come sia stato possibile che sia nato tutto da un atto d'amore. Io la amavo, io la amo ancora e per sempre. La mia sorellina...».

Mi voltai a guardarlo. Era curvo su se stesso, abbandonato in un mondo cupo e malato che avrebbe ruotato intorno al suo peccato bianco per il resto dei suoi giorni.

Un atto d'amore. Che li aveva infettati per sempre. La piaga invisibile di una malattia feroce.

Con lo sguardo al pavimento mi ritrovai dietro di lui, alzai la mano per posargliela sulla schiena, ma rimase sospesa lì, come se qualcosa mi impedisse di andare a fondo in quel contatto.

Uscii da quel salone e poi dalla villa, sotto la pioggia fredda.

Avrei protetto Emma anche da quello. Non avrebbe mai

saputo. Non avrebbe mai dovuto portare addosso quel marchio. Perché questo era Emma, la figlia di un incesto. Così come io ero stata la figlia di un errore.

Non avrebbe mai sentito nemmeno l'eco di quel peso.

No.

L'avrei custodito io per lei.

53

All'aeroporto ero seduta su una panchina ad aspettare che la notte finisse, e che arrivasse l'ora del mio imbarco. Poca gente. Ogni tanto riecheggiavano le ruote dei trolley spinti con calma.

Un paio di ragazzine davanti a me si erano sdraiate scomposte, avevano vestiti e capelli colorati, le facce di chi paga una vacanza di stravizi. Avrei dovuto provare anch'io a dormire un po', ma la storia della ragazza che beveva forte mi girava in testa senza tregua. La potevo vedere distintamente, lontano negli anni, spingere quel dondolo a urtare il primo tassello del domino che, crollando, aveva fatto precipitare gli eventi che l'avevano portata, quella sera sul ponte, a cadere in ginocchio di fronte a me.

Erano le cinque di mattina e il sole non sembrava voler più sorgere. Il mio volo sarebbe partito di lì a una ventina di minuti. Mi avviai verso il gate diciassette con addosso la sensazione del lutto.

Passai per la pista illuminata di giallo. La pioggia si era stancata ed ora cadeva senza convinzione in gocce sottili.

Quando l'aereo iniziò ad accelerare per poi staccarsi da terra, guardai la pista allontanarsi, e desiderai che rimanesse al suolo anche quella nuova percezione di tragedia che mi si era annidata dentro.

Una volta superato lo strato di nuvole, mi aspettava il cielo che iniziava a schiarire da lontano. Una striscia arancione e porpora alzava la voce per offuscare le costellazioni e colorare tutto di celeste. Quando l'aereo si mise in orizzontale, alla fine dell'ascesa, un *tin* meccanico fece illuminare il segnale *slacciate le cinture*. Sospesa in mezzo a tonnellate d'aria capii una cosa: non c'era più terra in cui scavare. Certo, ero arrivata in profondità, e quello che avevo trovato nel passato della ragazza che beveva forte era un lavoro losco, ma non abbastanza. Tanti volti ma nessun nemico, e alla fine, sul fondo, lo scheletro di una ragazzina rimasta vittima di se stessa.

Nessuno, nessuno avrebbe potuto volere la sua morte.

Fra le mani avevo solo una brutta storia che avrei voluto dimenticare. Nient'altro.

Una brutta storia.

Le piste che avevo seguito, in realtà, erano solo le venature di un passato senza lieto fine nel presente.

Mi rimaneva solo la certezza che ero stata segregata con lei, e che io ne ero uscita mentre lei no. E anche quei ricordi iniziavano a non sembrarmi più tanto reali, come se la mia mente mettesse in dubbio l'esistenza stessa di quei giorni e del loro buio.

Sapevo che non era stato solo un brutto incubo, le costole me lo ricordavano bene, ma quando i ricordi diventano distanti, e quando sono così confusi e assurdi, tutto prende la piega dei sogni.

Per come stavano le cose, l'unica ipotesi che mi rimaneva era che ci avesse rapite un maniaco, che avesse scelto lei e non me per la stessa fortuna che fa scattare a vuoto il tamburo di un revolver in un giro di roulette russa.

Perché non mi avesse uccisa, o tenuta lì per quando gli fosse tornata la voglia di mutilare, non lo avrei mai saputo.

Nessun'ombra sarebbe spuntata da dietro l'angolo per attaccarmi. Ero al sicuro, io come Emma. Salva, sopravvissuta.

Qualunque cosa fosse stata, era passata. Storia chiusa.

L'aereo aveva cominciato la discesa inclinandosi a destra e poi a sinistra.

Avevo lontana nella testa la stessa intuizione che avevo avuto in orfanotrofio, quando venivo punita dalla madre superiora e dentro di me mi facevo forte del fatto che, un giorno, i miei genitori sarebbero venuti a prendermi e gli avrebbero fatto pagare ogni colpo, ogni punizione, ogni cattiveria.

Lo sapevo che non sarebbe venuto nessuno.

Lo sapevo allora come adesso, che non basta raccontarsi delle favole perché si sostituiscano alla realtà.

54

Giò era appoggiato al pick-up con le braccia conserte e gli occhiali da sole, sui quali si specchiava la mia immagine in avvicinamento, sempre più sbattuta e spettinata.

«Grazie per avermi chiamato come promesso».

Posai il borsone in macchina.

«Hai ragione, scusa».

Montai in macchina e dopo un po' anche lui fece lo stesso.

«È andata così male?»

«Be', posso dirti che se avessi passato le ultime ore a nuotare a stile libero in una pozza di merda, a quest'ora mi sentirei più pulita».

Mise in moto.

«Dovresti veramente rivedere il tuo vocabolario... cos'è successo?»

«Posso darti un consiglio, Giò? Non chiedermi niente di questo viaggio a Londra. Perché, credimi, è meglio non saperne niente. Ti basti il fatto che il padre di Emma non c'entra in nessun modo con il rapimento, e a questo punto nemmeno gli Incisi. C'erano dei motivi per non voler vedere la figlia. E che fossero terrorizzati da Emma... avevano le loro ragioni. Non dico che siano buone, ma c'è una spiegazione a tutto».

«A tutto tranne che all'uccisione di Veronica».

«Così sembra. Resta solo l'ipotesi dell'omicidio casuale, e a quanto pare ci dovremmo accontentare di questa. Ormai abbiamo allertato la polizia, e quello che abbiamo scoperto non ci ha dato nessuna risposta. Per come la vedo io, l'unica cosa su cui dobbiamo concentrarci è l'affido di Emma. Portarla via il prima possibile dall'istituto e poi, finalmente, voltare pagina».

Giò annuì con le labbra storte verso destra. Lo sapevo benissimo che nemmeno a lui poteva piacere rimanere senza risposte, ma bisognava riconoscere che eravamo spalle al muro.

«Se è così che stanno le cose, ragazzina, allora dobbiamo scrivere una lettera anonima alla polizia in cui raccontiamo quello che vi è successo in mezzo al bosco. Non possiamo rimanercene zitti sapendo che c'è un maniaco in giro che rapisce e tortura le ragazze».

«Hai ragione, ci penso io».

Continuò a guidare, e io mi addormentai con la faccia stampata sul finestrino.

Quando arrivammo sotto casa mia, Giò mi posò una mano sulla spalla per svegliarmi.

«Datti una sistemata. Fra poco più di un'ora arrivano quelli dei servizi sociali per l'ispezione. Io mi prendo un cappuccino al bar. Quando sei pronta fammi uno squillo così ti porto un caffè. Ok?».

Quella prospettiva mi svegliò per bene, sostituendo la stanchezza e la spossatezza con una sensazione di ansia crescente.

Dopo tre quarti d'ora eravamo nel mio appartamento. Mi ero sistemata con il vestito da donna in carriera, e fumavo la mia Fortuna seduta sul cornicione della finestra per non appestare il monolocale. Giò lo aveva sistemato davvero bene, una mano di vernice celeste alle pareti dava un tocco di luce e calore all'ambiente, il fornelletto da campo era stato sostituito da un piccolo set da quattro fuochi e forno, incastrato con grande fantasia vicino al lavabo e la tenda rosa era sparita. Un paio di armadi di tela colorata erano stati messi nei pochi centimetri liberi come colonnine ai lati del letto. Anche il bagno era stato riorganizzato con un box doccia dai vetri satinati, e la muffa era solo un ricordo. Pensai che con un po' d'impegno in più, in quegli anni, avrei potuto passarmela molto meglio lì dentro.

«Hai fatto un piccolo miracolo».

Giò, appoggiato al lavabo, diede un'occhiata in giro.

«Ti piace?»

«Altroché. Dovevamo incontrarci prima io e te, lo sai?».

Giò sorrise, arrossendo appena. Il suono del citofono interruppe quel momento per riportarci alla realtà con la stessa delicatezza di una secchiata d'acqua gelata. Gettai la sigaretta di sotto e corsi alla cornetta del citofono. Mi sistemai il vestito e diedi un'occhiata intorno. Tutto a posto. Io e Giò, in piedi davanti alla porta aperta, ci guardammo, lui con determinazione, io con paura.

Il ragazzo dei servizi sociali era lo stesso che avevo incontrato dal giudice, neanche il completo in acrilico che indossava era cambiato. Ci trovò sulla soglia d'ingresso, e per un attimo nessuno disse o fece niente, come in quei western fatti di sguardi lunghissimi, prima che le pistole vengano estratte, e nel giro di un battito di ciglia uno dei due cowboy cada a terra. Alla fine Giò ruppe gli indugi.

«Benvenuto. Possiamo offrirle un caffè?».

Il ragazzo si aggiustò i capelli e sorrise.
«Volentieri, così parliamo».
Ci accomodammo sul divano e lui prese una cartellina da presentatore TV e una biro nera dalla sua borsa di pelle lisa.
«Bene. Questa è l'abitazione di residenza della signora Innocenti, giusto?»
«Sì, giusto, ma in realtà, come avevamo detto anche durante il colloquio con il magistrato, vivo da Giovanni. Teniamo questo monolocale come appoggio, per quando veniamo in città».
Mi guardò, poi abbassò gli occhi sulla cartellina e scrisse qualcosa velocemente.
«Ha esperienza con i bambini, signora Innocenti?».
La caffettiera iniziò a borbottare, il fumo usciva dal beccuccio, e sospettai che anche le mie orecchie, di lì a poco, avrebbero cominciato a fumare.
«In questi anni mi sono presa spesso cura di Emma. Quando Veronica andava al lavoro la bambina stava con me, ma a parte lei, no. Non ho altre esperienze».
Di nuovo la biro precipitò sul foglio per andare a scrivere qualcosa. Mi morsi il labbro inferiore. Giò posò sul tavolino basso un vassoio con tre tazzine e delle zollette di zucchero. L'assistente sociale prese la sua e, sorseggiando il caffè, diede un'occhiata in giro.
«E come mai si vuole prendere la responsabilità di un minore?»
«Io... voglio bene a Emma, e l'idea di lei da sola con degli estranei mi fa male».
Niente contatto visivo. I suoi occhi rimbalzavano fra i pochi metri quadrati che componevano la stanza. Posò la tazzina.

«Può avere figli, signora Innocenti?»

«Come?»

«Le ho chiesto se è sterile o se invece può avere figli suoi».

«Credo di poterne avere».

Avevo la faccia aggrottata. Non capivo dove volesse andare a parare. Se mi tirava fuori anche lui la cazzata dell'orologio biologico non ero sicura che mi sarei trattenuta.

«Uhm... Non ha mai provato?»

«No».

«Lei vorrà dei figli in futuro?».

Respirai, cercando di recuperare un minimo di controllo.

«Non è mai stata una mia priorità».

«E perché, ora, ottenere la custodia della bambina è diventata una priorità?».

Il colloquio si stava trasformando in un ruzzolone giù per le scale. Dovevo trovare qualcosa a cui aggrapparmi.

«Emma non è un progetto, o un desiderio di maternità. Non so se veramente posso riuscire a farle capire bene quello che ho in testa, ma visto che è lei che deciderà se sono all'altezza o meno, ci provo. Non è che ti scegli tutto nella vita, e quando ho visto che Veronica non tornava, l'unica certezza che avevo era quella di dovermi occupare di Emma. E più stavamo insieme, più diventavamo... una famiglia».

Senza volerlo allungai un braccio e afferrai la mano di Giò, stringendola forte.

«Noi siamo una famiglia... noi tre. Ci proteggiamo e provvediamo ai desideri e alle necessità l'uno dell'altra. Non voglio un figlio, e non posso dirle se ne farò mai uno, ma se c'è una cosa di cui sono certa al cento per cento è che non lascerei mai sola Emma. Potrà sempre contare su di me, e saprà sempre che per me, lei viene prima di qualunque cosa».

L'assistente sociale mi fissava senza espressione. Io invece mi sentivo la faccia talmente bollente da poterci cuocere sopra un uovo.

«Va bene, va bene. Posso fare un giro?»

«Certo. Non è che ci sia molto da vedere, prego».

Il ragazzo si alzò, e i pantaloni gli rimasero alti sulle caviglie a scoprire i calzini di filo.

Mise il naso in tutti gli angoli del monolocale e appuntò, qua e là, qualcosa sulla cartellina. Alla fine, al centro della stanza, fece un giro su se stesso con il naso per aria, poi si inginocchiò e guardò sotto il divano. Indietreggiai di un paio di passi. La borsa con i soldi. L'avevo lasciata lì, e l'ultima volta che avevo attinto non mi pareva per niente di aver richiuso la zip. Il ragazzo si alzò scrutandomi.

«È lì che dorme la bambina?», chiese mentre il suo dito puntava nella fessura sotto il divano.

Giò spostò il tavolino basso e tirò fuori una rete con un materasso sottile, e in due mosse sistemò un lettino da campo già rifatto, con lenzuola rosa.

Giò doveva aver spostato i soldi.

«Non capita quasi mai, ma se una sera andiamo al cinema e non ci va di tornare fino a casa, restiamo qui».

«Bene, bene. Credo di aver visto tutto. Ora andiamo da lei, signor Rietto».

L'assistente sociale insistette perché io rimanessi lì, non c'era motivo che arrivassi fino a casa di Giò. Avevamo parlato, e quello che ci eravamo detti gli bastava. Doveva solo valutare l'altro ambiente dove avrebbe abitato Emma.

Restai da sola. Non avevo capito se le cose erano andate bene o male e non mi sentivo più tanto in me. Presi una Fortuna e me l'infilai in bocca. La testa rivolta verso il soffitto, appoggiata sulla spalliera del divano. In mano l'accendino che non mi decidevo a usare.

Mi mancava Emma... e il suo odore. Mi mancava terribilmente.

55

«Non è un colpo facile, ti avverto. Però, se ti trovi spalle al muro e con le possibilità di movimento ridotte, questo ti può aiutare a distanziare l'avversario».

«Ok, fammi vedere».

«Una cosa alla volta. Prima lo devi capire, poi lo puoi usare. Allora, il principio è quello della frusta, per cui il movimento del braccio prosegue lungo l'estensione della frusta fino a farne schioccare la punta. Così, attraverso l'indurimento dei muscoli, prima delle spalle, poi del bicipite e a seguire dell'avambraccio e del polso, tramite la vibrazione hai un colpo che trasmette una spinta potente. Una volta veniva usato in maniera mortale, ma non ottenevi il risultato subito, ma solo qualche giorno dopo. Colpendo il punto giusto, puoi rompere i capillari di un organo e provocare un'emorragia interna, ma non ci interessa. Se ti trovi a combattere, vuoi avere i risultati sul momento. Ci sarebbe, in realtà, un modo per eseguire il colpo in maniera letale. Potresti andare a colpire all'altezza del cuore e, esercitando la giusta pressione, farlo esplodere ma, a essere sincero, non credo che ci riusciresti nemmeno con dieci anni di allenamento».

«Giò, te la posso fare una domanda?»

«Dimmi».

«Ma non pensi che faremmo molto prima a prendere una pistola? Voglio dire, queste mosse di cui mi parli sembrano davvero super, però... non è roba un po' da videogioco?»

«Senti, ragazzina, il guaio delle armi è che finisci per contarci troppo, e credimi, disarmarti sarebbe facile come rubare le caramelle a una bambina. E per quanto riguarda i videogiochi... Vieni qui, ti faccio vedere».

Aveva il corpo aderente alla parete e mi aveva appoggiato il pugno contro la spalla. Non c'era un filo d'aria fra le sue nocche e la mia pelle. Non si mosse. Soltanto, a un certo punto, il polso fece un microscatto. Sentii una specie di onda d'urto attraversarmi da parte a parte, e in un istante mi trovai scaraventata a mezzo metro di distanza da lui, culo a terra.

Il colpo mi vibrava ancora dentro.

«Insegnamelo!».

Passammo la mattinata a lavorare su quel colpo. Non lo imparai in quelle ore, ma, a detta di Giò, miglioravo a ogni tentativo.

Avevo scritto la lettera anonima, e l'avevo spedita alla Questura in cui ero andata a denunciare la scomparsa della ragazza che beveva forte. Scrissi tutto per filo e per segno, di come e dove eravamo state rapite, dei giorni in cui Veronica era stata torturata e poi uccisa, mentre io ero la spettatrice inerme di quel massacro. Avevo indicato il punto preciso del bosco in cui ero stata ritrovata, e aggiunto alla fine che non avevo il coraggio di presentarmi alla polizia. Sapevo che sarebbe stato mio dovere, ma non avevo trovato la forza. Però, quando avevo letto l'articolo sulla ragazza scomparsa, avevo pensato che almeno una lettera per aiutare le indagini avrei dovuto scriverla.

Poi i giorni si susseguirono in un moto costante, fra gli allenamenti, le rifiniture al dojo, che ormai era pronto, e le stampe dei volantini per pubblicizzarlo.

E alla fine era arrivato anche il giorno della verità, lo avevamo aspettato con il fiato sospeso. Mancavano poche ore, e saremmo arrivati al momento in cui il giudice Orlando ci avrebbe incontrati per comunicarci la sua decisione in merito all'affido di Emma. Mi ero sforzata di pensarci il meno possibile, di concentrarmi più che altro sul momento in cui saremmo tornati tutti e tre a casa, insieme.

Non la vedevo da una settimana. Ogni tanto, di notte, ero anche andata di fronte all'istituto, a guardare i vetri bui delle finestre chiuse in caso si fosse affacciata, o forse semplicemente per sentirmi vicina a lei.

Ancora poche ore. Si trattava di resistere solo poche ore.

Dopo la doccia, davanti allo specchio, mi guardai bene negli occhi. Le gocce scivolavano sul mio viso senza che le sentissi, e vidi me stessa come a volte si vedono le persone che hai sempre davanti, ma che all'improvviso trovi diverse. Ero altro dalla ragazza che ero sempre stata. Qualcosa nello sguardo. Dietro i soliti lineamenti era nata una nuova forza, ed era visibile.

Gli eventi sarebbero andati dove volevo io, a costo di trainarli a mani nude.

56

Sulla panca di legno, di fronte alla porta chiusa dell'ufficio del giudice Orlando, avevo le mani congiunte e agitavo le gambe provocando un piccolo terremoto. All'improvviso sentii le sue scarpette correre sul marmo, e la voce dell'assistente sociale che la richiamava, ma Emma era inarrestabile. Aveva chiuso i pugnetti e correva verso di me, determinata come un atleta a pochi metri dal nastro della vittoria.

In un attimo me la ritrovai addosso, e sentii bene il suo peso leggero arrivare con tutto il suo calore. La strinsi con gli occhi chiusi, provai a trattenere il profumo che mi era tanto mancato.

«Guarda chi ho portato a salutarti».

Presi il piccolo recipiente di plastica. Dentro, la tartaruga si muoveva agile, dimostrando che le cure stavano funzionando alla grande.

«Oh, Rughetta!».

La prese e se la mise sulle ginocchia, tenendola ferma per il guscio.

La porta si aprì in quel momento e il giudice Orlando, con il suo sorriso allegro, ci salutò con un gesto sbarazzino della mano.

«Buongiorno a tutti. Vorrei parlare in privato con lei, signora Innocenti».

«Certo giudice».

Afferrai Emma sotto le braccia e l'aiutai a scendere, ma al primo passo che feci verso l'ufficio, mi accorsi che si era aggrappata alla borsa e mi seguiva facendo finta di nulla. Mi misi in ginocchio tenendole le spalle e mi avvicinai al suo orecchio per non farmi sentire. «Ok, aspettami qui con Giò. Se mi dai retta, quando esco andiamo a mangiare un gelato supergigante».

Mi sorrise lasciando la presa.

Poi mi diressi dentro la stanza elegante dove avrei saputo come sarebbero andate le cose. Sulla soglia provai il desiderio di voltarmi un'ultima volta verso di loro e fissare quel momento in cui tutto era ancora possibile. Ma mi venne in mente la storia di Orfeo, e di quando era sceso fino nell'Ade, il mondo dei morti, per riprendersi il suo amore, e a pochi passi dalla salvezza si era voltato a guardarla, infrangendo il patto con gli dèi e facendo sfumare la possibilità di riportarla alla vita. Non volevo portarmi sfortuna. Non mi voltai. Afferrai la maniglia della porta e me la trascinai dietro richiudendola.

«Vuole un caffè? Mi hanno appena portato questa nuova macchinetta, è ottima».

«Grazie giudice, ma credo di essere già abbastanza agitata».

Così mi sedetti sulla poltrona in cui pochi giorni prima mi era stata tolta Emma.

La Orlando invece iniziò a trafficare, con poca agilità, con una cialda. Alla fine di una lotta sempre meno contenuta, era riuscita a far sputare caffè alla macchina. Si girò verso di me con il sorriso del trionfo. Girava il cucchiaino nella tazzina mentre mi studiava un po' con lo sguardo.

«Bene, bene. È stata al Madre Margherita Lenzi fuori dall'orario delle visite?»

«Sì, sì... volevo solo parlare con un responsabile, per essere sicura che tutto andasse bene».

La donna diede un sorso al caffè, avvicinandosi alla scrivania, poi posò la tazzina e prese un assegno dal fascicolo aperto. Me lo passò. La firma di Giò sul rettangolo di carta.

«Per caso avete provato a corrompere la madre superiora?».

Mi aggrappai con le mani alla poltrona, come se di lì a poco potessero azionare il macchinario delle montagne russe lanciandomi giù per una discesa spaventosa.

«Corrompere? Per cosa? Io volevo solo che non si accanissero su Emma, e ho pensato che se fossi stata gentile, e avessi fatto una donazione...».

La Orlando sorrise, appoggiandosi con il fianco alla scrivania e posando l'assegno. La testa inclinata da un lato, faceva oscillare i ricci in un ripetuto no.

«La madre superiora ha raccontato un'altra storia».

«La madre superiora ha detto a Emma che era stata abbandonata dalla madre perché è disobbediente. Lo chieda alla bambina».

«Non ce n'è bisogno».

Si staccò dalla scrivania per sedersi sulla poltrona accanto a me. I suoi grandi occhi nocciola riflettevano la mia sagoma.

«Ho saputo che ha fatto un viaggio. Se era preoccupata della situazione in cui era Emma, perché ha deciso di allontanarsi?».

Come faceva a sapere del mio viaggio? Mi strofinai la faccia cercando di recuperare terreno, ma ormai la giostra era partita e non avevo modo di fermarla.

«Sono stata a Londra. Ho saputo dove vive il padre biologico di Emma. Quando ho visto che mi negavate anche le visite, ho capito che ero esclusa, allora ho provato a vedere se lui aveva intenzione di far valere i suoi diritti».

La Orlando sorrideva instancabilmente, con aria furbetta, ma in un modo buono, non malizioso.

«E come è andata con questo padre biologico?»

«Non vuole saperne».

«Ma se avesse accettato, lei non avrebbe ottenuto la custodia... Non le interessa più crescere questa bambina?».

Il mio corpo era così spinto all'indietro sullo schienale della poltrona che avrei potuto ribaltarmi da un momento all'altro.

«Quello che voglio è che Emma sia felice. Io so con certezza che posso farle vivere la sua infanzia, ma non ho la stessa certezza che me lo farete fare. Il padre le poteva almeno garantire di non vivere i prossimi tredici anni sballottata da una casa-famiglia all'altra. Ma non ha funzionato».

«A quanto pare no».

La Orlando saltò su dalla poltrona prendendo un altro foglio piegato in tre parti dalla scrivania, per andare, infine, a guardare fuori dalla finestra. Il suo corpo sottile sembrava non trovare pace.

«Sa cosa faccio di fronte alle richieste d'affido?».

Mi rilassai sullo schienale, rassegnata allo schianto.

«Mi dica».

«Metto alla prova i nuovi genitori. Lo faccio togliendo loro i bambini per un breve periodo. Per vedere quanto sono forti e reali le loro intenzioni. Lei ha ridipinto il suo monolocale, l'assistente sociale ha sentito l'odore di pittura fresca». Si voltò sorridendomi, fra le dita girava e rigirava il rettangolo di carta che alla fine riconobbi sbiancando all'istante. «Poi è andata al di là della Manica a cercare un padre pur di evitare alla bambina quello che invece a lei non è stato risparmiato».

Mi chiesi se fosse un magistrato o un cazzo di detective. Si diresse di nuovo alla scrivania, afferrando un altro foglio per firmarlo alla svelta e porgermelo.

«Mi ha proprio convinta. Ora lei è legalmente responsabile di Emma Incisi. Ha la custodia temporanea della bambina. La mia segretaria le manderà le indicazioni per avviare le pratiche per la richiesta d'adozione».

Sbatté la busta di carta sul palmo della mano, era la lettera anonima che avevo mandato alla Questura.

«Credo che tutte e due sappiamo che, quando una madre scompare nel nulla senza la figlia, è quasi sempre destinata a non tornare più».

Abbassai la testa, ma fu solo un momento, poi mi alzai in piedi con la voglia di urlare dalla gioia.

«Non si metta a piangere, però».

«No giudice. Ci può giurare, avrei voglia di abbracciarla».

«Non lo faccia».

Uscii dall'ufficio e presi Emma in braccio.

«Possiamo tornarcene a casa nostra».

La strinsi forte e in quel momento sentii l'Alien scivolare via. Guardai in alto, verso il soffitto.

"Promessa mantenuta. Ci penso io".

Forse la ragazza che beveva forte se ne era semplicemente andata lontana nell'altro mondo, senza osservarci dall'alto, ma in ogni caso, io sapevo di aver fatto qualcosa d'importante. La mia parola aveva avuto un peso che aveva cambiato le traiettorie della vita di Emma, della mia e di quella di Giò.

Giò si avvicinò per dare un bacino a Emma e una pacca a me. Se non fosse stato così veloce ad avviarsi verso l'uscita, avrei potuto vedere meglio la sua espressione commossa.

Salimmo in macchina con la sensazione di essere leggeri come l'aria.

Assolti dal dolore della separazione, assolti dalla lotta fra avvocati, assolti dall'orribile sensazione dell'impotenza.

Non potevamo sapere che tutt'altra condanna oscillava su di noi, minacciando di crollarci addosso da un momento all'altro.

57

Quello che ci rimaneva era il resto della vita. Il futuro, al quale mai e poi mai avevo guardato con tanta lucidità. Obiettivi da raggiungere, e la voglia trainante di andare avanti, ancora e ancora.

Era come se scalassimo la montagna guardando dritti alla cima, ma anche dal punto in cui ci accampavamo, la sera, a mangiare qualcosa tutti e tre insieme, capivamo benissimo che il panorama era già molto bello.

Emma aveva iniziato la prima elementare. Dal contatto forzato con gli altri bambini ne stava uscendo come una piccola leader, temuta e ammirata.

La palestra di Giò aveva ingranato. Anche se era fuori mano, era riuscito a convincere i clienti che, invece, quell'isolamento era un vantaggio, una sorta di selezione naturale che li avrebbe salvati tutti da corsi di boxe fatti al ritmo della musica pop del momento, fra guantoni rosa acceso, dove ci si allenava per imparare a sgomitare ai saldi di fine stagione. Andavamo forti soprattutto nei ritiri per il fine settimana. Al piano superiore del dojo, Giò aveva progettato delle camerate in stile militare, e per quarantotto ore i nostri clienti si allenavano come se dovessero partire per le olimpiadi.

In giardino avevamo organizzato un laghetto artificiale

per Rughetta, ovviamente con l'acqua riscaldata da un piccolo impianto solare. Le avevamo anche preso delle amichette, dando vita a una nuova società di testuggini.

Per quanto mi riguardava, invece, non c'era giorno che non ringraziassi la sorte per avermi fatto scoprire il significato di non essere sola, la sensazione chiara di essere sicura che non lo sarei mai più stata.

Restavamo a dormire nel prefabbricato venerdì, sabato e domenica, e ci eravamo rivolti a un bravo avvocato per avviare le pratiche dell'adozione. Senza paura, perché se c'era una cosa di cui ero convinta in quel periodo, era di aver attraversato il deserto senza una goccia d'acqua e di essere sopravvissuta, e quei momenti di buio erano stati sostituiti dalla luce delicata della prima mattina.

Era una domenica sera in cui tutti i nostri clienti più convinti erano tornati a casa loro dopo il ritiro. Noi eravamo tornate nel nostro monolocale, dove avevo finito di riordinare la cucina e mi ero fermata a guardare il piccolo torace di Emma fare su e giù mentre lei russava senza preoccupazioni sul suo piccolo lettino. Quella sera mi ero messa a letto senza avere ancora sonno, e continuavo a girarmi e rigirarmi, come se ci fosse qualcosa di scomodo, in qualunque posizione mi mettessi. Non era la prima volta che mi succedeva. Avevo sofferto d'insonnia per anni, ma quella sera avvertivo uno stato d'ansia come se ci fosse qualcosa lasciato in sospeso. Ma più ricapitolavo i miei impegni, più mi convincevo che tutto era in ordine nella tabella di marcia.

Quando sognai, sognai quello che non si incastrava bene nel mio nuovo quadretto felice.

Era tutto buio, e io sentivo di avere paura, tanta paura. Non respiravo bene e non potevo aprire la bocca. Non riuscivo a muovere le braccia perché erano bloccate. A un certo punto, dal soffitto, con un rumore teatrale, si era acceso un faro dalla luce blu elettrica. La ragazza che beveva forte era vestita da persona per bene, con una camicetta e un maglioncino, un paio di pantaloni scuri, i capelli rossi legati ordinatamente in una treccia. Fra le sue braccia Emma dormiva profondamente. Lei mi sorrise, ma era un sorriso strano, come se fosse un po' delusa da me. Provava tenerezza. Si trascinava dietro una sedia a dondolo, la posizionò di fronte a me e ci si sistemò cullando la bambina.

«Ehi Giud, non riesci a respirare?».

In quel momento sentii il mio fiato farsi sempre più corto e il naso chiudersi sempre di più. Feci cenno di no con la testa.

«Perché non usi lo spray? Ti ricordi dove l'hai messo?».

Mi agitai sulla sedia, sentii il tubetto del Vicks nella tasca destra, provai a muovere di nuovo le braccia, e le scoprii libere. Mi infilai una mano nella tasca ma era vuota. La ragazza che beveva forte annuiva nell'andirivieni della sedia a dondolo, che ora la portava alla luce, ora la faceva sparire nel buio.

«Non è lì Giud? Vuoi provare nell'altra?».

Cercai nella tasca sinistra, e lì si materializzò il Vicks.

«Ma come... com'è possibile?».

Non mi rispondeva più. La sedia dondolò all'indietro, scomparendo per un istante nell'ombra. Quando riapparve, la ragazza che beveva forte non c'era più. Emma dormiva, raggomitolata su se stessa.

Mi svegliai di soprassalto. La lingua si era seccata come tutto il resto della bocca, il naso completamente chiuso. Mi asciugai la faccia dalle grosse gocce di sudore.

Accesi la luce e presi lo spray, due spruzzate per narice e la testa indietro ad aspettare che i turbinati si seccassero, permettendo di nuovo all'aria di circolare. Avevo caldo. Dovevano aver acceso i riscaldamenti, il che spiegava come mai ero andata in apnea notturna. Quando alla fine ricominciai a respirare, presi un bicchiere d'acqua per riattivare la salivazione. Afferrai il Vicks e me lo rigirai in mano, il tappo verde e le scritte rosse. Cosa voleva dire quel sogno? Ci volle un po' prima di arrivare a comprendere quello che avrei dovuto capire sin dall'inizio di quella storia.

Afferrai il cellulare e le chiavi di casa, uscii in corridoio e chiamai Giò.

Segreteria telefonica e *bip* di ordinanza.

«Giò, ho scoperto una cosa. Chi ci ha rapite sapeva chi ero... Ti prego, chiamami appena senti il messaggio».

Quando mi ero risvegliata, durante la segregazione, con le narici libere, non era stato per un semplice quanto improbabile colpo di fortuna.

58

Rientrai a casa guardandomi intorno. Emma dormiva serena nel lettino rosa, mentre io sentivo l'allerta crescere in maniera esponenziale. I sogni, tutti gli incubi che avevo fatto in quei mesi, erano pezzi che la mia memoria aveva scrostato via dopo lo shock iniziale. Ora che mi sentivo veramente al sicuro, dentro di me qualcosa doveva essersi sbloccato, per farli tornare a galla come cadaveri che riemergono dal fondo di un lago. Una sorta di presagio, o meglio, un vero e proprio avvertimento. Ripensai a tutte le volte che la ragazza che beveva forte era tornata di notte a darmi indizi. Dopo tutto quello che era successo dalla richiesta d'affido di Emma, non avevo più riflettuto sul sogno dell'orfanotrofio, quello in cui finalmente avevo capito che sul ponte, prima che tutto avesse inizio, lei mi stava urlando di scappare.

"Perché dovevo scappare? Perché non mi stava chiedendo aiuto? Pensaci Giud, pensaci bene. Perché una donna che è stata aggredita ti urla di scappare mentre tu ti stai per buttare nel fiume?".

Un respiro più profondo degli altri. Mentre i polmoni si aprivano, gonfi come palloni aerostatici, il tonfo. Chi ci aveva rapite conosceva il mio problema respiratorio. Chi ci aveva prese, doveva avere deciso all'ultimo momento di catturare due persone, e non una. Aveva improvvisato ed era stato un rischio. Perché esporsi in quel modo? Perché non aveva scelta, altrimenti io mi sarei buttata dal ponte. Il nostro aguzzino voleva me, non lei. Lei doveva essere capitata sulla sua strada, e doveva essere diventata il diversivo che gli aveva permesso di catturarmi.

Avevo sbagliato tutto sin dall'inizio. Avevo creduto che fosse lei l'obiettivo, invece la ragazza che beveva forte era solo un antipasto. La portata principale di quel macabro banchetto ero io, ero sempre stata solo io.

Non riuscivo a buttare fuori l'aria. Ero bloccata come un cervo di fronte ai fari di una macchina. Perché non solo non ero al sicuro, e non lo ero mai stata, ma avevo portato con me, in mezzo a quel casino, anche Emma.

«Vattene Giud! Prendi la bambina e scappa!», mi dissi a bassa voce, come se ci fosse una seconda personalità dentro di me, pronta a prendere i comandi, sottraendoli alle mani tremanti della mia parte più spaventata.

«Svegliati Emma. Dobbiamo andarcene, subito!».

Emma aprì gli occhi mentre la stavo tirando giù dal letto.

«Svelta, svelta. Metti le scarpe e il cappotto».

Obbedì senza fare domande. Anch'io misi le scarpe e provai di nuovo a telefonare a Giò. Ancora la segreteria. Mi infilai il telefono in tasca e afferrai le chiavi della macchina. Aprii la porta di casa guardandomi indietro, per vedere se Emma mi seguiva. C'era, e guardava al di là della porta spalancata. Su di lei una grossa ombra scura.

È vero che a volte il tempo rallenta. Tutto sembrava andare in un lentissimo *slow motion*. Gli occhi scuri di Emma si sgranavano, la piccola bocca si apriva piena di paura, i piedini indietreggiavano mentre si stringeva al petto Mister Moto. Io non volevo voltarmi, perché sapevo bene che, appena lo avessi fatto, tutto sarebbe finito.

«Scappa Emma! Scappa».

Ma Emma non si muoveva. Non faceva altro che rimanere lì, sorpresa, nel mezzo della notte.

Poi il colpo, secco e potente, preciso sulla tempia. Mentre cadevo, l'attimo prima di perdere i sensi, l'immagine di Emma sull'orlo del pianto.

Poi, ancora, il maledetto buio.

59

Silenzio pneumatico nei timpani storditi.

Gli occhi ancora chiusi, e la coscienza che arrancava tentando di riemergere. La botta alla tempia si faceva sentire a ogni pulsazione, estendendosi alla fronte, poi fino al naso.

La corda stretta sui polsi.

Il ricordo delle labbra inclinate di Emma.

I legacci alle caviglie e tutt'intorno al cranio. Corde strette e ruvide.

Nel buio delle palpebre chiuse, come saldate, il ricordo del mento di Emma che vibrava nel bel mezzo del suo terrore.

La bocca sigillata dal nastro isolante.

Emma, dov'era Emma?

Ancora non riuscivo a trovare la via per tornare nel mondo concreto, quando un'intuizione mi prese per portarmi di nuovo alla realtà.

"Nessuno è pericoloso come chi non ha nulla da perdere".

Non so perché, ma questo pensai, sdraiata chissà dove e nelle mani malate di chissà chi... Non era vero, quella frase era un'enorme bugia. Io, ora, avevo tutto da perdere, avevo sul piatto molte più fiches di quante ne avessi mai possedute in una vita intera... Mi ero già trovata in quella situazione e, dall'odore di macelleria mista a latrina che regnava intorno a me, potevo capire benissimo che era la catapecchia in cui ero già stata mesi prima. Allora la mia unica preoccupazione era stata morire il più velocemente possibile, la mia unica speranza quella di essere risparmiata dalle torture terribili che erano toccate alla mia compagna di segregazione. Ora, invece, sentivo ribollire tutti i nervi e i muscoli. Potevo respirare la mia stessa paura, ma l'avrei tenuta a bada. Perché non mi sarei arresa, avrei lottato. Dovevo vincere. Dovevo vivere. Volevo vivere. Così, quando aprii gli occhi, sentii quello sguardo prendere vita dietro i miei lineamenti, quello sguardo che in realtà era un'armatura intera, e che non avevo mai veramente capito fino a quel momento. Se ci fosse stato uno specchio davanti a me, avrei potuto vedere nei miei occhi la stessa determinazione che avevo visto nella ragazza che beveva forte. Ma di fronte a me non c'erano specchi. Tutto era illuminato dalla luce arancione e instabile di una lampada a olio. Ero sdraiata su una superficie rialzata e potevo vedere un tavolo di metallo, di quelli per servire i pasti nei letti degli ospedali. Sopra il tavolo, degli attrezzi di metallo incrostati di sangue rappreso, attrezzi affilati e cattivi. Dietro di loro una lucina elettronica rossa. Era la spia di una telecamera che mi stava riprendendo.

Dovevo provare a tenere il respiro sotto controllo, come mi aveva insegnato Giò. Aspettare il momento giusto per far partire le endorfine...

Dietro di me, un ronzio elettronico aveva interrotto il silenzio. Deglutii la poca saliva che avevo in bocca. La mano ruvida mi afferrò il mento, spingendomelo all'indietro, ma le corde non gli permettevano di spostarmi troppo. Poi la macchinetta arrivò a contatto con i capelli, iniziando a raderli, strappandoli via in malo modo. La testa vibrava con il ronzio. Provai ancora a concentrarmi sulla respirazione, mentre con gli occhi cercavo di guardare dietro di me per quanto mi era possibile, per vedere chi dovevo ringraziare del trattamento che stavo ricevendo. Però non vedevo nulla, almeno fino a quando un braccio mi passò sopra la faccia per afferrare un bisturi dal tavolino di metallo. La lama mi sfiorò l'occhio destro. Il respiro mi si bloccò in gola costringendomi all'apnea. La lama fredda si appoggiò sulla tempia ferita. "Non mollare Giud, non adesso...", provai a dirmi, ma dentro di me gli organi sembravano essersi arrestati in attesa del colpo di grazia. Il bisturi si spostò dalla mia pelle alla corda che mi immobilizzava la testa, tagliandola di netto. Ripresi a respirare mentre la mano gigante mi spingeva la faccia da un lato, schiacciandola contro la superficie del tavolo di legno su cui ero legata.

Lo sentii grugnire mentre continuava a passarmi la macchinetta su un lato del cranio. Quando ebbe finito, ripeté l'operazione dall'altra parte. Studiavo la situazione con una lucidità nuova. Sapevo solo che qualunque cosa volesse farmi, sarebbe dovuto arrivare il momento in cui avrei potuto trovare un'occasione per fuggire. Quell'occasione era il mio traguardo.

Quando ebbe finito di rasarmi, mi bloccò la testa spingendo con il palmo di una mano sulla fronte. Con l'altra armeggiava alle mie spalle. Accese un macchinario che prese a emettere un *bip* continuo. Appena attaccò il primo sensore sulla tempia ferita, premendo fino a farmi mugolare dal dolore, il *bip* si fece scandito e regolare. Mi sistemò altri sensori sul cranio e sul collo. Mi stava facendo quello che aveva già fatto alla ragazza che beveva forte? Tutti i rumori che dall'altra stanza non ero riuscita a decifrare, ora li potevo visualizzare in quella sequenza di gesti rituali che avrebbero dovuto portare alla mia morte.

"Resisti, qualunque cosa accada... Resisti Giud", pensai, mentre aveva preso a passarmi la corda sulla fronte, immobilizzandomi di nuovo la testa al tavolo. L'occasione in cui avevo sperato si allontanava fino a diventare impalpabile quanto un miraggio. Una lacrima di disperazione mi scivolò via dall'occhio sbarrato.

Quando ebbe finito, vidi ancora il suo braccio passarmi davanti per afferrare un attrezzo che assomigliava a un taglia pizza. Una rotella dentata su di un perno di metallo.

Afferrò il nastro adesivo e lo strappò.

Ossigeno nella gola secca.

Ma prima che riuscissi a dire qualunque cosa, scattò in avanti tirandomi su la maglia e, posandomi i dentelli sull'anca destra, con una pressione misurata e con una lentezza sadica, spinse la rotellina in orizzontale, tanto piano da farmi sentire ogni singolo dentello affondare e avanzare aprendo la carne. L'urlo uscì prima che potessi pensare se lo eccitasse o meno sentire la sua vittima soffrire. Il *bip* impazzì, accelerando con frenesia. La ferita bruciava da morire. Sentivo la ferocia del metallo strapparmi via pezzi di pelle. Il sudore freddo trasudava dalla schiena e dalla fronte che spingevo contro le corde forzando i muscoli del collo. Finalmente staccò l'attrezzo dalla mia pancia. Era arrivato più o meno all'altezza dell'ombelico. Ansimavo esausta. Mi passò accanto. Posò la rotella dentata sul tavolino. Con gli occhi appannati dallo sforzo non riuscii subito a metterlo a fuoco. Grosso come un bue, si incamminò di spalle verso la telecamera, girò il piccolo schermo verso di noi, spinse lentamente il tasto per mandare indietro. Poi spinse play. Vidi la mia faccia in primo piano deformarsi dal dolore e diventare sempre più rossa, mentre la vena sulla fronte si gonfiava, pronta a scoppiare. Le mie stesse urla mi stavano assordando.

«Uno *snuff movie*? È per questo che lo fai?».

L'uomo nell'ombra scosse la testa facendo cenno di no.

«Lasciami andare».

L'uomo nell'ombra grugnì.

«Posso pagarti».

L'uomo nell'ombra rise girando di nuovo il monitorino e spingendo un pulsante per riprendere a registrare.

«Posso scoparti», tentai.

L'uomo ruotò nell'ombra fino a quando il suo volto non venne illuminato dalla lampada.

Il mondo smise di girare per un istante.

Avanzava verso di me, e il panico mi prese i tendini e i muscoli e il senno. Si avvicinò al mio viso e la sua grossa mano mi afferrò la mandibola, stringendola forte fino a costringermi ad aprire la bocca. La sua faccia, enorme e deformata da una miriade di bozzi e tagli, a pochi centimetri da me. Con la mano libera prese un paio di tenaglie. Con quelle armeggiò con uno dei miei molari e iniziò a tirare. Sentii il nervo del dente lottare in un tiro alla fune devastante, sembrava essersi aggrappato alla cornea e la cornea al cervello. Era come se tirando via il molare mi avesse potuto strappare anche gli occhi, svuotandomi il cranio.

Il suo odore rancido e malato si mischiava al sapore del sangue che mi colava in gola.

Stavo combattendo con tutte le mie forze per non svenire, mentre gli occhi mi andavano all'indietro e io li costringevo a tornare con il fuoco sul volto orrendo e deturpato dell'Abominevole.

Le fitte atroci dal nervo divampavano per tutto il corpo in un reticolo di dolori elettrici e acuti.

Alla fine sentii qualcosa strapparsi, e il dolore diventò insopportabile fino a farmi precipitare nella vertigine dell'incoscienza.

Ma non durò molto. Mi aggrappai con gli artigli alle pareti scivolose del buio e scalai ancora una volta la china, tornando in me.

Quando riacquistai i sensi, ripresi anche a sentire il dolore. Tutta la bocca era impastata dal sangue che era arrivato fin dentro le narici.

Mi sentivo stanca, ma ero lontana anni luce dalla resa.

Emma. Tornare da Emma. Crescere Emma.

Mi serviva tempo. L'unica cosa che potevo fare era allungare le pause fra una tortura e l'altra, cercare la dannata occasione.

«Perché mi stai facendo tutto questo?».

L'Abominevole era ricurvo sul tavolino di metallo, indeciso su quale arnese utilizzare contro di me. Scosse le spalle.

«Senti, mi stai per uccidere. Voglio sapere perché. Almeno questo».

L'Abominevole scelse quello che sembrava un piccolo manganello in gomma flessibile. Tornò verso di me. Si avvicinò accarezzandomi la guancia. Un filo di bava colava dalla sua bocca sul mio collo. La voce gli uscì come se avesse avuto la lingua gonfia quanto un canotto.

«Scusami... Io sono malato, molto malato... Io così mi salvo».

«Come? Come ti puoi salvare se mi uccidi? Senti, io ti posso aiutare».

«Ma tu già mi aiuti tanto. Se soffri io capisco... Io imparo».

«Cosa impari, se soffro?»

«A soffrire».

«Se mi sleghi ti aiuto io a soffrire».

L'Abominevole sorrise.

Il manganellino crollò sul dorso della mia mano sinistra, rompendomi una serie di ossa. Dalla bocca mi uscì il suono che fanno i palloncini che si sgonfiano. Lo stomaco mi si indurì all'istante. Non volevo arrendermi, ma non riuscivo più a vedere la possibilità di salvarmi.

Mi colpì di nuovo sulla gamba. Strinsi i denti, e immediatamente me ne pentii. La bocca mi si riempì ancora di sangue e di dolore.

Non avevo più niente a cui aggrapparmi, le speranze avevano preso il largo, e la sensazione di essere in un vicolo cieco fece sbocciare la miserabile rassegnazione. Non era perdere la vita, in quel momento, la cosa che mi pesava addosso, ma perdere Emma. Era questo a farmi sentire disperata.

Dal buio dietro l'Abominevole, il miraggio del volto di Giò affiorava alla luce incerta della lampada a olio. Lo vidi caricare la gamba e farla atterrare. Rumore di frattura. Non aveva colpito alla rotula come mi aveva insegnato ma la tibia, con cattiveria, spezzando l'osso che era uscito dal polpaccio, lacerando il tessuto dei pantaloni.

L'Abominevole cadde a terra con un accenno di sorpresa negli occhi. Giò, a quel punto, lo prese per il collo alzandolo e diventando paonazzo per lo sforzo. Con una velocità incredibile lo sbatté contro il muro chiudendo il pugno e colpendo con le nocche il setto nasale. Dal *crack* capii che l'aveva rotto, spingendolo all'indentro. L'Abominevole si trovò in un attimo a colare sangue, ma Giò aveva già rigirato il palmo del pugno, caricando all'indietro il colpo che mirava alle narici. La sua mano tremò. Sapevo cosa stava per fare. Era una mossa di cui mi aveva parlato, ed era mortale in due colpi. Si rompe il naso dell'avversario e si spinge l'osso fratturato fino al cervello. Ma la mano di Giò cambiò improvvisamente traiettoria, andando a colpirlo sul nervo fra il collo e la spalla. Avrebbe bloccato per poco tempo l'afflusso del sangue al cervello. L'Abominevole crollò a terra svenuto.

«Cristo santo».

Si mise subito a trafficare con il bisturi, tagliando le corde che mi costringevano sul tavolo delle torture.

«Come stai, ragazzina?»

«Dov'è Emma?».

Giò aprì la bocca per rispondermi, ma al posto delle parole, uscì un rivolo di sangue. Poi piombò a terra. Nella schiena aveva un cacciavite conficcato fino al manico. L'Abominevole era in piedi, un mostro enorme che sovrastava Giò.

60

Lo guardai restare in piedi, privo d'espressione, appoggiandosi senza problemi alla gamba da cui uscivano almeno cinque centimetri d'osso spezzato. Si passò il dorso della mano sotto il naso, spalmandosi il sangue fino alla guancia. Rimasi con la bocca spalancata. Quell'obbrobrio era invincibile.

Sì chinò di nuovo su Giò, gli afferrò le caviglie e iniziò a trascinarlo verso l'altra stanza.

«Non lo toccare... Lascialo, lascialo!».

Dopo poco tornò nella stanza delle torture.

Giò non aveva finito di tagliare l'ultima corda che mi legava al tavolo all'altezza delle spalle. Potevo liberarmene ma dovevo guadagnare tempo.

«Che... Che vuol dire che non soffri?».

L'Abominevole spostò lo sguardo dagli attrezzi affilati a me, afferrò un punteruolo lunghissimo e mi diede le spalle. Dovevo distrarlo, non doveva tornare da Giò.

«Perché? Perché non soffri?».

Finalmente si girò a guardarmi.

«Io non sento il male, non sento il bene... Sono malato. Papà stava studiando come potevo imparare il dolore, diceva che se guardavo bene, il mio cervello imparava. Papà diceva che noi siamo tutti diversi perché nel cervello si formano dei collegamenti e si creano ogni volta che viviamo un'esperienza, ma possiamo anche viverla attraverso quella degli altri, allora mi faceva vedere dei video dove le persone soffrivano tanto...».

Continuavo a muovermi piano, cercando di far scivolare la corda dalle spalle alla vita, così sarei stata libera. Ma poi?

Accanto a me il carrello con le armi. Anche se fossi riuscita a liberarmi e afferrare uno degli attrezzi per colpirlo, non sarebbe bastato. Lo dovevo uccidere... Il rischio di fallire era altissimo, e fallendo avrei definitivamente condannato a morte non solo me stessa ma anche Giò. "Pensa bene, Giud. Rifletti... L'unico modo per non perdere un combattimento è evitare il combattimento, ricordi?".

«Ma ora papà è morto. Io però ho continuato a studiare. Ma sempre non sento il male, allora ho pensato che è meglio se il dolore lo vedo davvero. Tu ora mi insegni».

Aveva afferrato una specie di trapano dalla punta lunga almeno venti centimetri e lo guardava incantato. Cominciai a muovermi più velocemente. La corda dalle spalle era scesa fino alle ultime costole.

«Aspetta... Aspetta. Il dolore è brutto. Tu non vuoi veramente sapere cosa si prova, lo vedi come urlo? È terribile. Sei fortunato».

«No, no. Non fortunato... Se non senti il male ti fai male sempre... Non lo sai ma hai il danno e il danno resta. Tutta la vita in ospedale e così la vita dura poco. Io voglio che la vita dura tanto».

«Mi hai lasciata andare una volta, puoi farlo di nuovo».

L'Abominevole aggrottò le sopracciglia come se le parole mi fossero uscite in sanscrito.

«No, io no, ti ho lasciata per un pochino. Ma lo sapevo che ti facevo tornare».

«Perché? Perché mi hai fatto scappare, se mi volevi comunque fare queste cose?»

«Se non prendevo la rossa tu morivi prima di potermi far vedere come è il male. Io non sono veloce ma la rossa era veloce, e allora l'ho fatta correre io verso di te. E però, per farla correre, lei prima mi ha dovuto vedere bene, allora non potevo lasciare che viveva. Però qui avevo un solo bidone dove metterla dopo che era morta, allora ho ucciso prima lei. Tu sei l'ultima, poi secondo me, ho finito di studiare».

«...Perché io?»

«Tu sei mia amica. L'unica amica. Tu ti fai sempre guardare. Tu vuoi aiutarmi».

L'Abominevole si era voltato di nuovo verso l'altra stanza, e si era incamminato a passi lenti verso Giò.

Cominciai ad ansimare, il sangue mi schizzò al cervello annullando gradualmente la sensazione del corpo, fino a spazzare via il dolore. La corda era arrivata al bacino. Aveva sempre voluto me. Facevo parte del suo piano. Io ero la sua priorità. Riuscii a tirarmi su e con le gambe sgusciai dal cerchio di corda. Lui era in piedi, di spalle, sulla soglia della camera.

«Ehi?», urlai.

Si voltò.

«Non mi troverai, e non potrai mai sapere com'è il male».

Scattai verso la porta, e in un attimo ero fuori, sotto un cielo basso di nubi e di fronte al bosco nero di ombre e bianco di neve.

Mi voltai per vedere se ero riuscita a salvare, almeno per ora, Giò.

L'Abominevole comparve sulla porta.

La sua sagoma enorme e scura prese ad avanzare verso di me.

61

Restai a fissarlo mentre procedeva col passo claudicante per la frattura. Guardai il bosco, buio come le mie prospettive. Poi abbassai lo sguardo. Dalla ferita sul ventre, il sangue era colato fino a inzupparmi i pantaloni.

Anche lui ne perdeva, dal naso e dalla gamba. Quanto ci avrebbe messo a svenire per quell'emorragia? Ma soprattutto, mi chiesi chi dei tre si stesse dissanguando più velocemente.

Non ne avevo idea.

Correre. L'unica cosa che potevo fare era l'esca, portarlo lontano da Giò e da quegli attrezzi affilati. Avevo solo quella carta da giocarmi e allora iniziai a scappare.

Ma ero lenta. Avanzavo tenendomi la pancia con la mano fratturata e affondando con i piedi nella neve fresca. Il freddo attutiva il dolore.

Dentro il bosco solo buio, gli occhi spalancati a cercare una direzione. Dietro di me potevo sentire i rumori spaventosi dell'Abominevole che avanzava grugnendo.

L'unico vantaggio che avevo era proprio quella fitta trama di ombre. Dentro la tasca dei jeans c'era il cellulare con cui avrei potuto chiedere aiuto, ma per non farmi individuare dovevo allontanarmi ancora di più da lui. Così feci forza sui muscoli e cercai di procedere sulla destra, abbandonando la linea retta che stavo seguendo. Ci volle parecchio, ma alla fine riuscii a non sentire più i suoi terribili rumori. L'adrenalina stava scemando e il dolore mi rendeva sempre più lenta e rischiava anche di farmi perdere i sensi. Vedevo ondeggiare le ombre e temevo che mi risucchiassero. Potevo scorgere la sua sagoma lontana da me brancolare nell'oscurità, ma ero fuori dalla sua visuale. Infilai la mano nella tasca e tirai fuori il telefono... E mi lasciai cadere in ginocchio.

Raccolsi una manciata di neve e me la passai sulla faccia e dietro il collo, sperando che mi aiutasse a non perdere i sensi. Poi liberai il cellulare dal blocco tasti. Sullo schermo l'immagine di Emma che baciava il muso di Rughetta.

"Vedi di farcela, Giud. Emma".

Controllai con una certa paura che ci fosse campo: tre tacche. Chiamai il 113. Alzai la testa, per scoprire che l'Abominevole era scomparso nel buio. La voce dell'operatrice come una sorta di miraggio.

«Come posso aiutarla?»

«Sono stata rapita da un pazzo. Sono in mezzo al bosco. Vuole uccidermi».

«Dove si trova esattamente?»

«Non ne ho idea... trovatemi!».

«Resti in linea, la aiuteremo!».

Il telefono mi cadde dalla mano. L'Abominevole mi aveva presa per il collo, stringendo forte la giugulare, così forte da farmi arrancare in cerca d'aria. Poi mi scagliò con forza contro il tronco di un albero. La fronte sbatté diretta, caddi in ginocchio e provai ad allontanarmi gattonando. Una grossa chiazza nera si allargava nel mio campo visivo. Mi rimisi in piedi e ripresi a scappare con l'Abominevole alle calcagna.

Quando il mio piede toccò la superficie liscia del fiume ghiacciato, il ginocchio cedette facendomi cadere sul fianco. Mi voltai. L'Abominevole era in piedi sopra di me. Sotto, il rumore del fiume che ribolliva veloce. Strisciai all'indietro sui gomiti. Lui alzò la mano in cui stringeva un bastone grosso e scuro.

Chiusi gli occhi.

Benedetta che mi guarda col sorriso sporco di cioccolata.

Emma che mi dà un bacino sulla guancia prima di entrare a scuola.

Da lontano la voce di Benedetta che mi dice: «Ti voglio bene».

Il peso di Emma fra le mie braccia.

La mia bocca si piegò in un sorriso.

Pronta all'urto.

62

Ma un rumore secco in rapido avvicinamento mi fece riaprire gli occhi, in tempo per vedere una crepa aprirsi sotto il peso dell'Abominevole. La crepa avanzava veloce fino a spaccare anche il ghiaccio su cui ero sdraiata e farmi piombare nelle acque gelate del fiume. L'ultima cosa che vidi fu l'Abominevole crollare subito dopo di me.

Lo stomaco mi rientrò all'istante. Il gelo mi irrigidì il corpo, trascinato dalla corrente selvaggia. Non riuscivo a capire da che parte nuotare per riemergere. Alla fine, con la testa toccai la lastra di ghiaccio che si era formata sul manto del fiume.

Ero fottuta.

Ero finita sott'acqua ed ero bloccata dal ghiaccio. Sarei annegata. Sentivo il corpo intorpidirsi rapidamente e gli arti muoversi sempre meno, mentre i polmoni sembravano dovermi scoppiare nel petto come palloncini troppo gonfi. Con le mani appiccicate alla lastra di ghiaccio, continuavo a essere trasportata dalla corrente velocissima.

Finché le mie dita afferrarono un'escrescenza. Mi aggrappai forte e spinsi in su la faccia. Ero in una bolla d'aria, che si era formata sotto la superficie del ghiaccio.

Respirai, respirai, respirai. I polmoni bruciavano come trafitti da mille spilli.

Il freddo mi aveva resa del tutto insensibile, non avvertivo più il dolore delle fratture o dei tagli, sentivo solo la sensazione ustionante del bruciore. Stavo assiderando. Non potevo rimanere ferma lì. Dovevo tornare sott'acqua e sperare di uscirne.

Presi più aria possibile e mi abbandonai alla corrente.

Gelo, acqua, rumore e buio. I sensi iniziavano a cedere a intermittenza. Gli occhi sgranati, i bulbi congelati.

All'improvviso con una spinta centrifuga, riemersi da una spaccatura nel ghiaccio. Quintali d'aria nella gola. Mi mossi verso l'argine del fiume con gli arti pesanti e rigidi come tronchi, fino ad arrampicarmi con i gomiti sulla riva e strisciare fuori. Mi sdraiai a pancia in su. Il cielo era bianco e basso, spandeva una luce spettrale. Presto avrebbe nevicato. Io ero fradicia e debole.

Vicina alla fine.

Sentii una pressione sulla caviglia e vidi l'Abominevole attaccato a me che tirava per uscire dal fiume. Ma come se nulla fosse si rimise in piedi. Con le ginocchia che mi tremavano, molli e insensibili, riuscii comunque ad alzarmi anch'io. Lo guardai esausta, mentre recuperava fiato.

Era finita. Non potevo più lottare, non c'erano speranze. I suoi occhi mi scrutavano con la meccanica vuota degli animali pronti ad attaccare la preda. Ma qualcosa nel suo sguardo si accese all'improvviso. Un sorriso da bambino gli si allargò sulle labbra bluastre. Poi gli occhi si sgranarono persi nel terrore. La gamba rotta cedette facendolo pendere da un lato, il corpo si piegò in avanti e lui iniziò a gridare. Le urla che gli uscivano dalla bocca erano terribili. Un passo, poi due all'indietro, trascinandosi la gamba devastata. Aveva uno sguardo stupito, disperato. Un altro passo ancora e l'equilibrio lo abbandonò, facendolo precipitare nel fiume. Affondò piano e anche da sotto l'acqua continuai a sentire le sue urla...

Poi il silenzio della notte tornò a regnare nel bosco.

E io ero ancora in piedi.

63

Mi girai, dando le spalle al fiume, e mi guardai intorno. Solo bosco. In tutte le direzioni.

Giò.

Dovevo tornare da lui.

Tremando con una violenza spasmodica, mi inoltrai di nuovo nella foresta. Grossi fiocchi di neve iniziarono a cadere lenti e pesanti dal cielo. Avanzai come in una sorta di trance, finché non vidi fra gli alberi scuri un alone di luce arancione. Accelerai il passo. La sagoma della catapecchia diventava sempre più nitida attraverso quella che si stava trasformando in una nevicata fitta.

Entrai e afferrai la lampada a olio. Iniziai a seguire la scia di sangue scuro sul pavimento che tracciava una via disperata fino alla stanza dove eravamo state segregate.

Quando entrai mi bloccai subito.

Giò era riverso su se stesso. La chiazza di sangue sotto di lui si era espansa, tanto, troppo.

Sapevo che nel corpo di un uomo adulto scorrono all'incirca sette litri di sangue. Da quella pozza che continuava ad allargarsi scura e sinistra, mi sembrò che ne avesse perso molto, molto di più.

Dovevo fare qualcosa. Mi chinai su di lui e cercai nelle sue tasche il cellulare. Sul piccolo monitor c'era una schermata GPS aperta. Chiamai di nuovo il 113 e comunicai le coordinate. Dissero che avrebbero fatto il prima possibile. Presi la lampada a olio e la avvicinai al volto di Giò. Gli spostai un po' la testa in modo da poterlo guardare in faccia. L'incarnato aveva perso ogni pigmentazione, la pelle era bianca come un foglio di carta.

«Non azzardarti a morire, non farmi questo. Hai capito?».

Gli scostai i capelli dalla fronte e misi l'indice sotto il naso per sentire se respirava ancora, ma non avevo la minima sensibilità.

Dovevo riscaldarmi o sarei morta prima dell'arrivo dei soccorsi. Mi liberai dei vestiti fradici, rimanendo nuda.

Presi le due sedie su cui eravamo state legate e le rovesciai per terra, una accanto all'altra. Gettai la lampada sul legno e la fiamma divampò alta, per abbassarsi e bruciare in un fuoco intenso.

Mi sdraiai vicino a Giò, come un animaletto che si accuccia accanto al padrone. Faccia contro faccia. Gli accarezzai il volto.

Non potevo perderlo.

Non ero pronta a dirgli addio.

Fra le mie braccia, in quella stanza, era già morta la ragazza che beveva forte.

«Fallo per Emma. Resisti».

Guardai il petto per vedere se respirava ancora, ma la cassa toracica non si muoveva di un millimetro.

> Se chiudo gli occhi, dentro gli occhi
> sei di nuovo quello vero,
> quando sorridevo, quando ti credevo:
> ascoltami, guardami, sta' fermo:
> è ancora vivo questo amore,
> tutto questo amore, tutto il nostro amore:

e tu lontano non ci vai
a morire come una puttana,
prima del mio cuore,
al posto del mio cuore:
non mi lasciare solo in questa
notte che non vedo il cielo:
torna bandolero! torna bandolero!
torna bandolero!

La mia mano scivolò dalla sua guancia lungo il corpo immobile. Afferrai quella di Giò e la strinsi forte, con tutta l'energia che mi rimaneva. Ma i suoi occhi restavano sigillati in una posa che aveva la minaccia dell'irreversibilità.

Poi la luce del fuoco cominciò a sparire dalla mia visuale. Ogni cosa iniziò a sparire, come se mi venisse incontro una galleria a mangiarsi via tutto quello che avevo intorno.

Nel corpo la sensazione di precipitare.

Mi aggrappai ancora di più alla mano esanime di Giò.

Dov'è silenzio,
dov'è silenzio, dove...
dov'è silenzio,
dov'è silenzio, dove...

64

Le pale dell'elicottero muovevano rumorosamente l'aria, rompendo il silenzio che la neve stava portando.

Le voci delle persone fuori dalla baracca si sovrapponevano senza che io riuscissi a distinguere le loro parole.

Le palpebre bloccate, piombate.

Il corpo lontano anni luce.

Nessuna percezione, se non quella dell'impotenza.

I passi in avvicinamento.

Qualcuno che esclama: «Oh mio dio!».

Qualcuno che sentenzia: «Siamo arrivati tardi».

Qualcuno che vomita e qualcun altro che gli ordina di uscire.

Le luci delle torce mi rimbalzavano sugli occhi chiusi.

Una voce più vicina delle altre.

«Qui! Qui! C'è battito... presto».

«Ce la può ancora fare».

Il mio corpo avvolto in qualcosa che faceva il rumore della carta delle uova di Pasqua.

Il mio corpo sollevato da terra e una nausea vaga.

La sensazione che mi stavano allontanando dal corpo di Giò.

Nessuna voce diceva nulla su Giò.

Poi tutto aveva iniziato ad andare veloce. La lettiga su cui ero sdraiata, caricata sull'elicottero, mentre il vuoto mi risucchiava verso l'alto. Parole indecifrabili, nomi di farmaci, ordini di somministrazione.

Un uomo mi afferrò la palpebra, alzandola a forza e puntandomi contro una lucina. La pupilla ruotava all'indietro cercando riparo, rovesciandosi nel bulbo.

Avrei voluto parlare. Dirgli di salvarlo, chiedergli se c'era anche lui lì con noi, al sicuro. Ma qualunque fossero le mie condizioni, non mi permettevano di fare altro che abbandonarmi a quegli estranei. L'importanza della sopravvivenza scivolava via stanca dal mio controllo, nel ristagno della resa.

Poi nessun altro ricordo.

65

Luce. Anche con gli occhi chiusi percepivo la luce, espansa e diffusa tutt'intorno a me. Il calore del sole sulla pelle.

Quando aprii le palpebre vidi solo un bianco accecante che mi costrinse a stringerli. Poi, piano piano, i contorni della camera d'ospedale presero a delinearsi acquistando tridimensionalità.

Ero viva.

Risi da sola, forte, fino a farmi salire le lacrime agli occhi. Ma poi si deformarono, diventando pianto.

Dov'era finito Giò?

Mi levai le coperte di dosso e mi aggrappai al bastone della flebo. Scesi dal letto, sopravvalutando di molto le mie condizioni fisiche. Né le caviglie, né le ginocchia mi sostennero, e crollai sul pavimento sentendo solo il rumore delle rotule sbattere contro le mattonelle. Il bastone era rimasto in piedi. Ero smarrita e cercavo di rialzarmi, quando un'infermiera entrò nella stanza correndo verso di me.

«Piano, piano».

Mi afferrò con decisione sotto le braccia e, con non poca fatica, mi tirò su mettendomi a sedere sul letto.

«Giò, devo andare a vedere come sta Giò».

«Lei non è in grado di andare da nessuna parte. Stia buona ora, vado a chiamare il medico».

La donna girò una manovella metallica al lato del letto, alzando lo schienale, mi fece appoggiare e mi rimboccò le coperte. Aveva un fisico robusto e la carnagione scura, una cinquantina d'anni sulle spalle e, in faccia, l'aria che non fossero stati una passeggiata.

Si allontanò, uscendo dalla stanza con una camminata veloce. Guardai la finestra. Riuscivo a vedere solo il cielo terso.

Il medico, un uomo alto, sulla sessantina, si appoggiò con le mani sul metallo del letto, all'altezza dei miei piedi. Mi guardò con un sorriso affettuoso.

«Bentornata».

«Dov'è Giò?».

Il medico guardò in basso e mi afferrò l'alluce destro stringendolo e sollevandolo.

«Come va la sensibilità?»

«Intorpidita. Dov'è Giò? Era con me quando mi hanno soccorsa».

«Una cosa alla volta, signorina Innocenti. Prima voglio vedere lei come sta, poi affronteremo tutto il resto».

Mi si avvicinò per analizzarmi gli occhi, poi iniziò a sondare la risposta dei miei nervi al suo martelletto e per finire mi passò una rotella sotto il piede. Quando si sentì soddisfatto, prese una sedia e si sistemò al lato del letto, in modo da potermi guardare in faccia.

«Ha passato una brutta avventura, ma si riprenderà. Si sta già riprendendo, a dire il vero. Quelle vescicole scompariranno e piano piano anche i segni se ne andranno. Il tessuto necrotico sta rispondendo bene. Forse riusciamo a salvare anche le dita che hanno subito più danno. Per il mignolo del piede sinistro non c'è stato molto da aspettare, l'abbiamo amputato...».

Istintivamente mi guardai le mani. Grosse bolle deformavano la pelle, e l'indice e il medio della mano sinistra erano scuri come se li avessi infilati in un barattolo di petrolio.

«Emma Incisi... qualcuno si è preoccupato di lei?».

Il medico sorrise aggiustandosi gli occhiali da vista.

«Per carità, ci ha dato più da fare quella bambina che lei».

«Oh mio dio! Che le ha fatto?».

Mi stavo alzando con il cuore sul punto di scoppiare. Il dottore si fece serio e mi bloccò, poggiandomi una mano sulla spalla.

«No, sta benissimo. Mi scusi, mi sono espresso male, mi scusi. La bambina è stata in ospedale in questi giorni per venire a trovare lei. Sta benissimo, scoppia di salute e ci ha comandati a bacchetta perché la curassimo a dovere».

«Giorni? Ma quanto ho dormito?»

«È stata priva di conoscenza per cinque giorni».

Rimasi un po' stupita. Mi aveva colta alla sprovvista. Poi guardai il dottore fino a quando anche lui non mi guardò dritta negli occhi.

«Perché non mi vuole parlare di Giovanni? Cosa gli è successo?».

Il medico mi afferrò la mano. Strinse le labbra portandole all'indentro e inclinò la bocca all'ingiù.

«Il suo amico è arrivato in ospedale insieme a lei, con l'elicottero. Versavate entrambi in condizioni disperate. Abbiamo fatto tutto il possibile...».

Alzai il braccio tremante, e con la mano lo intimai di fermarsi. Con gli occhi lo minacciavo di non dirmi quello che non volevo sentire.

«Sta bene, è in ottime condizioni e tutto tornerà come prima... È questo quello che deve dire dottore, poche parole».

Mi prese di nuovo la mano che tenevo alzata fra me e lui, la portò sul materasso e la strinse ancora più forte di prima.

«Abbiamo fatto tutto quello che era in nostro potere. Quando è arrivato in ospedale aveva perso molto sangue, lo abbiamo operato e sottoposto a diverse trasfusioni. Ma è in coma».

Il peso che mi gravava sul petto svanì subito. Sorrisi.

«È vivo».

«Per il momento, ma non possiamo ancora dire se si risveglierà... e anche se si svegliasse c'è la seria possibilità che abbia riportato dei gravi danni cerebrali... Mi dispiace. Non possiamo fare molto. Ora l'unica cosa che si può fare è pregare».

Annuii.

«Lei non lo conosce. Si rimetterà in piedi. Quell'uomo è un eroe».

Il dottore abbassò lo sguardo e la sua espressione dispiaciuta prese la piega della commozione.

«Se la sente di vedere la bambina? È qui fuori che fa il diavolo a quattro da quando ha saputo che è sveglia».

«Sì, sì... la prego».

Il dottore si avviò con passo stanco verso l'uscita, ma prima che la varcasse, lo bloccai.

«Lei non gli permetta di morire... a farlo recuperare ci penso io».

Senza voltarsi il dottore annuì. Lasciò la porta aperta.

Un raggio di sole illuminava Emma che avanzava piano, con in braccio Mister Moto. Si capiva che era spaventata dalle vescicole che mi riempivano la faccia.

Ma quando i suoi occhi incontrarono i miei, un sorriso fantastico le si aprì in volto, facendola correre fino a buttarmisi addosso e smorzarmi il respiro.

66

Tutto il suo profumo annientò il dolore e la paura. Un piccolo fungo atomico rase al suolo i ricordi di morte. Emma di nuovo fra le mie braccia.

Ancora mia.

La allontanai leggermente per guardare i suoi occhi enormi e lucidi sorridere insieme al resto del suo visetto. Le scostai i capelli dalla fronte.

«Hai dormito tantissimo Giud! Il dottore ha detto che sei una bella pigrona».

Rise forte. Io ridevo con lei per tutt'altra ragione.

Ma quando mi girai e vidi il volto severo di Caterina fissarmi con odio, il sorriso scomparve.

«Ehi scricciolo, mi prenderesti un bicchiere d'acqua? Fatti aiutare dall'infermiera. Ho tanta sete».

Emma annuì e scattò subito fuori dalla stanza.

Caterina mi si avvicinò con passo lento. Aveva i capelli in disordine, l'aria di una che ha saltato un paio di notti di sonno e gli occhi gonfi di pianto fresco.

Quando mi fu davanti, feci per dirle qualcosa ma non me ne diede il tempo.

«Vergognati».

Restai a fissare il pavimento.

«Scusami».

«Mio marito è di là che lotta fra la vita e la morte. Delle tue scuse non me ne faccio nulla».

Tornai a guardarla. Gli occhi le si erano riempiti di lacrime, i riflessi liquidi si muovevano velocemente rendendo le iridi ballerine.

«Non posso farci nulla...».

«Lo so che non è colpa tua, e razionalmente lo capisco, ma dentro di me continuo a pensare che è per causa tua se è finito in quel letto. Prega che si risvegli, perché se perdo Giovanni e scopro che tutto questo si poteva evitare...».

Lasciò la frase in sospeso, ma il suo sguardo era una minaccia chiara, così come dal mio doveva essere evidente che anch'io mi ritenevo responsabile di tutto. Caterina uscì in fretta per non scoppiare a piangere davanti a me. Avrei dovuto fare le cose in maniera diversa... forse se fossi andata subito alla polizia a denunciare il sequestro... forse se non mi fossi ostinata a voler fare tutto da sola... forse...

Ma non ebbi il tempo di seguire quel filo dei *come sarebbe andata se*, perché il dottore entrò di nuovo nella mia stanza, bloccando Emma sulla porta.

«Aspetta qua fuori Emma. Devo parlare con la tua amica, ok?».

Le prese il bicchiere di mano ed Emma, un po' imbronciata, scomparve nel corridoio.

«Senta, si è appena risvegliata e so che deve essere molto stanca, ma dovrebbe fare delle cose, se se la sente Non voglio forzarla ma...».

«Quali cose?»

«Dovrebbe parlare con la polizia. Lasciare una deposizione per far capire cosa è successo quella notte e poi... è stato ritrovato il corpo di un uomo congelato, nel fiume, e dovrebbe riconoscerlo, per confermare se è lui il vostro assalitore».

Strinsi la coperta nelle mani.

«Sì... voglio buttarmi questa storia alle spalle».

Il dottore mi sorrise con dolcezza. Aveva i capelli bianchi pettinati da un lato, mi ricordava Cary Grant.

«Le vado a prendere la carrozzina, così possiamo scendere al reparto di medicina legale. Poi verrà ascoltata dalla polizia».

«Dottore, quando avrò finito, posso andare a trovare Giò?»

«Se non sarà troppo stanca».

«Ok».

Uscì e rientrò, staccò la flebo dal bastone per attaccarla alla carrozzella, poi un paio di infermieri mi aiutarono a mettermi seduta. Il dottore, scortato da un agente in divisa, iniziò a spingermi fuori dalla stanza, lungo i corridoi, dentro l'ascensore. Guardavo incredula il mio riflesso sulle pareti specchiate. Il cranio nudo mal rasato, le labbra e la pelle riarse, il colorito rosso fuoco e grosse bolle scure su tutta la faccia. Abbassai lo sguardo.

«Si prepari, non è un bello spettacolo».

Annuii.

Poi le porte si aprirono al livello −2 dell'ospedale. I corridoi erano più cupi, illuminati solo dai neon. Svolte e controsvolte, poi la porta celeste di medicina legale. Avrei voluto che girasse la carrozzella e mi portasse via, invece spinse sulla barra rossa orizzontale alla porta, aprendo il sipario su una schiera di letti di metallo. Un grosso corpo era coperto da un lenzuolo bianco. Sentii chiaramente la vertigine che si prova nei sogni, quando hai paura che succeda qualcosa di brutto, e puntualmente succede. Avevo il terrore che l'Abominevole da un momento all'altro si alzasse da sotto quel lenzuolo, che uccidesse il dottore e l'agente, per poi vendicarsi con calma su di me. La sedia a rotelle avanzò, mio malgrado, fino a bloccarsi all'altezza della sua testa.

«È pronta?»

«No... però facciamo in fretta».

Lentamente il dottore afferrò il lembo del lenzuolo per scoprire la fronte aggrottata, gli occhi sbarrati, il naso arricciato e la bocca aperta in una smorfia raccapricciante. L'Abominevole sembrava una statua di sale. Cianotico. Orrendo.

«Lo riconosce?», mi chiese l'agente.

Allungai una mano come se fossi in trance per toccargli il volto ma, a pochi millimetri, mi bloccai spaventata e la ritrassi.

«Sì. È lui. Sembra che abbia sofferto».

«Abbiamo praticato l'autopsia e analizzato le vecchie cartelle cliniche che conservava. Era affetto da una malattia rara, la CIPA. Nel mondo se ne contano pochissimi casi. Era insensibile al dolore. Sostanzialmente la malattia consiste in una disconnessione cerebrale che impedisce ai nervi di comunicare con il cervello».

«Perché voleva torturarmi?»

«A casa sua hanno trovato dei volumi di neurologia. Ho iniziato a studiare i suoi appunti, e penso che credesse di poter imparare a soffrire tramite le sinapsi. Sono dei collegamenti elettrici che si formano ogni volta che l'individuo vive un'esperienza, rendono unico il cervello di ognuno, e molto probabilmente ci rendono tutti diversi gli uni dagli altri. Io credo che l'idea fosse quella di sviluppare delle nuove sinapsi tramite l'esperienza passiva del dolore».

Continuavo a guardare il volto pieno di sofferenza dell'Abominevole.

«C'è riuscito?»

«No, no. Non è possibile. Si era convinto di una teoria assurda. Era il progetto di un pazzo».

«Dottore... Alla fine... io credo che lui l'abbia sentito».

Il dottore ricoprì il volto deforme dell'Abominevole e si aggiustò gli occhiali sul naso.

«Uhm... Ho visto con i miei occhi un paraplegico recuperare la sensibilità agli arti pochi istanti prima di morire... Glieli ho visti muovere. Tutto è possibile, ma credo che non lo sapremo mai».

Avevo lasciato la mia deposizione. Mi spiegarono che Giò aveva installato un'applicazione GPS nel mio telefonino, e così era riuscito a trovarmi nel bosco. La aveva attivata il giorno in cui ero partita per Londra. Immaginai che lo avesse fatto nel caso il padre di Emma si fosse rivelato il rapitore. Mi raccontarono che intorno alla catapecchia erano stati ritrovati dodici corpi sigillati in barili di metallo. Erano tutte donne. La ragazza che beveva forte era l'unica a essere stata identificata. Ipotizzavano che le altre, di cui nessuno aveva denunciato la scomparsa, fossero prostitute. I corpi raccontavano una storia di torture che si allungava fino a sette anni prima.

Ma ora era finita.

67

Il tubo di plastica trasparente gli usciva da un lato della bocca, fissato sulle labbra con del nastro bianco. Il rumore del respiratore che pompava aria nei suoi polmoni riempiva i silenzi che c'erano fra un *bip* e l'altro, a segnalare un battito regolare. Avevo chiesto all'infermiera di poter restare un po' sola con lui.

Rimasi a guardarlo sconfitta. Gli presi la mano e me la portai alla guancia.

«Svegliati, dài».

Bip, bip.

«Andiamo, combatti».

Bip, bip.

«Dài Giò, tu non sei uno che si arrende».

Bip, bip.

Posai la testa sul materasso, mano nella mano con Giò. «Abbiamo detto al giudice che mi sposavi, ricordi? Non sarai mica uno di quelli che si inventano di tutto pur di non mettere un anello al dito di una ragazza?».

Ascoltando il battito del suo cuore dettato dal macchinario mi addormentai.

Mi svegliai quando la mano indolenzita mi spinse ad aprire gli occhi. La tenevo ancora in quella di Giò. Le sue nocche erano bianche, mentre le dita stringevano le mie. Lo guardai. Aveva gli occhi aperti, poco, ma senza dubbio aperti, e mi stava guardando.

Chiamai il medico urlando per la gioia, e in un attimo la camera fu invasa da dottori e infermieri. Qualcuno afferrò la sedia a rotelle e mi spinse fuori.

Ero appiccicata al vetro della stanza. Cercavo di capire qualcosa dai movimenti dei medici che si erano affollati intorno al letto. Ci misi un po' prima di accorgermi che accanto a me era arrivata Caterina che osservava la stessa scena.

«Si è svegliato».

Annuì senza staccargli gli occhi di dosso, dalle labbra l'Ave Maria le usciva come un sibilo continuo.

«Si è svegliato. Andrà tutto bene».

«Prega. Prega».

Non capii subito ma alla fine ci arrivai. Era sveglio, ma dovevano sottoporlo a dei test per capire se avesse o meno riportato dei danni cerebrali.

Non lo facevo da anni, e anche quando lo avevo fatto non era mai stato per davvero. Per me erano solo filastrocche a memoria. Lo erano state fino a quel momento, in cui chiusi gli occhi e strinsi le mani, e dalla mia bocca un'Ave Maria si unì a quella di Caterina.

Quando riaprii gli occhi, vidi i medici estubare Giò e inumidirgli le labbra con un panno bagnato e ripetere l'operazione un paio di volte.

Parlargli.

Analizzarlo.

Chiudere le veneziane e isolarci definitivamente da quella scena muta. E ancora la voce di Caterina, più forte, più disperata, si aggrappava all'Ave Maria e anche la mia ricominciò con la sua.

Il dottore, lo stesso che curava me, uscì alla fine dalla camera del reparto rianimazione.

Sorrise.

Non servì altro.

68

La macchina si arrampicava lungo le strade di montagna. Eravamo felici e impazienti. Le degenze erano state lunghe e faticose ma eravamo usciti dall'ospedale, tutti e due sulle nostre gambe.

I soldi che la ragazza che beveva forte aveva risparmiato erano a casa di Giò. Li avrei messi al più presto in banca in un conto intestato a Emma.

Qualche settimana prima ci avevano concesso di uscire dall'ospedale per partecipare al funerale di Veronica Incisi. Il tutto si era trasformato in un caso di cronaca seguitissimo. Perciò i funerali erano stati celebrati in pompa magna, in una grande chiesa.

E così avevamo avuto la fortuna di essere curati da uno dei più brillanti neurologi del Paese, che si era occupato anche di ricostruire i macabri esperimenti dell'Abominevole.

I genitori della ragazza che beveva forte si erano presentati vestiti a lutto, con le facce pietrificate dalla loro costante infelicità. Emma era rimasta composta accanto a me, senza piangere, e forse senza neanche capire del tutto. Suo padre non venne. C'era invece il Rabbino. La vidi in fondo alla chiesa, e poi fuori, subito prima di andarsene, ebbi la sensazione che mi sorridesse, che mi approvasse.

Non ci parlammo, solo quello sguardo per dirci addio.

Emma, dal sedile posteriore, continuava a cantare una canzone priva di senso i cui protagonisti erano dei ranocchi avventurieri. Io e Giò, in silenzio, sorridevamo.

Quando scendemmo dalla macchina ci incamminammo per il vialetto in terra battuta. Di fronte a noi i due prefabbricati. Sia io che Giò ci bloccammo. Emma invece si staccò da noi per correre verso il laghetto urlando: «Rughettaaa...».

Io e Giò ci avvicinammo, la mia mano entrò nella sua.

Ricominciammo a camminare fino a quando non arrivammo agli scalini.

Ci sedemmo lì, a guardare Emma ridere e scherzare con la sua tartaruga.

«Sei pronta ragazzina?»

«Per cosa?»

«Per questa vita».

Come posso dirlo? È difficile spiegare il modo in cui ti senti quando hai corso tutta la vita inseguita dalle ombre, e all'improvviso sei al sicuro, sotto la luce piena di un sole caldo.

«Ci puoi scommettere».

RINGRAZIAMENTI

Questo è un libro che parla di eroi, e questi sono i ringraziamenti alle persone in cui trovo i tratti straordinari dell'eroe:

Marcello Bernardi, perché è un impavido sognatore e i suoi sogni hanno investito i miei.

Valentina Bertuzzi, per la straordinaria forza con cui travolge la vita e contamina la mia, rendendola avventura.

Livia Sambrotta, perché con la sua tenacia crea mondi fantastici e mi dà la possibilità di leggerli.

Cristina Carlini, perché, ormai è evidente, abbiamo condiviso più di quanto riuscirò mai a raccontare.

Alessandra Penna, perché lotta con grazia. E io ho la fortuna di vederla all'opera.

Antonio Sambrotta, perché non smette, e mai smetterà, di essere un uomo sorprendente.

Lina e Antonio Sambrotta, perché hanno reso la loro vita un sogno fatto di conquiste.

Patrizia Sambrotta, per la delicata melodia in cui si muove, ho imparato tanto solo guardandola.

Maurizio Carlini, perché è inamovibile nel giusto.

Raffaello Avanzini, per l'eleganza con cui affronta le sfide.

Joe, *because he fed me with a bit of his courage.*

Bruno Berni, perché poteva decidere se fare o non fare. La sua scelta, per me, ha cambiato tutto.

E poi grazie a:

Nicola Sambrotta e Maura Marengon, per essermi sempre stati accanto.

Giovanni Sambrotta per il sostegno.

Vittoria Mingardi, perché se non mi avesse permesso di entrare nel suo mondo non avrei mai potuto scrivere questo libro.

Anna Catinari, per l'allegria e la fantasia che hanno contribuito a creare questa storia.

Carla e Nando e Luciana e Renato, per aver dato origine a una famiglia fantastica di cui ho la fortuna di fare parte.

Filippo Bernardi e Flavia Frasnedi, per avermi ascoltata e avermi dato idee preziose.

Claudia Bernardi e Filippo Mingardi, per essere sempre dalla mia parte.

Giulia Bernardi e Massimo Bena, per la fantasia che hanno messo nel sostenermi.

Fabio, Guglielmo, Michele, Francesco Bernardi e Ilaria Zacchia, perché sono meravigliosi.

Arnaldo Catinari e Laura Muccino, perché sono pura dinamo.

Maurizio Tesei, perché è un boxer raffinato che non conosce KO.

Luca Zesi, che lui voglia crederci o no, per me è fonte di grande vitalità.

Alessio Romano, perché in ogni momento so che posso contare su di lui.

Tim Willocks, *For sharing a bullet of tequila.*

Mauro Sambrotta, per avermi ricordato lo spirito della mia terra, è stato bellissimo. E anche per la consulenza sulle prassi della polizia.

Fiammetta Biancatelli e Maria Galeano, mi hanno regalato un anno fantastico.

Tutto il team della Newton Compton, per avermi fatto scoprire un mondo professionale fatto di entusiasmo e grinta.

Huan e Matilda, perché non smettono mai di stupirmi.

Il prof. Gianni Ambrosetto, per la consulenza medica.

Il maestro Giuseppe Morabito, per la consulenza sulle arti marziali.

Miriam Ramello e l'AIPA, per la consulenza sulle prassi per l'affido.

A tutti i miei amici che hanno fatto la differenza in questa avventura:

Massimo Arcangeli. Matteo Strukul. Matteo Righetto. Enzo Naso. Lorenzo Monachesi. Andrea Pediconi. Stefano Totoro. Anna Voltaggio. Gianmichele Lisai. Marialuisa Amodio. Luca Benetti. Matteo Canè. Matteo Cavallari. Luca Monti. Stefano Morselli. Michele Patelli. Stefano Piana. Sara Boschetti. Margherita Mazzetti Gaito. Federica Tattini. Elisa, Arturo e Antonio Bernardi. Violetta Frasnedi. Matteo Zanarini. Matteo Diversi. Claudio Bresciani. Paolo Pollutri. Fabio Tagliavia. Ludovica Lugli. Silvana Macondo. Tommaso Valente e Marta Amalfitano. Rosanna Chella. Ornella Mancinelli. Beppe Gallo. Matteo Montanaro. Andrea Da Ponte Becher. Roberto Meconi. Claudio Appetito. Alfonso Bottone. Alessandro Berselli. Bruno Buzzi. Lorenzo Bugliesi. Paola Randi. Oswald Garms.

Per il booktrailer: Nathalie Rapti Gomez, Glenda La Rocca, Giacomo Vitullo, Luca Ranzato.

E a tutti quelli che, prendendo in mano questo libro, gli danno vita.
GRAZIE.

INDICE

Paperbacks
sezione Gli Insuperabili
Pubblicazione settimanale, 6 giugno 2013
Direttore responsabile: Raffaello Avanzini
Registrazione del Tribunale di Roma n. 16024 del 27 agosto 1975
Stampato per conto della Newton Compton editori s.r.l., Roma
presso Puntoweb s.r.l., Ariccia (Roma)

Gli Insuperabili

1. Melissa Hill, *Un regalo da Tiffany*
2. Francesco Fioretti, *Il libro segreto di Dante*
3. Andrea Frediani, *Marathon*
4. Francesca Bertuzzi, *Il carnefice*
5. David Gibbins, *Il vangelo proibito*
6. Antonio Salas, *L'infiltrato*
7. Roberta Gately, *Le ragazze di Kabul*
8. Fiona Neill, *Il profumo del tè e dell'amore*
9. Lisa Beth Kovetz, *Le avventure erotiche di una ragazza perbene*
10. Federica Bosco, *Innamorata di un angelo*
11. Anna Jansson, *Il sacrificio*
12. Lorenza Ghinelli, *Il Divoratore*
13. Simon Scarrow, *Roma alla conquista del mondo*
14. David Gibbins, *Il sigillo maledetto dei Templari*
15. Jane Corry, *Il segreto della collana di perle*
16. Jon Trace, *La profezia vaticana*
17. Juliet Grey, *Il diario proibito di Maria Antonietta*
18. John Underwood, *Il libro segreto di Shakespeare*
19. Chris Paling, *Il pittore che visse due volte*
20. Laila al-Uthman, *Il messaggio segreto delle farfalle*
21. Simon Scarrow, *La legione*
22. Fabio Delizzos, *La cattedrale dell'Anticristo*
23. Federica Bosco, *Mi piaci da morire – L'amore non fa per me – L'amore mi perseguita*
24. Francisco J. de Lys, *Il labirinto sepolto di Babele*
25. Ted Dekker, *Il cimitero dei vangeli segreti*
26. Adam J. Epstein – Andrew Jacobson, *The Familiars*
27. Karen Swan, *Un diamante da Tiffany*
28. Denis Avey – Rob Broomby, *Auschwitz. Ero il numero 220543*
29. Amy Bratley, *Amore zucchero e cannella*
30. Marcello Simoni, *Il mercante di libri maledetti*
31. Andrea Frediani, *Jerusalem*
32. C.M. Palov, *La città perduta dei templari*
33. Kaui Hart Hemmings, *Paradiso amaro*
34. Roberto Fabbri, *Il tribuno*
35. Lisa Jane Smith, *Il diario del vampiro. Lo squartatore*
36. Federica Bosco, *Il mio angelo segreto*
37. Niamh Greene, *Ti amo ti odio mi manchi*

38. Simona Sparaco, *Lovebook – Il teorema del tempo perso*
39. Marek Halter, *Il cabalista di Praga*
40. Lorenza Ghinelli, *La colpa*
41. Leah Fleming, *La strada in fondo al mare*
42. Claudio Rendina, *La santa casta della Chiesa – I peccati del Vaticano – L'oro del Vaticano*
43. Lisa Jane Smith, *Il diario del vampiro. Vite parallele*
44. Roberto Masello, *333 La formula segreta di Dante*
45. Davide Mosca, *Il profanatore di biblioteche proibite*
46. Allegra Goodman, *La collezionista di ricette segrete*
47. Andrea Frediani, *La dinastia*
48. Ali McNamara, *Colazione da Darcy*
49. Roisin Meaney, *Cupcake Club*
50. Lisa Jane Smith, *Il diario del vampiro. L'incantesimo*
51. Francesco Fioretti, *Il quadro segreto di Caravaggio*
52. José Rodrigues dos Santos, *Vaticanum*
53. Rebecca Chance, *Donne con il tacco 12*
54. Richard e Rachael Heller, *Il segreto del tredicesimo apostolo*
55. Francesca Bertuzzi, *Il sacrilegio*
56. Simon Scarrow, *Roma o morte*
57. Helen Warner, *Quattro donne e un matrimonio*
58. Melissa Hill, *Innamorarsi a Notting Hill*

FRANCESCA BERTUZZI

IL CARNEFICE

Volume rilegato, pagine 288, euro 5,90

In uno di quei piccoli paesi della provincia italiana all'apparenza tranquilli, ma in cui il male esiste, si nutre e cresce fra le vie strette, le case decadenti e i bar semibui, sta per avere inizio l'incubo. È qui che abita Danny, una ragazza di origine africana, arrivata in Italia ancora bambina, insieme alla madre e alla sorella. Una sera, dopo aver chiuso il locale in cui lavora, Danny viene aggredita. Fa appello a tutte le forze che ha per difendersi dalla brutale violenza, finché a salvarla arriva Drug Machine, il suo datore di lavoro e l'amico più caro. Ma il peggio per lei deve ancora venire e la sta aspettando proprio sulla soglia di casa. Lì la ragazza trova uno strano messaggio che fa d'un tratto riaffiorare i dolorosi fantasmi della sua infanzia: una sorellina e una madre scomparse troppo presto e troppo in fretta, violenze subite e taciute, difficili da raccontare... Chi ha lasciato quell'angosciante messaggio e perché? Chi vuole riportarla indietro nel tempo, insinuando in lei dubbi capaci di sconvolgerle la vita? In un crescendo di colpi di scena riemergeranno, uno dopo l'altro, antichi segreti e sepolte bugie.

NEWTON COMPTON EDITORI